Consolée

Beata Umubyeyi Mairesse

Consolée

Autrement Littératures

L'autrice de cet ouvrage a bénéficié
d'une bourse d'écriture de la région Nouvelle-Aquitaine.

Publié en accord avec l'Agence littéraire Astier-Pécher
ISBN : 978-2-0802-8928-5

« Le présent est une conséquence du passé. »

Nadine Gordimer
Vivre à présent

« Nous fûmes – ma génération – enfants de la colonisation, d'une façon qui n'était ni celle de nos parents, ni celle de ceux qui nous ont suivis. »

Abdulrazak Gurnah
Discours de réception du prix Nobel

Mulâtresse :

Nom féminin.
Vieux. Femme mulâtre.

Mulâtre :

Adjectif et nom.
Étymologie : espagnol *mulato*, de *mulo*, signifiant *mulet*.
Vieux. Né d'un Blanc et d'une Noire, ou d'un Noir et d'une Blanche.

Mulet :

Hybride mâle, stérile, produit par l'accouplement d'un âne et d'une jument.

Larousse.fr

Les personnages de ce roman sont fictifs.
L'institut pour enfants mulâtres de Save, lui, a bien existé.

Mais pour l'heure, le soleil emplit l'air de paillettes de poussière qui restent longtemps suspendues, immobiles, jusqu'à ce que, avec une régularité déroutante, une bergeronnette fende le silence de ses ailes fines. Alors les paillettes tressautent et tombent au sol en pagaille, aussitôt remplacées par d'autres.

Ici enfin Consolée repose, dans la palpitation du monde.

1.

Consolée – 1954

Elle a pris le parti des araignées. Elle sait bien que leur morsure peut être venimeuse, mais puisqu'il fallait choisir un camp, elle n'a pas hésité : ce seraient les araignées. Parce qu'il faut toujours choisir : larmes ou joie, blanc ou sombre, feu ou froid, araignées ou geckos ; et qu'il est vain de chercher la dualité : si tu ne prends pas toi-même la décision, c'est un camp qui te prend de force et n'aura de cesse dès lors de douter de ton adhésion, peu importe les gages que tu pourras donner toute ta vie, le camp te rappellera toujours ta tiédeur initiale. Tu as cru que tu pouvais habiter le milieu ? Tu t'es imaginée au-dessus des lois de la nature ? Tu ne seras jamais vraiment des nôtres, alors tu dois apporter deux fois plus de preuves de ta fidélité. Il faut avoir le geste sûr, appartenir sans tergiversation. Trancher.

Pour Consolée, ça commence avec une histoire d'araignées et de geckos. Elle repose sur la couche étroite, coincée entre le corps de la mère et le mur en torchis. Elle a l'interdiction de bouger. Mais elle ne parvient pas à dormir. Comment pourrait-elle dormir avec le bruit de mitraille que fait la pluie sur le toit ? Tacatatacata Tacataracatracacrac. Ça doit être de la grêle. Si le ciel ne s'était pas brusquement assombri, plongeant la pièce dans le noir, elle croirait qu'une armée de petits singes attaque la maison, que le toit va s'effondrer sous le poids d'une montagne de pierrailles lancées depuis l'avocatier de la cour, là où elle les voit parfois venir chaparder des fruits verts.

Nous devons nous reposer. Dors.

La mère a enfoui sa tête sous une natte, en a posé une autre sur la sienne. Nous devons nous reposer. L'enfant n'entend pas sa respiration, les oreilles pleines du bruit du ciel en colère. Elle reste immobile jusqu'à ce que l'étreinte autour de sa taille se desserre, jusqu'à ce qu'elle soit certaine que la mère est assoupie. Elle doit se reposer.

Des champs, du bois à porter sur le dos, de l'eau à puiser dans la vallée, de la solitude des travaux sans cesse recommencés.

Consolée soulève doucement la natte, puis sa tête, essuie les gouttes de sueur sur son front, dégage sa taille du bras alourdi par le sommeil de la mère et se redresse. Elle veut saluer les araignées d'un battement de cils, d'une vibration indocile, profiter du somme de la mère pour passer du temps avec ses amies.

Chaque salutation est un serment d'allégeance réitéré. Je suis à vos côtés, ne craignez rien. Je vous défendrai toujours contre le camp des geckos. Regardez comme j'agite férocement les bras dès que je les vois s'approcher de vous, qui veulent vous avaler avec leur petite langue couleur sang.

Deux toiles se déploient entre la poutre d'où part le paravent de feuilles tressées qui sépare le logis en deux et la porte qui donne au dehors. De l'autre côté du paravent, la cousine est également étendue sur sa couche et, lorsque la pluie ne tambourine pas comme aujourd'hui sur le toit, on peut entendre son ronflement harmonieux, comme si elle continuait à chanter en dormant. Pendant que la famille entière s'abandonne à la paix du repos, là-haut sous le plafond de canisse, démarre une guerre silencieuse à laquelle l'enfant assiste, le cœur suspendu aux gestes de ses championnes aériennes.

Je suis à vos côtés, ne craignez rien. Elle n'est pas comme sa cousine qui chasse régulièrement les araignées avec son balai, détruisant sans relâche les délicates toiles que les petites bêtes s'empressent de tisser de nouveau, avec une énergie et une minutie inaltérables. Voilages aériens chargés des brisures du soleil disparu, de poussières de cendre capturées à la lisière du feu.

Les toiles frissonnent à chaque mouvement des araignées qui se préparent au combat. Elles sont deux, une grosse et une petite, aux pattes comme de longs cils.

La mère aussi a dans les pattes une féerie de fils entrelacés. Elle crée, par un habile manège, la danse du sisal et de l'aiguille qui donne vie à des trésors bicolores. Consolée sait qu'un jour elle apprendra d'elle l'art du tissage. Elle a tout observé, en silence, suivi attentivement les étapes qui mènent de la plante grasse, immense, derrière le talus qui borde le chemin, jusqu'aux délicats paniers tressés qui ornent les murs de la maison.

La mère lui avait interdit de toucher aux feuilles géantes de l'agave. Un jour, l'enfant avait désobéi, elle avait posé fermement le doigt sur la pointe noire, avait crié, mais ne l'avait pas regretté, malgré l'élancement dans la chair et la gifle sur la joue. Elle avait sucé son doigt endolori, regardant avec un air de défi le long coutelas de la mère s'enfoncer dans la plante, trancher à la base, découper un puis deux puis trois bras du monstre aussi grand qu'elle.

À chaque fois, c'était le même rituel.

Une fois les lourdes feuilles gris-vert rapportées dans la cour de la maison, la mère les posait sur une planche et commençait à les battre, aidée de la cousine. Consolée devait rester à distance, les projections de bouts de plante portaient loin, les femmes se retrouvaient vite tachetées des pieds à la tête. À chaque coup elles ahanaient, l'agave résistait, mais déjà commençaient à apparaître les longues fibres blanches entremêlées, cheveux raides, vaisseaux filiformes. Elles tapaient tant et tant que l'enfant se savait complètement vengée de la piqûre originelle.

Puis venait le moment du trempage dans une eau qui moussait à foison. Elle servirait plus tard à laver le linge.

Lorsque les fibres étaient totalement dégagées de leur gangue de chair, les femmes les mettaient à sécher sur une corde tendue entre l'avocatier et le citronnier. Au mitan du jour, le soleil les raidissait. Corps blancs au garde à vous, une armée silencieuse attendait son ordre de mobilisation vers des contrées lointaines. Le vent du soir les mettrait en mouvement, lentement, bras et jambes articulés. Consolée les effleurait, intimidée : des inconnus décapités ; peut-on jamais rencontrer un être sans visage ? Dans la nuit noire, les flammes du feu dressé au milieu de la cour projetaient sur les fils immenses une lumière jaune qui semblait les lécher doucement, par à-coups, les animant étrangement.

Arrivait le jour de la teinture. Du bois en grande quantité était apporté pour alimenter le foyer qui pourrait tenir plusieurs heures, avide et sans relâche, sous l'immense cruche en terre cuite remplie d'eau. Tenue à distance du danger, l'enfant dressait les oreilles, flairant les premières petites bulles qui venaient crever la surface placide de l'eau. La mère soulevait une partie des fibres de leur perchoir et les posait à côté de la cruche qui commençait à crépiter. Placplacplacplplpl. D'un geste, elle envoyait sa fille chercher la plus grande des spatules posées sous l'auvent de feuilles de bananier.

La cousine s'approchait alors avec un panier rempli de feuilles séchées noires et parfumées.

Quand enfin toutes les grosses bulles éclataient, emplissant la cour d'une musique mate, l'opération pouvait commencer.

Une pluie de feuilles noires assombrissait l'eau, ciel d'orage et de colère. Puis le sisal y était plongé prudemment, la raideur soldatesque blanche ployait et fondait au contact de la chaleur suffocante. La spatule les faisait tournoyer avec fermeté : c'était une noyade bien orchestrée. L'enfant était aux avant-postes, inutile de toutes les questions qu'elle n'osait pas poser, tambour muet d'une peau qui aurait voulu à la fois éclater comme les bulles brûlantes et se fondre dans le noir de la cruche magique. Elle aurait voulu elle aussi pouvoir changer de couleur, prendre la teinte des autres membres de la famille, elle aurait voulu y plonger ses cheveux de paille trop clairs que les enfants de la colline tiraient avec malice quand elle tombait entre leurs mains curieuses. Elle rêvait d'indifférence.

De nouveau le séchage. Sur la corde désormais, pendaient voisins et distincts, fils blancs et fils noirs, mais le vent du soir les emmêlait, le gris d'une trêve à l'heure où les chats sortent chasser les souris. Le diable n'y aurait pas reconnu ses petits.

Venaient les longues après-midi de tressage. Assises sur une natte à l'ombre de l'avocatier, la mère et sa nièce avaient sorti leur alêne sans chas et leur lame dont le nom, « uruhindu », renfermait tout le tranchant de leur détermination artisanale. Rouler, piquer trancher. Picpicpicpic. Trancher.

La danse des doigts pouvait commencer. Consolée était assise à leur côté, mise à contribution pour séparer les fils et les leur tendre avec la ferveur de tout apprenti. Bientôt le premier toron enroulé sur lui-même prendrait forme. Il serait le fond du panier, le socle solide qui pourrait recueillir les haricots secs, les farines, les secrets des femmes et les malédictions des sorciers.

Une conversation spiralaire et muette se tissait entre le pouce, l'index et le sisal : naissance de l'agaseke, le panier aux motifs géométriques, bicolore, qui décorait toutes les maisons. C'était un mariage ancestral et heureux qui n'était le fruit d'aucune dépossession : la sueur des femmes et le fruit des entrailles de la terre.

Cette beauté console la petite fille de sa différence. Elle sait qu'elle a choisi le bon camp, celui des noires araignées qui tricotent des toiles opalescentes, subtils ouvrages de soie, qui ploient sous la menace des geckos mais jamais ne démentent leur promesse de légèreté. Un jour elle aussi tressera de telles échelles aux motifs abstraits : deux couleurs, une pour chaque pied. Une marelle pour toutes les petites filles bigarrées, en équilibre entre le ciel et la terre.

2.

Astrida – 2019

Tantôt une des aides-soignantes s'est exclamée en découvrant son tricot :

– Quels drôles de motifs, madame Astrida, c'est une véritable œuvre d'art que vous êtes en train de nous confectionner là, il faudra qu'on vous organise une exposition ! Mais vous ne voulez pas plutôt faire des marguerites et des pommes comme votre voisine ?

– On dirait du Mondrian ou quelque chose de moderne comme ça, a surenchéri le kinésithérapeute qui passait par là. C'est surprenant qu'elle fasse des formes géométriques, non ? Remarque elle devait avoir vingt ans dans les années soixante.

Puis, haussant le ton pour faire mine de s'adresser à elle :

– Elle a porté des robes Mondrian de Saint Laurent, madame Astrida ?

– Bof au moins chez Mondrian il y avait du jaune, du rouge et du bleu. Elle ne nous pond que du noir et du blanc. C'est dingue… Va savoir où elle a chopé ça.

L'aide-soignante a fait un geste sans équivoque en le disant.

Et ils ont échangé un petit rire moqueur.

Cette façon qu'ils ont de parler d'elle comme si elle n'était pas là. Ils font tous ça avec les vieux. Ils s'imaginent qu'ils ne les entendent pas, vu qu'ils ne sont plus dans l'effervescence du monde. Parqués ici dans une maison sécurisée, entourée d'un muret au portail barricadé. Loin du bruit de la vie, on les renvoie sans cesse à ces années soixante de leur jeunesse, comme à un musée. Une exposition. Quelle blague. Astrida se tricote un pull pour passer l'hiver, voilà tout, pourquoi cette gamine de soignante veut-elle le figer dans une exposition ?

C'est vrai que la plupart des résidents sont désormais si durs d'oreille qu'il faut presque crier pour traverser le nuage de silence qui entoure leurs têtes dodelinantes. Mais Astrida, elle, entend encore parfaitement. Elle enregistre les mots sans toujours les relier dans un sens littéral. Elle les emmagasine prestement dans des boîtes, comme elle le fait avec son armoire à tricot, le blanc à droite, le noir à gauche, séparant les textures, la laine, le mohair, l'angora. Elle met les mots ronds en haut, les stridents en bas et empile au milieu, du plus petit au plus grand, les mots plats, ceux qui reviennent le plus souvent dans cette mer de sons où elle s'enlise depuis plusieurs mois.

Parfois, quand visiblement on attend d'elle qu'elle parle, elle en sort un ou deux qu'elle imagine à propos et les leur offre avec une pointe d'inquiétude dans la voix. La plupart du temps, elle reste coite et s'efforce de sourire. Ce n'est pas qu'elle ait jamais été bavarde, mais, depuis que la maladie s'est mis à grignoter ses cellules grises, les mots sont plus chiches encore. Son français a été réduit à un trognon : la chair des détails, des spécificités s'en est allée. Il n'existe plus d'acacia, de jacarandas ou de kapokiers, seulement des arbres. Les moineaux, mésanges, milans et grues couronnées se sont envolés, reste l'unique mot générique d'« oiseau ». Comment peindre encore le monde dans toute sa flamboyance avec ce moignon de langue ?

Tantôt pourtant, sans que personne ne lui ait rien demandé (le kiné s'était déjà lancé dans une anecdote fleurie sans doute destinée à entreprendre sa collègue sur le chemin de la séduction), Astrida a voulu expliquer à ces jeunes sots, qui visiblement se moquaient de son tricot, l'origine des motifs géométriques qui reviennent sans cesse habiter ses ouvrages. Elle se doutait bien que ces enfants, nés ici il y a à peine deux ou trois décennies, ignoraient tout des paniers en sisal que tressait autrefois la mère dans la petite cour là-bas, quand le grand-père la couvrait d'une attention faite de murmures et de rires bienveillants.

Alors elle a raconté. Les araignées, les feuilles d'agave, la cousine venue aider la mère à élever cette petite fille à la peau trop claire et à s'occuper de l'ancêtre aveugle, l'ombre de la cour sous l'avocatier, les *uduseke* blancs et noirs qui servaient à ranger les trésors, les graines et les rêves. La famille qui avait existé au loin, il y a si longtemps. Cette époque où il eût été impensable d'enfermer tous les vieux séniles dans un même lieu. Ces jours bénis où elle, l'enfant-accident passait ses journées à écouter les contes coulant, enchanteurs, de la bouche édentée du grand-père choyé. Avant qu'elle ne lui soit arrachée pour être envoyée à Save. Cette époque où il était acceptable d'enfermer les enfants pâles, nés de la collision entre Noires et Blancs, dans des orphelinats, loin de leurs parents encore vivants, pourtant.

Elle a parlé longuement, dans un flot continu de mots dont elle avait vaguement conscience qu'ils ne venaient ni d'en haut ni d'en bas, ni même des rangements du milieu, des mots venus de loin, du temps d'antan, celui-là justement qu'elle voulait leur dépeindre. L'origine des motifs noirs et blancs.

Et au terme de cette phrase si longue qu'elle en avait oublié le commencement elle a attendu leur réaction. Une exclamation ? Une approbation ? Quelle belle histoire ! Allaient-ils en faire une exposition ? « Voici comme on vivait autrefois, là-bas. »

Non.

Un silence aussi long que sa logorrhée mémorielle. Puis, une question : « Mais c'est quoi cette langue ? »

Cela fait un moment que sa vue s'est brouillée, qu'elle n'est plus en mesure de distinguer clairement les expressions sur les visages qui l'entourent sans ses lunettes qu'elle égare sans cesse. Mais elle a su deviner l'incompréhension absolue qui a rempli ce long silence suivi d'une question suspendue.

Elle s'est sentie honteuse. Comme ce jour où elle s'était oubliée sur le fauteuil de la salle de motricité, peu après son arrivée, sa robe trempée par la chaleur soudaine qui coulait le long des jambes.

Cette longue phrase qui s'est enfuie de sa bouche, qui s'est enroulée tout autour de sa tête, la transportant, légère, comme enfin désarrimée de ce corps qui sans cesse la trahit, de ce corps lourd, perclus de rhumatismes et douleurs lancinantes, de son esprit défaillant, cette phrase-phénix s'est fracassée contre le mur de leur incompréhension.

« C'est quoi cette langue, madame Astrida ? Tonio, tu peux prévenir la psy s'il te plaît, je crois qu'elle est repartie dans ses mystères. Si ça continue comme ça, elle va plus du tout parler français, c'est dingue, on a aucune idée de ce qu'elle baragouine. »

Le kiné s'est éloigné, après lui avoir jeté un regard inquisiteur.

Elle lui faisait peur. Ou plutôt, cette condition humaine-là, ce début de démence, comme une menace planant sur toute vie qui arrivait à son terme, l'effrayait. Il travaillait ici depuis peu, il avait juste eu le temps de s'habituer à la déchéance des corps, aux peaux jaunies, noircies, rougies qui tombent et se déssèchent sans bruit. L'esprit n'était pas de son ressort, il ne s'attendait pas à cet indécent spectacle du déclin de la raison. Peut-être que c'est pour éloigner cette peur qu'on enferme les vieux loin du monde sain, pour protéger les gens comme lui, ici.

Astrida s'est enfoncée dans son siège, a balbutié quelques mots dans un français rapiécé, tout juste ré-articulé, et a fait semblant de se concentrer sur les mailles de son tricot.

L'aide-soignante a été appelée au chevet d'une autre vieille en défaillance, d'un autre vieux en déambulateur.

C'était la troisième fois ce mois-ci qu'elle se trouvait envahie par ces mots enfouis, ces mots qui remontent du fond de sa mémoire rapetassée, comme une inondation, comme une fumée qui s'échappe d'un feu que l'on croyait éteint, ravivant les flammes, et qui remplit rapidement la pièce puis la maison.

Cette langue qui sortait de sa vieille bouche pincée par l'effort du tricot, une maille à l'envers, c'était celle de l'enfance, celle qu'on lui avait coupée à Save, dans cet orphelinat où on enfermait les enfants bigarrés.

Une résurgence incontrôlable allait finir par reprendre ses droits et repousser à la périphérie de son esprit toutes les autres apprises sur les ruines de l'enfance indigène et que les sœurs blanches de Save avaient tenté d'effacer.

Mais personne, pas même la psychologue, dans cette résidence sécurisée, dans l'odeur douceâtre de carcasses fermentées, personne ne connaissait l'origine de cette langue qui colonisait lentement le monde en noir et blanc de madame Astrida.

3.

Ramata – 2019

La première fois que je suis entrée à la résidence des Oiseaux, je pensais y trouver un peuple d'êtres décharnés enfermés dans une sorte d'antichambre de la mort. Je n'avais donc pas été surprise par le grand portail, des grilles grises surplombant le muret en brique, par l'impression d'enfermement que dégageait le bâtiment.

Mais une fois passé le petit hall d'entrée, j'allais au contraire découvrir un lieu lumineux, aux murs repeints de frais où des toiles colorées évoquaient plutôt des voyages exotiques et luxueux. De nombreuses plantes vertes – je vérifiai discrètement qu'elles n'étaient pas en plastique – accentuaient cette atmosphère agréable dès l'arrivée, tout comme la musique d'ambiance diffusée par les haut-parleurs disséminés dans tout le bâtiment. Une cage avec trois petites perruches aux plumes bleu et vert fluo, étonnamment silencieuses, était suspendue près du bureau d'accueil.

Mon regard avait immédiatement été attiré par un groupe de résidentes assises en cercle dans des fauteuils et canapés rouges, silencieuses comme les oiseaux.

Réunies autour d'une haute table ronde en verre au centre de laquelle trônait une boîte à biscuits anglais dans laquelle les mains piochaient avec une régularité métronomique, elles étaient presque toutes occupées à grignoter, sans répit ; une famille de rongeurs faisant ses réserves avant la grande hibernation.

Il faisait une chaleur moite à l'intérieur. Derrière la baie vitrée donnant sur un patio arboré, la fin de l'hiver s'annonçait pourtant à peine. Une vague odeur de peaux fanées, mélange d'antidouleurs et d'eau de Cologne, inondait la salle.

« Je vous présente ! » Léa, l'animatrice qui m'avait accueillie, avait élevé la voix, pour attirer l'attention de ces dames prostrées qui n'avaient pas réagi à notre approche, le regard légèrement embué, perdu dans un vide dont j'allais apprendre plus tard à évaluer les contours. Mais pour l'heure Léa m'énumérait les noms de famille de chacune des femmes assises là, qui pour certaines souriaient quand elles s'entendaient nommées, pas tant pour accueillir chaleureusement la visiteuse que par plaisir de reconnaître leur nom, de se savoir ainsi distinguées, considérées, élan narcissique indispensable à la survie dans cette collectivité des confins de la vie.

J'ai toujours eu une très bonne mémoire des noms, alors j'enregistrais les patronymes en même temps que je découvrais les yeux bordés de rouge qui semblaient tous rétrécis, minuscules, comme condamnés à disparaître dans des fronts blafards que de rares cheveux, blancs ou teints, habillaient.

Des noms d'ici, avais-je pensé en tissant inconsciemment des généalogies logiques avec ceux que j'avais longtemps entendus à l'appel au collège, au lycée, à l'université. Une cartographie des peuples du Sud-Ouest, les Gascons, les Basques, les Béarnais, des noms typiques des Landes ou du Médoc, je savais les reconnaître, moi, la fille venue d'ailleurs qui avais néanmoins fait ses armes professionnelles durant les premières années du « marketing territorial » quand la collectivité où je travaillais autrefois avait décidé de réenchanter son image à coup de slogans qui fleuraient bon le terroir sous vide.

La quatrième dame de la tablée s'appelait Berry, à une voyelle près nous aurions pu être parentes. Cette impossible éventualité, l'idée même du déni offusqué qu'aurait pu y opposer la vieille femme – mais il n'y a jamais eu de nègres dans ma famille ! – dans un éclair de lucidité raciale, m'avait fait sourire. Pourquoi m'étais-je imaginée qu'ici, chez ces gens échappés d'une autre époque, le mot « nègre » aurait encore forcément cours, qu'il y serait utilisé sans les filtres qui depuis quarante ans arrondissaient les sentiments humains. Dans leur enfance à eux, on disait « nègre » sans façon. Leur mémoire s'effaçant à l'envers, il y avait fort à parier que ce mot ait survécu aux slogans Benetton et à toutes les rengaines antiracistes des années quatre-vingts, de l'Aziza à Lily.

Mais cela ne me faisait pas peur, ni ne me rebutait. N'avais-je pas dit à mon mari, la veille, en riant : « Moi je préfère de loin ceux qui expriment ce qu'ils pensent vraiment à tous les autres-là qui pincent la bouche en me disant, la main sur le cœur, l'autre prête à me chasser, qu'ils n'ont rien contre les gens de couleur. Je ne suis pas plus black que nègre alors autant que les choses soient claires, que je sache vraiment ce qu'ils voient quand ils me regardent. »

Khalil, mon mari, comme à son accoutumée, m'avait écoutée sans faire de commentaire, ne m'offrant que des hochements de tête qui ne disaient ni oui ni non mais sans doute, c'est à voir, je t'écoute, continue.

Dans sa jeunesse pourtant il se montrait bien plus fougueux, plus acerbe aussi, lui qui avait été de tous les combats de reconnaissance et de fraternité entre les peuples des années quatre-vingts, idéaliste et en colère comme on peut l'être à seize ans.

Chez moi au contraire, la conscience était longtemps restée enterrée, j'avais joué l'indifférence pendant des décennies, voyant sans vouloir analyser, suivant un chemin dont je pensais qu'il pourrait, si je ne m'égarais pas dans les méandres de la révolte, me mener là-haut, comme n'importe qui, à talent égal.

Le désenchantement m'était tombé dessus avec d'autant plus de force. Depuis mon grand effondrement, je voyais les choses avec une acuité exacerbée, j'avais cessé de viser le sommet, de vouloir conquérir le monde avec mon esprit et m'attardais à regarder plus bas, du côté des cœurs. Travailler avec des êtres rabougris me convenait parfaitement. Je voulais désormais arpenter ce territoire médian, me pencher sur ces têtes qui ne pouvaient plus me surplomber d'une quelconque autorité. J'allais plonger dans leurs regards fatigués avec l'espoir d'y trouver des explications aux questions apparues lorsque j'avais arraché mes œillères : le mépris, le rejet, le déni. Je pensais devoir aller chercher les réponses à leur racine, dans la génération qui avait façonné le monde actuel, au lendemain de la guerre mondiale, chez ceux qui avaient fait venir mes parents et ceux de mon mari en France, une main-d'œuvre bon marché dont ils ne voulaient imaginer qu'elle allait planter sur leur terre des milliers de pousses rebelles.

Alors autant que, dès à présent, on se passe des faux semblants ; s'ils pensaient en me voyant que j'étais une négresse, il fallait que je le sache.

Ma main n'en serait que plus généreuse et ferme à leur égard.

J'allais leur montrer toute l'étendue de mon humanité.

« C'est pour quoi ? » Une voix chevrotante, comme une plainte.

C'était Mme Mouneyrac qui me regardait par dessous, laissant deviner l'effort immense de son cou frêle pour redresser sa tête dodelinante.

Le genre de question que l'on pose sur le pas de sa porte quand un inconnu s'y présente, sans uniforme, ni colis, ni enveloppe ou bouquet de fleurs à la main. Ça ne peut être que pour vous prendre quelque chose, un mendiant, un voleur, un arnaqueur.

Léa avait répondu à ma place :

« C'est une stagiaire, elle s'appelle Ramata et elle va vous faire faire plein de jolies choses. »

Tout ce qu'il ne fallait pas dire.

Moi Ramata, cinquante ans, je me suis sentie terriblement humiliée d'entendre mon C.V. résumé à cette chose insignifiante que l'on écrit au début, quand on cherche son premier ou deuxième emploi mais qu'on s'empresse ensuite d'effacer, l'expérience venant.

La stagiaire. Celle qui ne sait pas faire grand-chose, à laquelle il faut tout expliquer, qui nous colle aux basques en notant tout dans un calepin, même le nombre de sucres pour le thé de la cheffe de service, qu'on met de corvée photocopies-reliures, standard, réception des fournitures, histoire de rentabiliser les quelques centaines d'euros que la loi nous force à lui payer.

J'avais plus de vingt-cinq ans de carrière comme cadre dans une collectivité territoriale et j'y serais bien restée s'il n'y avait eu harcèlement burn out démission. Une rupture radicale pour reprendre ma vie en main, pour ne pas mourir ou tuer quelqu'un, c'est cela qui m'avait menée ici, en cette froide matinée de février.

Tout recommencer à zéro, une formation d'art-thérapeute et bientôt un nouveau diplôme. Il ne me restait plus qu'un stage à faire pour le valider. Je me considérais déjà comme une professionnelle, je ne venais pas ici pour apprendre d'une plus expérimentée que moi mais bien pour proposer mes services.

Il n'y avait jamais eu d'art-thérapeute à la résidence des Oiseaux, je savais que j'allais être la première.

Au téléphone, la directrice avait semblé enthousiaste : « Ça leur fera une activité de plus, les familles seront contentes ! »

Elle m'avait fait comprendre que, par contre, il ne fallait pas que j'espère être embauchée ensuite, qu'il n'y aurait jamais de budget pour « ce genre de choses » dans la maison.

Je serais donc une employée bénévole, dans la mesure où mon stage n'atteignait pas la durée minimum légale pour être rétribué.

La dernière année du certificat d'art-thérapeute n'exigeait que 120 h de terrain, mais j'avais demandé à rester un peu plus longtemps pour avoir le temps de mener un vrai projet dans l'établissement.

Donc non, je ne me considérais pas comme une simple « stagiaire », et j'envisageais encore moins ma pratique comme se résumant à « faire faire des jolies choses » à mes patients.

Avec en sus cette façon de m'appeler d'office par mon prénom, sans m'en demander la permission, moi qui avais toujours exigé de mes collaborateurs qu'ils n'utilisent que mon patronyme.

Léa était de cette génération qui peinait à dire « Monsieur, Madame », voulait tutoyer la terre entière et faire la bise au premier inconnu.

Mais cela, j'avais appris à l'accepter. Ma longue thérapie m'avait permis de décortiquer tous les mécanismes de survie en milieu professionnel hostile que j'avais déployés pendant plus de deux décennies.

Pour être acceptée.

Pour être respectée.

Pour être obéie.

Une femme comme moi à la tête d'une direction dans une très grande collectivité, en province. Je m'étais construit une armure, de diplômes d'abord, d'assurance ensuite, de négation enfin. Pour prétendre ne pas voir, ne pas entendre, ne pas savoir ce qui se disait dans mon dos, les petits noms, les blagues tendancieuses, les insinuations blessantes dans une langue policée.

Madame Barry. Je suis Madame Barry. On n'a pas gardé les cochons ensemble. Je me disais, en utilisant cette expression, « pourvu que personne ne découvre qu'en plus je suis musulmane ». Je mettais les gens à distance, pensant me protéger. Mais un jour j'avais surpris cette remarque : « Elle veut nous faire croire que c'est une Française pur jus, t'en connais beaucoup des qui s'appellent Ramatawawa ? Même aux Antilles ils ont des prénoms décents. »

J'avais fini par admettre que je n'assumais pas mon prénom si différent, que j'enviais ceux de mes sœurs, tout autant sénégalais pourtant, mais avec une plus grande acceptabilité pour les oreilles d'ici. « Maty », « Maguette », c'était joliment exotique.

« Ramata » ça sentait le bled à plein nez.

De toute façon, le nom Barry n'avait jamais fait longtemps illusion. Quand les gens me voyaient arriver aux réunions la première fois, je le lisais bien dans leur regard perdu, parce que je ne correspondais pas à ce qu'ils s'étaient imaginés. Ma voix au téléphone, sans accent, ce « Barry » si sécurisant : ils se montraient floués, décontenancés. Je les avais trompés. Quelque part ils me voyaient comme une affabulatrice.

J'avais continué d'avancer pourtant, oreilles closes, refusant de savoir, de sentir.

Mon cœur, lui, enregistrait chaque secousse, la moindre lacération. Quand enfin j'avais accepté de le tenir dans mes mains, de le considérer, je l'avais trouvé en charpie.

Un nid dévasté.

Il m'avait fallu apprendre à m'écouter, à me regarder différemment, hors des préjugés du monde, pour découvrir ce que pouvait retisser Ramata Barry. Nom ET prénom, émotion ET raison, Sénégal ET France. Savoir ET être…

Pourquoi avais-je toujours eu l'impression que je devais habiter l'un ou l'autre, comme on choisit un camp, comme on se coupe un membre ?

J'avais décidé d'être entière. Enfin.

– Elle va rester ?

– Bah non, madame Chassaing, je vous ai dit qu'elle est stagiaire, elle va partir dans quelques semaines.

Léa, pour atténuer cet échange qui n'avait rien d'un « bienvenue », avait pris soin de m'expliquer :

– Elles demandent ça à toutes les nouvelles arrivées, c'est parce qu'il y a pas mal de turn-over. Elles n'ont pas le temps de s'habituer qu'on est déjà parties.

– Ah oui ça, vous êtes tout le temps en train de changer ! Nous les vieux on a besoin de quelque chose de stable, non ? Sinon on est perdus ! Et puis on a besoin de temps, on est lents, alors que vous, vous être toujours en train de courir !

Mme Chassaing m'avait tout de suite plu. Sa vivacité, sa capacité à protester. Les autres étaient déjà retournées au grignotage de biscuits, indifférentes à cette nouvelle qui ne ferait de toutes les façons que passer.

Léa m'avait entraînée dans le couloir vers l'aile droite du bâtiment, après avoir crié un « à plus tard, mesdames », accompagné d'un grand geste du bras comme pour un adieu depuis la rive à un bateau déjà lointain.

Elles étaient pourtant à un seul mètre de nous. Je m'étais demandé si sur cette île à l'extrémité du fleuve de la vie sur laquelle je venais d'accoster, tous les gestes, toutes les voix se devaient d'être exagérées, pour parvenir à traverser les brouillards épais de la cécité et de la surdité.

Pour arriver jusqu'au bureau de la directrice, Léa avait fait un grand détour : « Je vous fais visiter, le temps qu'elle termine sa réunion téléphonique avec l'ARS. » Elle m'avait vanté, comme elle devait sans doute le faire quand des familles venaient évaluer la qualité des services, les différents espaces aménagés pour les résidents : l'espace multisensoriel équipé d'un fauteuil de massage, d'effets de lumières et d'un diffuseur d'huiles essentielles ; la salle de motricité encombrée de ballons et d'objets en mousse aux couleurs pastel ; le cabinet du kinésithérapeute ; la salle multiactivité.

« C'est ici que vous allez pouvoir faire vos ateliers. » J'avais parcouru d'un regard dubitatif les murs dégoulinant de « créations » des résidents sur le thème des quatre saisons, un mur pour chaque saison : une accumulation inquiétante de feuilles de mauvaise qualité recouvertes de gouache, de plumes, et d'ouate racontait des animations anachroniques d'école maternelle.

Je comptais bien y remédier.

Dans les couloirs, à chaque fois que nous croisions un résident ou une résidente, Léa s'arrêtait pour me les présenter :

– Voici M. Dabis, Mme Gomez, Mme Chavagnac » en s'enquérant joyeusement de l'humeur ou de la santé de la personne, visiblement sans attendre de réponse, puis, une fois que nous l'avions dépassée, elle m'informait des particularités des uns et des autres :

– Elle est terrible, elle passe ses journées dans l'ascenseur, elle le squatte littéralement, elle va à l'étage puis descend sans cesse du matin au soir. On est obligé de l'enfermer dans sa chambre avant les repas pour pouvoir descendre les gens en chaise roulante au réfectoire sinon elle bloque tout. Mais à part ça elle est très autonome, son corps est en parfait état, elle adore danser.

– Alors lui c'est un cas compliqué. Il a un début d'Alzheimer mais pas au point de le transférer dans l'aile gauche, l'UP comme on dit ici, c'est l'unité protégée. Il te faudra le code pour entrer car les portes sont fermées à clé. Je ne sais pas trop qui est protégé dans cette histoire d'ailleurs, mais bon… Et puis le soir ce sont les deux ailes qui sont fermées. En tout cas, depuis qu'il est ici, M. Dabis est convaincu d'être à l'hôpital. C'est un ancien médecin, alors il se balade toute la journée en chemise blanche impeccable avec son vieux stéthoscope autour du cou et fait le tour des chambres pour vérifier les ordonnances des uns et des autres. Il nous a mis un bazar pas possible, parce que les résidents le croient quand il leur invente de nouveaux diagnostics ou qu'il leur dit de ne plus prendre tel ou tel traitement.

– Celle-là, il faudra vraiment qu'elle vienne à ton atelier. Elle est sourde comme un pot mais est très agile de ses mains, elle confectionne à longueur de temps des petites fleurs en papier très mignonnes qu'elle offre à tout le monde. On en a fait des guirlandes pour décorer le réfectoire, je te les montrerai. Par contre elle vole comme une pie. C'est une horreur, tout ce qui brille, les bijoux, les lunettes, les objets en verre. Elle rentre dans les chambres des autres pendant la sieste et les dévalise. Chaque fin d'après-midi on va les récupérer dans son armoire. On l'a surnommée « Calamity Jane » entre nous.

Et de conclure : « Tu verras, il n'y en a pas deux pareils, tu ne vas pas t'ennuyer ici. »

Les deux aides-soignantes croisées durant cette tournée m'avaient saluée rapidement, elles semblaient pressées avec leurs chariots encombrés et leurs bips qui sonnaient.

« On est en sous-effectif en ce moment, avait expliqué Léa, il y en a une qui est en arrêt », elle avait montré son dos pour signifier la cause du mal,

« et la direction tarde à la remplacer. En plus c'était déjà la remplaçante d'une autre qui, elle, est en arrêt longue maladie, et qui ne va probablement pas revenir. »

J'avais compris, en ne constatant aucun étonnement dans les regards des soignantes quand je leur étais présentée, que mon arrivée avait été annoncée avec les précisions sur ma carnation. Ça m'avait rassurée. Personne n'allait se sentir floué.

La seule autre femme à la peau un peu sombre que j'avais vue dans la résidence était assise dans le patio, emmitouflée dans un manteau noir, le regard levé vers le ciel. Au-dessus du banc de pierre sur lequel elle restait immobile, un mimosa en fleur lui faisait un toit lumineux, comme un millier de soleils dansant au gré du petit vent froid de mars.

Comme le couloir central faisait le tour du patio, j'avais eu tout loisir de l'observer, ses cheveux courts d'un blanc immaculé, ses joues brunes tirant sur le jaune, ses lèvres charnues qu'un léger sourire éclairait.

Léa ne semblait pas l'avoir remarquée, étrangement.

Juste avant de passer la porte menant aux bureaux administratifs, je l'avais désignée du doigt, interrogeant ma guide : « Et elle ? »

« Ah oui ça c'est madame Astrida. C'est la seule résidente qu'on appelle par son prénom, mais c'est elle qui l'a demandé hein, sinon on n'a pas le droit.

En vrai ça nous arrange parce qu'elle a un nom difficile à retenir. Balalalaïka ou un truc du genre. Un nom grec, on dirait pas hein ? Je ne fais plus attention à elle, elle est si discrète ! Elle est souvent comme ça, on ne sait pas ce qu'elle regarde dans le ciel, peut-être Dieu, les papillons ou les oiseaux, va savoir. Sinon le reste du temps elle tricote. Une vraie petite araignée !

Elle parle à peine et quand elle le fait c'est la moitié du temps incompréhensible. Elle oublie petit à petit le français et nous sort des trucs dans une langue inconnue.

Peut-être que tu arriveras à la comprendre toi, tiens ! Si ça se trouve elle parle ton dialecte. Bon on y va ? »

Je n'avais pas réagi, j'aurais pu dire « ma langue c'est le français, je suis née ici » juste pour mettre Léa mal à l'aise mais je n'avais pas envie de commencer mon stage ainsi. Et je n'aimais pas mentir, même pour déconstruire les préjugés des gens.

La vérité c'est que j'étais effectivement née dans un autre idiome – le wolof était bien plus qu'un dialecte – et je comptais bien trouver le moyen de prendre langue, par ma pratique, avec cette grande femme un peu voûtée dont personne ne semblait se préoccuper ici.

4.

Consolée – 1954

Il lui suffit de tirer d'un coup sec sur sa peau pour passer subitement d'une grande excitation à une étrange douleur. Parfois il y a du sang. Si elle n'aime pas la saveur métallique qu'il laisse sur sa langue, elle goûte longuement à ce plaisir diffus : le pouvoir, par sa seule salive, d'apaiser la souffrance qu'elle vient de s'infliger. Elle acquiert la conscience intense qu'elle peut désormais faire du mal et le réparer, sans l'aide de personne. Un petit pouvoir, inutile, mais qui a des accents d'autonomie.

Si elle tire trop fort, la douleur est plus aiguë. Les larmes lui montent aux yeux. Elle suce alors son doigt avec une douceur redoublée.

C'est un jeu solitaire. Personne ne la voit, personne ne le sait. L'après-midi après la sieste, la famille vaque à ses occupations. Reposant aux côtés du grand-père, elle paraît paisible, ou endormie. La respiration du vieil homme, comme un constant brouhaha entrecoupé d'une toux rauque, bat le rythme du temps qui décline.

Le soleil à cette heure est un complice bienveillant, il emplit l'air de paillettes de poussière qui restent longtemps suspendues, immobiles, jusqu'à ce que, avec une régularité déroutante, la mère fende le silence de sa silhouette juvénile. Alors les paillettes tressautent et tombent au sol en pagaille aussitôt remplacées par d'autres, dans un manège que Consolée suit d'un regard émerveillé. Elle aimerait décrire cette magie pour le grand-père. Assise sur une natte tressée, au pied du siège en bois clair qu'il occupe du matin au soir, elle lui dit, dans une langue encore chiche mais teintée d'éblouissement, le ballet silencieux de ces choses minuscules. Elle dit qu'elles volent puis tombent mais que ce ne sont pas des oiseaux, elle dit qu'elles scintillent et frétillent mais que ce ne sont pas des poissons, elle dit : « Oh Sogokuru, si tu pouvais retrouver tes yeux juste un instant ».

Le grand-père rit de l'entendre rire, et bien qu'il devine la banalité du phénomène, il écarquille son regard blanchâtre et se met sans grand mal au diapason de son ingénuité. La cécité lui a rendu la mesure des choses. Il chérit cette complicité avec l'enfant qui le garde au cœur de la palpitation du monde.

Parfois elle applaudit. Elle n'ose pas se lever, n'a jamais tenté d'attraper les poussières, inconsciemment avertie, déjà, de la fragilité du bonheur.

Il suffit d'un nuage pour faire disparaître le ballet. Alors Consolée reporte son attention sur ses doigts.

Longtemps elle a sucé son pouce. Pour l'en décourager, la mère a écrasé un cachet de chloroquine et l'y a trempé. Le goût atroce n'a pas tardé à réfréner toute velléité de succion, même quand l'enfant voyait bien que son doigt n'était pas farineux. Le blanc est devenu pour elle une couleur dont il faut se méfier, une promesse d'amertume. Seule la pâte de manioc de la cousine garde son attrait, car son odeur puissante ne peut prêter à confusion.

Une fois le pouce interdit, l'enfant s'est prise d'affection pour ses cuticules. Elle les observe, les compare, les caresse longuement dans le sens montant, de l'ongle vers le dos de la main, mouvement qui les redresse sans les arracher. Jusqu'à ce que, n'en pouvant plus, elle en pince l'extrémité entre les ongles de l'index et du pouce et tire dessus d'un coup sec. Alors arrive le sang et la succion.

Ses doigts sont encore boudinés d'enfance, elle doit souvent s'y prendre à plusieurs fois, mais faisant mentir son âge, elle apporte à cette tâche une minutie qui frise la perfection.

Elle ignore que c'est cet exercice, mille fois répété, qui lui ouvrira les portes de l'écriture, en donnant à sa main la délicatesse précoce du geste pincé.

La mère a remarqué la rougeur pelée des contours de ses ongles, elle a grondé, tonné, menacé. Des infections pouvant conduire à la gangrène qui allait aboutir à l'amputation ont été brandies sur sa petite tête effrayée. Elle sait désormais parler, elle a évité le retour de la poudre de chloroquine en jurant vigoureusement de ne plus jamais recommencer. La cousine, qui est venue vivre avec eux depuis la mort de la grand-mère, apportant à la mère une conversation adulte et chamarrée, a pris les choses en main. Elle a montré à Consolée comment appliquer sur le pourtour abîmé des ongles la sève translucide de la misère mauve qui pousse à l'entrée de la cour. C'est un remède que lui a appris son autre grand-mère. Elle sait beaucoup de choses mais n'a pas pu dire à Consolée si le nom que l'on donnait à ces petites peaux échappées, « insambabakecuru », était la contraction de « gusamba » (agoniser) et « abakecuru » (les vielles femmes). Était-ce là un poison pour les vieilles mais qui pouvait soigner les enfants ? La cousine a ri de cette hypothèse, amusée comme souvent par les questions de cette petite si différente des autres.

Quand elle n'est pas assise sur la natte auprès du grand-père, Consolée aime coller aux pas de sa cousine, la suivant partout où ses menus travaux journaliers la mènent. Seule la mère va cultiver le champ, aidée par certains oncles. L'enfant est confiée aux bons soins de la jeune fille qui coupe, cuit, nourrit, lave et chante des mélodies cristallines à longueur de journée.

Pour l'heure, Consolée finit de sucer l'auriculaire gauche en guettant le prochain passage de la mère dans la cour, car celle-ci ne manquerait pas de la réprimander si elle trouvait sa bouche de nouveau pleine de doigts. Même avec une lourde cruche d'eau en équilibre sur la tête ou le dos ployant sous un fagot de bois, son regard surveille à chaque passage les gestes pâles de son enfant sage.

Quand elle aura éliminé toute trace de sang sur le doigt, Consolée ira cueillir une tige de misère et, tout en écoutant le grand-père lui raconter une histoire de grillons et de bergeronnette malheureux en amour, appliquera avec minutie la sève sur sa douleur.

Le sang de la plante et son propre sang n'ont pas la même couleur. Elle a entendu hier la mère pleurer en disant à l'oncle : « Elle est de mon sang, de notre sang, pourquoi faut-il la leur donner ? » Et l'oncle a répondu de cette voix grave qui a parfois des accents de tonnerre : « Elle a leur sang blanc, l'enfant leur appartient plus qu'à nous, tu dois la rendre. »

Consolée en a déduit qu'elle devait avoir, dans une partie insoupçonnée de son corps, une sève de misère qui faisait d'elle une plante humaine étrange et nocive, ce qui explique pourquoi les autres enfants la regardent avec des yeux avides, lui tirent parfois sur les cheveux ou pincent sa peau comme on le ferait d'une curiosité.

Peut-être cette sève tapie en elle est-elle un poison dangereux pour les vieilles personnes, peut-être que c'est elle qui a tué la grand-mère et recouvert d'une épaisse pellicule blanche les yeux du grand-père, le privant de la beauté du monde ?

5.

Astrida – 2019

Tantôt l'infirmière l'a réveillée alors qu'elle s'était assoupie dans son fauteuil.

« Madame Astrida, c'est l'heure de votre prise de sang ! »

Elle a fait une grimace, sourcils froncés. La jeune femme a cru qu'elle redoutait la douleur.

« Rassurez-vous, je vais faire doucement. Et puis vous avez la peau encore ferme vous, pas trop fondue comme vos copines, c'est un plaisir de vous piquer. »

Astrida s'est demandé à qui elle pensait quand elle disait « vos copines ». Elle n'avait pas d'amies ici, elle avait des voisines, de couloir, de réfectoire, parfois de file quand il y avait des sorties dehors. Mais pas d'amies. La seule dont elle soit devenue proche, Paola, était partie quelques mois auparavant. Du jour au lendemain. Sans qu'elle puisse lui dire adieu. Pfff envolée de nuit tel un hibou. Paola aimait tricoter comme elle, n'avait pas eu d'enfants, comme elle, et, comme elle aussi, portait un nom de reine belge. À son arrivée à l'Ehpad, c'est Paola qui l'avait accueillie, bien mieux que les employées d'ailleurs. Elle vivait dans la chambre en face de la sienne, s'était présentée dès le premier jour en souriant. Tu es nouvelle ? Tu veux que je te fasse faire le tour du propriétaire ? Paola tutoyait tout le monde, sans distinction.

Elle avait une gaieté enfantine, participait avec entrain à toutes les activités, ne manquait jamais d'aider les voisins de son étage ayant besoin d'un coup de main pour descendre au réfectoire. Elle s'était prise d'affection immédiate pour Astrida, sans doute parce que, comme elle lui expliquerait plus tard, elle aussi avait des souvenirs dans une langue que les filles d'ici ne comprenaient pas. Paola était italienne, elle était arrivée en France à la fin des années quarante, ses parents étant parvenus après un périple improbable pour l'époque, à quitter le fond de la botte pour venir vendre leur sueur dans une France en pleine reconstruction.

Elle avait gardé de cette terre du sud un léger accent chantant, mais quand les infirmières tentaient de lui baragouiner les quelques mots glanés lors de leurs vacances à Rome, elle leur riait au nez : chez elle à la maison on parlait surtout le grico, un dialecte grec parlé uniquement dans quelques villages du sud de la péninsule.

Aussi, lorsqu'on lui avait dit qu'une nouvelle résidente portant un nom étranger venait d'arriver, s'était-elle empressée d'aller vérifier auprès de l'intéressée.

En voyant le patronyme inscrit sur la boîte aux lettres suspendue devant sa porte, elle avait faillit s'étrangler. Papailiaki, c'était un nom grec ça, elle allait pouvoir converser avec elle, pour sûr ! La femme qui lui avait ouvert avait semblé désemparée, encore étonnée de se trouver là, loin de sa maison, de son jardin fleuri, loin de sa rue, du quartier où elle avait toutes ses marques. Paola connaissait ce trouble, et même si elle était venue aux Oiseaux de son plein gré, ayant encore toute maîtrise de ses actes et de ses dires, elle savait combien il était difficile à leur âge de changer.

Elle avait commencé par se présenter, avait engagé une conversation de bienvenue ; avec ses voyelles qui semblaient danser entre ses lèvres toujours légèrement maquillées et ses consonnes râpeuses, elle était parvenue à entraîner la nouvelle venue dans les couloirs aux murs ocres, lui vantant la vie ici tout en collectant de-ci de-là quelques informations sur l'identité de cette mystérieuse Mme Papailiaki. Elle avait appris que c'était le nom de feu son mari, né en France de parents grecs immigrés des années trente. Elle avait appris que sa nouvelle voisine, bien que de nationalité belge, comprenait le grec que lui avait enseigné sa belle-mère – qu'elle avait adorée – puis pratiqué lors de leurs séjours réguliers sur une petite île de la mer Égée du temps où son mari vivait encore.

Une complicité faite de cette compréhension exclusive avait fini de les rapprocher. Paola pouvait désormais abuser de sa langue d'enfance sans passer pour folle auprès de sa nouvelle amie qui n'avait qu'à placer quelques onomatopées d'approbation et les deux étaient devenues quasiment inséparables. Quand l'Italienne faisait sa sieste, la Belgo-Grecque allait scruter le ciel dans le patio, silencieuse comme à son accoutumée. Finalement, c'est grâce à elle qu'Astrida était parvenue à se fondre très vite dans le décor, malgré sa carnation sombre, un peu plus que celle de Paola la Méditerranéenne, jusqu'alors la plus brune de la résidence, en devenant son double, son ombre discrète et mystérieuse.

Elles tricotaient de concert, l'une exclusivement en noir et blanc, l'autre toujours dans le même camaïeu de bleus, « la couleur des yeux de mon défunt mari », tenait-elle toujours à préciser quand on la questionnait sur son choix monochrome.

Cela avait duré six mois. Le temps de s'attacher. Paola, qui était dans la maison depuis bientôt une décennie et allait allègrement sur ses quatre-vingts ans disait avoir enfin trouvé la petite sœur que ses parents ne lui avaient pas donnée. Quand Astrida décrochait, se perdant dans les couloirs ou s'oubliait à parler dans cette autre langue inconnue, Paola se faisait encore plus protectrice. Elle disait avoir travaillé avec des étrangers toute sa vie. Et si quelqu'un lui lançait mi-moqueur mi-dubitatif « alors si tu les connais si bien les éstrangers, dis-nous d'où c'est qu'elle vient vraiment ton amie, tu vois bien qu'elle ne peut être réellement belge ni grecque », elle les remballait vertement et sans détour : « Tout le monde ici a ses petits secrets, le sien ne vous regarde pas. » Elle avait bien tenté, elle-même, d'en savoir un peu plus sur les véritables origines de sa sœur de cœur, mais avec délicatesse. Quand elle avait compris que ses « où quand comment ? » se noyaient systématiquement dans le regard brumeux d'Astrida, elle n'avait pas insisté.

Puis un matin, la directrice, Mme Moussilac, avait fait appeler Paola dans son bureau et lui avait expliqué sans détour qu'elle devait partir. Ses revenus avaient fondu, elle ne pouvait plus se permettre de rester dans l'établissement, il allait falloir trouver un Ehpad moins cher.

À la mort de son mari, avec lequel on devinait qu'elle avait eu une relation fusionnelle, exclusive, Paola avait vendu leur maison, la voiture et tout ce dont elle n'avait plus besoin pour pouvoir se payer un lieu de retraite agréable, près de son ancienne ville. Elle ne supportait pas de vivre seule après quarante ans à deux.

Avant de partir, son époux avait investit tout son livret A dans un placement « plus rémunérateur », chaudement conseillé par son banquier, un fond de placement spécialisé dans le financement des Ehpad justement. « Le marché des seniors est un des plus porteurs » lui avait-il assuré. Mais la forte rentabilité de l'investissement annoncé s'était brusquement évanouie. Le banquier avait inondé Paola de justifications barbares : actifs risqués, gestion défensive coûteuse, influence des scandales médiatiques sur la bourse, portefeuille volatile, etc, etc.

Elle avait tout perdu.

Elle qui s'était investie dans la résidence des Oiseaux comme si c'était véritablement sa nouvelle maison, décorant avec soin sa chambre, aidant à l'épluchage aux cuisines, participant à toutes les animations, tant et tant qu'elle semblait en avoir oublié son statut de résidente. De locataire.

À la rue.

Son visage radieux avait d'ailleurs été choisi pour la photo d'accueil du site Internet de la résidence. On n'aurait pu trouver plus enthousiaste, plus « corporate » comme aurait dit la directrice-manager.

Elle devait partir. Trop pauvre. Elle en fut si bouleversée qu'elle prit dix ans en une nuit. Elle s'était crue chez elle. Elle voulut mourir mais n'alla pas jusqu'à passer à l'acte, convaincue que Dieu ne le lui aurait pas pardonné. Elle s'effondra, cessa de s'alimenter, de parler, de tricoter. Astrida resta à son chevet aussi longtemps qu'on le lui permit. Elle aurait voulu vider son compte en banque pour aider son amie, mais elle n'avait aucun accès à ses économies, ayant été mise sous tutelle. Un soir, après le repas, alors que les couloirs étaient vides, ils l'emmenèrent ailleurs. Un vol. Astrida dirait, en découvrant la chambre vide déjà prête à accueillir un autre vieux plus rémunérateur : « Vous l'avez volée. » Chassée de la lumière des Oiseaux où elle avait pourtant tous ses repères, sa nouvelle vie, sa famille inventée. Emportée la nuit, sur une chaise roulante, avec une perfusion dans le bras car elle refusait toujours de s'alimenter, unique forme de protestation en sa possession.

Non, Astrida n'avait plus de « copines » ici.

« Respirez un grand coup je vais piquer. »

Son doigt a tapoté la veine au creux du bras, enfoncé l'aiguille puis défait le garrot. Le sang a coulé doucement dans la pipette.

Pourquoi cette infirmière s'imaginait-elle qu'elle avait peur de la douleur ou de la vue du sang ?

Elle avait au contraire une intense fascination pour le sang, depuis qu'elle avait compris qu'il coulait, de couleur identique, dans les veines de tous les êtres vivants. Identique.

Petite, elle avait été convaincue d'avoir un sang plus clair que celui des siens, un sang gâté qui faisait d'elle une curiosité. Jusqu'au jour où sa mère s'était blessée en travaillant dans les champs. L'enfant avait longuement observé le liquide coulant de la petite entaille au pied, exactement pareil au sien, hypnotisée et soulagée.

– Voilà, c'est fini ! Je vous mets un sparadrap pour ne pas tacher votre blouse et je me dépêche d'aller envoyer la petite bouteille au laboratoire. Ça va ?

– Pourquoi vous vérifiez mon sang ? Il n'est pas normal ?

– Ne vous inquiétez pas madame Astrida, il est tout à fait normal votre sang. Mais vous savez, c'est le protocole pour toutes les personnes qui ont votre maladie. Le docteur doit surveiller de temps en temps comment ça va dans votre corps. Je dois filer maintenant. Je vous laisse vous reposer un peu avant l'atelier d'art. C'est dans pas longtemps, hein, ne vous endormez pas, ma collègue va venir vous chercher.

Un jour, alors qu'elle vivait au Sénégal, un homme lui avait dit, après s'être enquis de ses origines : « Alors vous êtes une sang-mêlé ! » Cette expression l'avait replongée dans ses craintes enfantines. Pourquoi toujours rapporter la couleur de la peau à cette histoire de sangs différents ?

Elle avait longtemps gardé une méfiance hostile pour cette appellation. Jusqu'à ce qu'un soir on lui fasse goûter, un jour de fête aux Oiseaux – était-ce Noël ou nouvel an ? – un vin légèrement épicé qui affichait une étiquette en noir et blanc représentant des pièces de puzzle intriquées, au nom sans équivoque : Sang Mêlé. Une robe sombre qui racontait le mariage de ce Sud-Ouest qu'elle avait adopté et du Roussillon voisin dont le chant des cigales l'été lui avait toujours rappelé les nuits d'enfance à Save.

Alors elle avait apprivoisé, en le dégustant lentement, toute la poésie possible de cette expression, malgré les violences de l'Histoire et sa mémoire emmêlée.

6.

Ramata – 2019

– Mamamata !

– Pardon ?

– Mama amata !

– Madame Astrida, je m'appelle RAMATA, pas Mamamata.

Ra-ma-ta.

– Shakamatamama !

Elle m'a saisi le bras pour m'attirer contre elle. Et quand elle a été tout près, Astrida, qui était assise, m'a enserrée le bas des cuisses, à hauteur de sa tête pour coller cette dernière sur mon large ventre. L'oreille droite posée sur mon nombril, avec juste entre nos deux peaux ma blouse en lin fin dont le blanc immaculé adoucissait la teinte de son front parcheminé.

Une embrassade. Je n'en revenais pas, Astrida Papailiaki était en train de me faire une embrassade. À la dernière minute de ma toute première séance d'art-thérapie, devant les sept autres résidents qui, heureusement, ne semblaient pas remarquer la scène, tant ils étaient accaparés par la dégustation du framboisier que je leur avais apporté pour clôturer agréablement l'atelier. Mme Moussilac est passée juste à cet instant dans le couloir. Elle s'est arrêtée brusquement, les sourcils – qu'elle avait très fournis – soudainement arqués comme si la vue de deux femmes ainsi enlacées était une scène obscène, inadmissible. Elle est entrée sans frapper. Elle semblait très ennuyée. Madame Astrida n'a pas fait attention à elle, elle avait fermé les yeux et semblait heureuse ainsi, le visage apaisé reposant sur mon ventre. J'avais posé mes mains sur ses épaules, avec une fermeté de protestation mais qui n'osait trop le geste (que j'aurais jugé violent) de la repousser. Le directrice m'a fait des signes désordonnés, par lesquels je suppose qu'elle tentait de me signifier que je devais me dégager rapidement de cette étreinte malséante. J'ai souri, gênée, comme prise en faute.

Ce genre d'humiliation. Se retrouver de nouveau dans le rôle subalterne de stagiaire à qui il faut apprendre les règles. Cette femme me le faisait sentir depuis le premier jour. J'ignorais ses motivations, alors je m'étais mise à les imaginer. Un complexe d'infériorité ? Peut-être avais-je rêvé son petit ricanement, le premier jour, quand elle avait parcouru mon C.V. d'un air exagérément impressionné : « Hypokhâgne, khâgne, Sciences-Po, Master de droit, concours d'attachée puis d'administratrice territoriale… hé bé ! » Ce que je ne pouvais avoir inventé, c'est la phrase moqueuse avec laquelle elle avait conclu la lecture : « Mais finalement c'est dans ce genre d'emploi que vous avez décider de refaire carrière, repartir à zéro. » Comme si elle sous-entendait que je n'avais pas été à ma place jusqu'alors. Elle devait même peut-être se dire que c'est elle qui m'avait sauvée en acceptant de m'accueillir dans son établissement. La plupart du temps les gens comme elle se croient très ouverts, tolérants : « La preuve, j'adore votre cuisine. » Je suppose que ça aurait été encore plus dans l'ordre des choses que je demande un stage de cuistot ou d'aide-soignante.

Mais pour aggraver mon cas, j'étais arrivée le premier jour à l'Ehpad habillée de mes anciens vêtements de cadre, longue jupe crayon en laine, chemisier en soie, trench Burberry. Presque un mois de salaire, ce trench. Je me l'étais offert pour mes quarante ans, j'avais pris soin en m'asseyant, avant que l'entretien d'accueil ne commence, de le plier de façon à ce qu'elle puisse voir l'étiquette intérieure.

J'avais toujours fait ça, adopter les codes vestimentaires de ceux dont j'espérais l'acceptation, prétendre connaître les goûts de la bourgeoisie comme si j'y étais née. Mon mari appelle ça ma « mentalité caméléon ». Ma fille, elle, me traite d'aliénée. Elle a essayé une fois de m'expliquer la notion de politique de la respectabilité mais comme souvent je les ai remballés, elle et son militantisme.

J'ai longtemps considéré que ces vêtements, ce costume, faisaient partie de mon armure extérieure. Je sais aujourd'hui que ça n'aide en rien. J'ai vu que l'image que j'offrais n'était pas convenable pour Mme Moussilac, la directrice de l'Ehpad des Oiseaux. Mon accoutrement ne correspondait pas à ce qu'elle attendait de moi. Ça clochait, comme dans ces livres pour enfants où chaque page est coupée en trois bandes que l'ont peut tourner indifféremment pour créer des mélis-mélos : la tête de cow-boy surplombant un tronc de danseuse en tutu, elle-même dotée de jambes, de pompier. Ma tête, mes mains, mes jambes tout ce qui de ma peau ne pouvait être recouvert par un vêtement quelconque n'était pas assorti avec la coupe parfaite du chemisier, le prix du pardessus. Même les tennis que je m'étais enfin autorisées, après vingt-cinq ans de mocassins à talons, étaient encore trop raffinées. Et quand je m'étais mise à parler sans aucun accent avec des expressions bien d'ici, trop d'ici, elle s'était trouvée déroutée par ma capacité de mimétisme, cette façon que j'avais de les connaître si intimement. Dans mon précédent métier aussi j'avais rencontré cette injonction paradoxale avec mes supérieurs hiérarchiques : Sois comme moi mais pas trop… Non en fait essaie juste d'être comme moi mais sans y parvenir, offre-moi le reflet valorisant d'un art d'être français dont tu ne seras que la copie exotique et inaboutie. Je n'avais pas joué le jeu. Je l'avais même poussé jusqu'à adopter une décontraction absolue. Je m'étais fabriqué un naturel irréprochable. On eût dit que j'avais été adoptée à la naissance par un couple du Triangle d'Or bordelais.

Beaucoup s'en étaient accommodés, les plus libéraux étaient même allés jusqu'à me féliciter de ma parfaite intégration.

Ça m'avait vexée. Ils n'avaient pas compris : « N'est-ce pas là ce que j'avais voulu, qu'ils m'adoubent ? Qu'ils me disent : « Tu es exactement comme nous. » Nous avions pris nos distances. C'est ainsi que j'avais gagné la réputation de « personne très compliquée ».

Au fond qu'est-ce que je voulais ? Il m'avait fallu du temps avant que je commence à me poser la question. Je n'avais visiblement pas encore trouvé la réponse le jour où je me suis présentée devant Mme Moussilac. Mais j'avais la certitude d'être enfin sur la voie, même si je continuais à commettre des erreurs.

– Madame Barry, s'il vous plaît, puis-je vous parler dans mon bureau, une fois que vous aurez raccompagné tout le monde dans ses appartements ?

Voix glaciale, sourire figé. Je t'ai à l'œil.

J'ai feint de ne pas l'avoir entendue, sereine.

Rien à cirer, surtout pas tes pompes de directrice. Je ne te dois rien, tu me fais bosser à l'œil, je pars quand je veux.

Elle s'est adressée à la vieille femme, toujours collée à moi :

– Madame Astrida, alors vous vous êtes prise d'affection pour Ramata ? Vous savez bien pourtant que le personnel n'a pas trop le droit de vous faire des câlins.

Dis-le moi directement connasse, laisse-là en dehors de tout ça. Tchiiip. Le personnel ? Je ne suis pas ton employée. On dirait que tu parles de tes bonnes, le petit personnel de Madame.

Astrida a tourné la tête vers la fenêtre, l'ignorant résolument. Cette vieille femme me plaisait. Je n'avais plus du tout envie de la lâcher.

Voyant notre résolution ostensible à ne pas nous séparer, la directrice s'est tournée vers les autres participants qui reposaient un à un les assiettes du goûter sur le chariot.

– Alors monsieur Labat, ça vous a plu cette animation ? Vous l'aimez bien notre artiste ?

VOTRE artiste ? Je vous appartiens maintenant ?

Là où autrefois j'aurais évité d'entendre, je relevais tout avec une irritation qu'il me fallait encore apprendre à maîtriser.

M. Labat s'est dit ravi, la cheffe a encore essayé avec une autre résidente puis, de guerre lasse, s'en est allée sans manquer de me rappeler qu'elle m'attendait dans son bureau avant la fin de « mon service ». Je lui ai lancé un « oui, Madâme » sans équivoque.

Heureusement à ce moment-là, Léa, l'animatrice joviale du premier jour, est arrivée, et m'a proposé de l'aide pour raccompagner les participants à leur chambre respective. Elle a considéré rapidement le couple enlacé que je formais avec Astrida et a souri :

– Waouh, on peut dire qu'elle t'a adoptée ! C'est la première fois que je la vois aussi proche de quelqu'un, même avec son amie Paola elle n'était pas ainsi. Madame Astrida, c'est bien de vous voir si souriante enfin ! Mais maintenant il va falloir y aller hein. Vous allez monter vous remettre de vos émotions avant le souper, d'accord ?

Léa ne semblait pas gênée par notre proximité physique, j'avais déjà remarqué qu'elle faisait souvent fi des règles de « bonne qualité relationnelle » édictées par la direction et se permettait un contact affectif avec les résidents.

Elle s'est accroupie, le visage à hauteur de celui d'Astrida qui avait tourné la tête vers l'intérieur en reconnaissant sa voix.

– Je vois bien que quelque chose de précieux s'est passé pour vous pendant l'atelier et j'espère que vous me le raconterez un de ces jours. Mais là, on doit tous quitter la salle pour préparer la suite, d'accord ? Elle a tendu ses mains excessivement baguées vers Astrida, dans une invitation souriante et déterminée.

Madame Papailiaki a relâché son étreinte, en levant son regard légèrement blanchâtre vers moi, a semblé hésiter, j'ignorais si c'était à partir ou si soudain elle pensait ne plus me reconnaître. Puis elle a saisi les mains de Léa.

– Voilà… Je vous aide à sortir de votre fauteuil ?

Elle s'est levée. Avant de commencer à marcher, elle s'est retournée pour me fixer de nouveau, rapidement, comme à la dérobée. Une vérification. Elle m'a souri et dans un murmure a répété : « Mama amata. »

Léa, qui sous ses airs brouillonne et malgré son jeune âge me semblait avoir une réelle finesse d'analyse, m'a interrogée du regard. Je répugnais à parler des personnes présentes comme si elles n'étaient pas là, je lui ai dit : « Je t'explique après. »

Elle a accompagné madame Astrida jusqu'à la porte de la salle, le temps que sa démarche engourdie se fasse plus assurée et l'a laissée partir vers sa chambre, à petits pas. En revenant chercher Mme Mouneyrac, qui attendait patiemment dans sa chaise roulante, elle a jeté un coup d'œil curieux sur la table où étaient éparpillées une cinquantaine de photos ou copies en noir et blanc, puis m'a demandé : « Qu'est-ce que tu leur as fait faire aujourd'hui ? Un photolangage ? On leur en avait aussi fait avec la psychologue l'année dernière, c'est cool. »

Je me suis senti obligée de défendre mon originalité, pour ne pas passer pour une étudiante inexpérimentée qui déçoit dès son premier projet :

– Oui mais je l'ai constitué à partir de leurs carnets de vie. J'ai photocopié les photos d'eux enfants ou jeunes et d'autres en lien avec leurs histoires de vie, leurs métiers, les endroits où ils ont vécu, leurs…

Elle m'a interrompu :

– Non, attends, tu veux dire que tu t'es tapée tous leurs carnets de vie ? Tu fais pas les choses à moitié toi, dis donc !

J'aurais pu prendre ce compliment avec fierté. C'est vrai que j'avais beaucoup travaillé à la préparation de cette séance. Mais j'ai répondu :

– En réalité je n'ai trouvé de cahiers de vie que pour la moitié des résidents. Pour le reste j'ai dû broder. La secrétaire m'a dit que les autres avaient été perdus l'année dernière et que depuis ils n'avaient pas été refaits, c'est dommage.

Léa était déjà engagée dans le couloir avec la chaise de Mme Mouneyrac quand elle a lancé :

– Oui exact il y a eu un dégât des eaux mais franchement, avant toi personne ne s'en servait tu sais. C'est une stagiaire qui les avait faits juste avant mon arrivée.

Je me suis demandée si les travaux des stagiaires se trouvaient toujours ainsi frappés du sceau de l'éphémère. Si la mémoire des résidents que je comptais restaurer durant mon passage aux Oiseaux serait tout aussi vite enterrée de nouveau.

Après avoir raccompagné tout le monde chez soi, je suis venue ranger les photos. Pendant la séance, certains visages s'étaient illuminés en se reconnaissant. M. Labat, très disert malgré son problème de prononciation suite à un A.V.C., nous avait raconté la drôlatique séance chez le photographe de son village juste avant de partir à la guerre.

Mme Mouneyrac avait évoqué comment elle avait obtenu son permis de conduire. Puis comme à son accoutumée, elle avait répété ses propos, une fois, deux fois, ainsi que faisaient de nombreux résidents des Oiseaux, pris dans une boucle infernale de répétition. Puis elle s'était brusquement tue, le regard perdu.

Mme Berry, elle, n'avait pas accepté de se reconnaître dans la petite fille blonde en robe de communiante sous laquelle pourtant était écrit son nom. Par contre, elle avait choisi, d'un geste sûr malgré une maladie de Parkinson envahissante, la photo d'un enfant vietnamien que j'avais trouvée sur Internet, en disant, avec une vive émotion dans la voix : « C'est le fils de ma nourrice, lui ! On jouait ensemble petits. On n'avait pas le droit hein attention, mais dès que maman était partie, zou, il surgissait de la jungle pour me rejoindre. »

J'ignorais qu'elle avait eu une enfance coloniale, il n'en était fait mention nulle part dans son carnet de vie. Pourquoi ? Je ne le saurai sans doute jamais. Elle avait reposé la photo de l'enfant en soupirant et d'un mouvement nerveux de la main avait éloigné son souvenir.

J'avais du renouveler trois fois ma question « Y êtes-vous jamais retournée ? » avant qu'elle ne l'entende. Sa réponse était arrivée comme un écho décalé : « Après il y a eu la guerre, ils nous ont chassés. »

J'avais saisi l'amertume, l'incompréhension : comment revient-on dans un endroit d'où on a été chassé ? Elle en était restée là. N'avait pas tenté de savoir le pourquoi ni de revenir au Vietnam quand ça avait de nouveau été possible.

Pour les résidents dont je n'avais trouvé aucune mémoire écrite, j'avais glané quelques informations auprès d'eux directement ou des aides-soignantes durant ma journée d'observation. Toutes très incomplètes. Les soignantes avaient de moins en moins de temps à leur consacrer, encore moins à me parler. Quant aux personnes âgées, leur mémoire était pleine de trous et de points de suspension. Il aurait fallu que je passe une journée entière avec chacun et chacune, restant aux aguets dans l'attente d'un surgissement, d'une étincelle ou d'une conversation de souvenance, mais cela ne m'avait pas été possible.

En pensant à madame Astrida, j'avais imprimé des cartes postales de Grèce, en raison de son patronyme, et une photo de la reine Astrid de Belgique dont elle portait une déclinaison du prénom.

J'espérais, avec ces deux traces, l'amener à la pêche aux souvenirs. Elle parlait si peu que j'avais à peine eu l'occasion d'entendre le son de sa voix. Elle avait eu un sourire de reconnaissance découvrant les images du Parthénon, n'avait pas vu ou avait fait semblant de ne pas voir la photo royale, puis sa main s'était soudain figée sur une photo, celle de deux jeunes femmes noires, vêtues de robes en coton fleuri et ligné sans manches, photographiées dans son studio de Dakar par le photographe béninois Roger Da Silva. Une carte postale des années cinquante ou soixante que j'avais ramenée peu avant de la foire d'art et de design africain de Paris.

Je l'avais choisie pour M. Amalric, qui ne venait à l'Ehpad qu'en journée et aimait à raconter à tout le monde qu'il avait autrefois été un grand entrepreneur en Afrique.

Mais madame Astrida avait trouvé l'image avant lui. Elle l'avait rapprochée de ses yeux pour mieux voir puis avait posé fermement son doigt sur le visage de la femme de droite, celle qui portait des créoles, comme pour entrer sa main dans la photo.

Et alors qu'elle semblait prête à dire quelque chose, Jean Amalric la lui avait demandée. Docile, elle l'avait tendue, ravalant la confession avant même son éclosion. J'avais tenté de protester, pour que sa parole ne soit pas confisquée, mais le vieil homme s'était déjà lancé dans le récit de ses trépidantes aventures africaines. Il avait la plupart de ses capacités langagières préservées, une diction limpide et de la suite dans les idées, alors il ne ratait jamais une occasion de monopoliser la parole. Astrida était restée muette jusqu'à la fin de l'atelier, malgré mes tentatives de la reconnecter à l'instant suspendu devant la photo de Da Silva, jusqu'à ce qu'elle me saisisse par le bras en m'appelant Mamamata. Cela avait-il un rapport avec les deux femmes noires de Dakar ? M'avait-elle identifiée à l'une d'elles ?

Ce mot ou ces mots qu'elle avait répétés étaient-ils une sorte de déformation de mon prénom ou cette langue étrange dont Léa m'avait dit qu'elle remplaçait le français de plus en plus souvent, depuis le départ de son amie Paola ?

La jeune animatrice a passé la tête par la porte, à ce moment-là, me tirant de ce tourbillon de questions :

– Je dois filer, c'est moi qui suis de popote à la maison ce soir, à jeudi !

Avant que je puisse lui demander quoi que ce soit, elle avait disparu.

Moi aussi je devais m'activer, passer chez la Directrice me faire administrer une leçon de démarche qualité et de déontologie gériatrique avant d'aller faire les courses pour préparer également un repas à ma famille.

Mon fils avait entraînement de hockey directement après le lycée, il rentrerait affamé. Ines, ma fille, après ses cours à la fac, aidait son père au travail. Elle s'occupait de la toilette mortuaire d'une femme décédée le jour même pendant que Khalil finalisait les démarches pour rapatrier son corps dans son pays d'origine. Mon mari avait une entreprise de pompes funèbres. Quelque part, en venant travailler dans un Ehpad, je m'étais rapprochée de ce qu'il appelait ironiquement le « business de la fin de vie » dont il faisait désormais métier. Nous nous autorisions rarement à blaguer sur le sujet, pas tant par crainte d'offenser les morts et les mourants que par peur des réactions de notre fille. Depuis qu'elle faisait de la sociologie, elle analysait nos paroles pour nous coller allègrement des étiquettes peu flatteuses.

Elle était devenue si sérieuse, ma fille, chaque conversation était prétexte à débat houleux quand elle ne s'enfermait pas dans sa chambre pendant des heures pour nous signifier son mépris. Elle s'en prenait surtout à moi, me voyant sans doute comme l'antimodèle absolu alors qu'elle gardait un certain respect pour Khalil. Ce que je considérais comme la crise d'Ines avait commencé à la fin de l'adolescence, avait atteint son paroxysme au début de sa licence et aurait pu durer encore longtemps s'il n'y avait eu ma maladie puis ma lente mue. Depuis quelques mois, elle semblait me reconsidérer, à l'aune des efforts que je faisais pour sortir de mon personnage et investir d'autres identités. Elle s'était même proposée de me relayer à la cuisine un soir sur deux, à condition que son frère « fasse sa part ».

7.

Consolée – 1954

Le grand-père lui demande : « Mon enfant, quelle est cette odeur bonne et belle dans l'air ? » Consolée est heureuse de ce possessif que lui offre l'aïeul. Il l'emplit d'un chaleureux sentiment d'appartenance, celui que lui a refusé l'oncle quand il a dit à la mère : « Elle est de leur sang. » Le grand-père saura la cacher sous ses paupières si on vient la prendre pour la rendre à ceux dont elle ignore tout si ce n'est qu'ils ont une couleur d'un blanc vénéneux. Et le sang aussi froid qu'une nuit d'avril.

Sous les paupières du vieux, il y a ses yeux gâtés certes, mais il y a surtout, elle en est convaincue, une cachette immense et magique où il entrepose toutes les histoires, les chants de vaches et les trilles d'oiseaux qui coulent de sa bouche du matin au soir.

Chaque fois qu'elle lui demande « mais comment sais-tu tout cela Muzehe ? » il pointe l'index tremblant vers elle et lui dit avec emphase : « J'ai tout rangé ici !

Ton Muzehe a peut-être perdu la vue, ma petite, mais il garde les images et les sons aussi clairs que ta peau de lait ! »

Cette question. L'odeur bonne et belle qui les enveloppe en ce petit matin de saison sèche. Elle n'a pas encore la ribambelle de mots avec lesquels le vieux fait germer le monde dans l'antre de sa bouche édentée. Elle n'en connaît qu'une poignée, de ceux avec lesquels on apprivoise la vie à l'aube, juste après le babil, avant que ne fleurissent les orties du mensonge, avant que l'image du grand monde ne commence à se lézarder. Elle a en revanche la peau plus fine, l'ouïe plus sensible, la candeur avide des premières saisons. Elle sait que c'est cela qu'il attend d'elle, une fraîcheur du dire, la parole sans entrave des primes émerveilles.

Une question comme ça mérite toute sa concentration. Elle regarde la cour devant eux avec avidité. Puis elle ferme les yeux pour se mettre au diapason de sa sensibilité à lui. Voici ce que renferme l'air frais de ce matin, Muzehe. Toute la poésie de l'enfance et de la vieillesse entrelacées, une liste à déchiffrer :

« Muzehe, la natte est encore tendre de la nuit qui s'en va, mais bientôt rêche du soleil qui monte. »

Et le vieux sait : Une odeur d'herbe sèche qui se souvient de la rosée matinale, de nos rêves inassouvis. Hier et aujourd'hui se sont aimés à cette heure précise où le jour se meurt dans un frisson mouillé. Cette natte, c'est la mère qui l'a tressée. A-t-elle pleuré en se souvenant de ses souhaits de fille ?

Elle est rêche du passé trop vite évanoui, des gloires rêvées et encore douce de leur persistance à demeurer tapies en nous.

Nous sommes un peuple en sursis.

« Muzehe, j'ai un peu froid, prête-moi ta cape qui sent le tabac. »

Et le vieux sait : Sur la peau de ses bras un fin duvet s'est levé pour saluer le soleil qui darde timidement ses rayons par-delà nos corps encore ensommeillés.

« Muzehe, une bergeronnette vient de passer au-dessus de nos têtes, elle a frôlé le revers de ton chapeau avant de disparaître derrière le grand arbre là-bas. »

Et le vieux sait : L'air à peine déplacé, le bruit imperceptible d'une aile d'inyamanza à mon oreille qui annonce une longue journée de récoltes. Cet oiseau est le totem du clan de ma défunte épouse, les Bagesera. Mais pour tous les Rwandais, il symbolise l'amitié et porte chance au voyageur qui le croise au moment où il prend la route. Celle dont parle Consolée s'est déjà évanouie derrière les deux grands arbres plantés près de l'enclos. À droite se trouve l'umuvumu, l'indispensable ficus dont le bois servira à fabriquer des pots à lait, des sièges comme celui sur lequel je suis assis ou une cuve de fermentation pour le vin de banane. Son écorce battue offrira des vêtements que les jeunes refusent désormais de porter, préférant les toiles fines apportées par les Blancs. Il y a toujours à gauche l'arbre aux fleurs de sang, l'umuko. Consolée a cru un temps que c'étaient des fruits, elle a salivé en leur imaginant un goût sucré de prune gorgée de lumière jusqu'à ce qu'elle ramasse une fleur écarlate, déjà flétrie, jusqu'à ce qu'on lui fasse ingurgiter le jus amer de son écorce pour la soigner des vers. La mère vient de quitter la maison : avec les oncles, elle va recueillir le sorgho mûr dans nos champs, sur l'autre versant de la colline. Cette après-midi la cour sera jonchée de grosses grappes brunes aux grains ronds et à l'odeur entêtante. Nous boirons bientôt la bière pour célébrer la fête de la première moisson, l'umuganura.

L'enfant aime le parfum douceâtre du vêtement élimé en écorce battue du grand-père. Il dit la sécurité d'un enracinement millénaire. L'habit caresse sa peau, indifférent à sa couleur, il a la douceur des feuilles de tabac frais qui sèchent lentement sur le mur de la maison. Cet effluve âcre dit son geste sûr quand elle lui tend la pipe avant de lui apporter, tremblante de se brûler, la braise du feu qui jamais ne meurt dans l'âtre, l'*igishirira* capable de transformer l'herbe en flammes volantes. Rougeurs volatilisées en fumée grise.

« Muzehe, la cousine finit de cuire la bouillie. Elle nous la portera bientôt, fumante, pour commencer la journée ventre plein, bouche chaude. »

Et le vieux sait : Les effluves épaisses et chaudes de la bouillie d'éleusine flottent jusqu'à nos narines affamées. Les sons rassasiants de la spatule de bois sur les bords arrondis de la cruche en terre cuite, promesse de la manne offerte par nos terres nourricières. La bouillie sucrée de miel nous apporte la force dès l'aurore, celle qui nous fait nous lever, jour après jour, contre le danger de l'étranger à nos portes, voleur d'âme ou de terres.

Le vieux ignore que bientôt, l'éleusine, la céréale ancestrale uburo, sera oubliée, et que des fruits rapportés des Amériques par le Blancs deviendront leur unique oméga. Vertiges de l'oubli, le ventre avale sans esprit.

« Muzehe, la fourmilière a encore grandi. Rien ne bouge en surface pourtant. »

Et le vieux sait : Elle a cru que toutes les bêtes piégées dans la fumée qu'y a déversée la mère hier seraient mortes, mais on dirait qu'elle ont survécu, comme à tous les remèdes utilisés vainement pour les exterminer.

Un parfum de terre brûlée et de bataille ocre se dégage du timide monticule immobile dans l'angle mort de la cour. Les fourmis ne sont-elles pas les cousines de ses amies araignées ? Pourquoi la mère cherche-t-elle à s'en débarrasser ? Cela fait des semaines que Consolée les observe, un fin bâton à la main accompagnant leur ballet elliptique. Elle n'a pas peur de leurs mandibules sectionnantes, elle est fascinée par leur inlassable labeur. Le grand-père lui a raconté le règne de leur reine comme s'il s'agissait d'une femme puissante au destin forcément tragique. Il a dit que le destin des reines se joue à cela, aux œufs qu'elles doivent pondre inlassablement. Indispensables et dénuées de pouvoir à la fois. Et comme toujours sans transition il était passé des mœurs des bêtes à celles des humains, relatant l'histoire de la première femme du roi, Nyiramakomali, qui avait été répudiée faute d'avoir enfanté. « Pourtant elle était innocente, comme ta mère, mon enfant. Cela fait plus de dix ans que le roi a pris une nouvelle épouse, plus jeune et féconde que la première, mais elle non plus ne lui a pas offert d'héritier. »

Et le vieux a conclu : « Peut-être que tout ce malheur ne serait pas arrivé si le roi était demeuré, comme son père, fidèle au culte de nos ancêtres au lieu d'aller s'acoquiner avec le dieu des Blancs. Hon ! »

La cousine a fini de cuire la bouillie, on entend le bruit mou du liquide crémeux qu'elle transvase lentement d'une écuelle à l'autre pour la tiédir. Le vieil homme et l'enfant se redressent, prêts à tendre les bras vers ce breuvage qui réchauffera aussitôt leur cœur.

Et la beauté ? Consolée rouvre les yeux, pupilles rétractées, cils immobiles. Elle égrène les visions comme d'autres des perles de prière et le vieux traduit dans sa tête alourdie par la sagesse des ans :

La brume du matin.

Des voiles blancs qui flottent encore au-delà de la haie, s'accrochant parfois aux branches des arbres les plus hauts. C'est un drap si léger qu'elle s'imagine pouvoir le déchiqueter d'un souffle.

Les fleurs près de la porte.

Il y en a de trois sortes mais un seul mot pour les désigner. Les rouges à jupe froufrou au duvet soyeux, les jaunes regorgeant d'un pistil farineux, tiges si frêles que la moindre brise les fait ployer, les blanches et mauves aux pétales irréguliers, dents-ivoire cariées sans raison à moins qu'elles n'émettent spontanément un sucre incolore, ce qui expliquerait le ballet incessant des abeilles sur leurs têtes. Les fleurs sont à cet âge-là une source permanente d'éblouissement. Éclosion de sourires.

La rosée.

C'est l'élégance de l'amant qui part sans bruit, effleurant d'une caresse le front de l'endormie, ce que l'ombre laisse au jour naissant. Une promesse de retour. Le père de Consolée a-t-il laissé autre chose qu'une goutte d'enfant dans le ventre de la mère ? Il n'est jamais revenu. Un citronnier pousse au milieu de la cour. Ses feuilles vertes, comme les ailes d'un scarabée, brillent de mille reflets mordorés. Les perles de rosée s'évaporeront bien trop vite, fraîcheur envolée comme un anneau de fiançailles rompues. Mais à cet instant, cette humidité scintillante dit tous les petits matins, tous les songes qui survivent à la nuit.

Le vieux imagine le spectacle que sa petite-fille et lui-même offrent en ce jour d'été : nous sommes le beau et le bon, deux âmes qui se consolent mutuellement d'être déjà ou encore là. À l'aube et au crépuscule de la vie, la même fragilité irisée.

8.

Astrida – 2019

Tantôt, Mme Berry a refilé son ananas à Astrida, dernier dessert spécial pour clôturer la semaine du goût organisé à l'Ehpad. Chaque jour, elles avaient eu droit à des spécialités culinaires : lundi Picardie, Mardi Chili (con carne donc plutôt Mexique mais pour les cuisiniers cela ne faisait pas trop de différence au final, d'autant qu'une partie des assiettes étaient servies après être passées au mixeur), mercredi Italie, jeudi « Les îles » (combinaison ti-punch, acras et Compagnie Créole) et aujourd'hui, vendredi, « l'Afrique » était à l'honneur. Le chef avait voulu composer un menu spécial, à partir d'un équilibre entre ses représentations sur le continent, le palais supposé délicat des résidents et la disponibilité des ingrédients : « Pas de piment, pas de criquets ni de singe » n'avait-il eu de cesse de répéter à ses cuistots. Heureusement, l'un d'eux avait eu la présence d'esprit de demander à l'aide-soignante ivoirienne de la résidence des Oiseaux « ce que mangeaient les Africains de France ».

« Quels Africains ? » leur avait-elle rétorqué, un peu moqueuse. « Les Camerounais mangent du ndole et des bâtons de manioc, les Marocains la pastilla, le couscous et le tajine, les Sénégalais du thiéboudiène, du yassa, des pastels, pour nous Ivoiriens c'est l'alloco, l'attiéké et aussi... » Le chef des cuisines ne l'avait pas laissé terminer ce long exposé qui lui apprenait au passage qu'il y avait cinquante-cinq pays sur le continent et dix fois plus de spécialités culinaires, sans singe ni criquets.

« Awa, s'il te plaît, ne m'embrouille pas. Dis-moi juste ce qu'on peut faire que les papys et mamies vont pouvoir manger sans avoir la diarrhée et pour qu'ils puissent dire à leurs enfants dimanche qu'ils ont un peu voyagé en Afrique. »

Awa lui avait ri au nez, lui suggérant, s'il voulait vraiment leur donner l'impression de voyager, de leur acheter des casques de réalité virtuelle. Devant le regard surpris du chef, elle lui avait appris qu'elle s'y connaissait en nouvelles technologies par ce que son fils aîné était ingénieur en informatique. Il n'était pas au bout de ses surprises ce jour-là. Puis elle lui avait proposé sa recette maison d'attiéké au poisson, parce qu'elle était serviable et qu'elle se disait que pour une fois qu'on ne lui faisait pas des remarques sur son accent, elle n'allait pas se priver. Elle se proposa même de leur rapporter de la semoule de manioc homologuée qu'ils pourraient toujours remplacer par de la semoule de blé française pour les estomacs les moins voyageurs.

En entrée le chef choisit des pastels sénégalais, avec comme plan B de la purée d'avocat pour ceux qui ne pouvaient pas trop mâcher.

Et donc, en guise de dessert, une tranche d'ananas que Josiane Berry ne trouvait pas à son goût.

« Tenez, il est à peine sucré. Moi je ne sens plus rien, je ne peux même pas profiter de son parfum. Il n'y a que la couleur, et encore, les ananas que je mangeais enfant à Hanoï étaient tellement plus jaunes, jaunes comme le soleil ! Tenez, prenez-le. Moi j'ai plus d'odeur dans le nez. Les ananas quand j'étais avec ma nourrice, c'étaient des vrais, jaunes et ils sentaient bons olala ! Je vous le donne, prenez-le, il n'a pas de goût… »

Depuis la séance d'art-thérapie de Ramata, mille et un souvenirs de ses premières années indochinoises se sont frayés un chemin jusqu'à ses sens, emplissant sa tête d'images nostalgiques. Elle a même expressément demandé au réfectoire que pour la prochaine semaine du goût, si Dieu lui prêtait vie pour être encore parmi eux, ils mettent des plats nord-vietnamiens au menu. On peut sentir dans sa voix toute l'émotion qu'elle a à se remémorer les repas de riz gluant et de nems frits que lui préparait autrefois sa nourrice « quand maman n'était pas là ». Sa parole répétitive semble s'être ancrée dans cette mémoire première, ce qui déplaît particulièrement à ses enfants.

Mme Chassaing, qui a rejoint leur table des Mésanges après la mort de tous ses anciens voisins de la table des Colibris, emportés par une grippe saisonnière particulièrement virulente, toujours prompte à se plaindre de la mauvaise qualité des repas, a surenchéri vivement à la remarque de Madame Berry :

« Ça n'a de l'ananas que le nom ! Ils les cueillent encore verts là-bas, les font mûrir à la va-vite sous des lampes ici avant de les foutre dans des frigos pour les envoyer aux quatre coins de France. Regardez, le mien est encore froid, heureusement que j'ai un bon dentier. »

C'était juste. Les petits morceaux qu'Astrida suçotait étaient froids et dépourvus de goût. Mais le léger parfum, à peine une effluve, qu'ils dégageaient, suffisait à ressusciter sur ses papilles des festins de fruits du pays.

Il y avait un champ d'ananas chez les sœurs à Save. Mais ce n'est pas là-bas qu'elle en avait goûté pour la première fois, non. Ces fruits-là étaient interdits aux enfants. Le dimanche, elles avaient droit chacune à une banane, point. Pourtant le verger des sœurs regorgeait de fruits : des papayes, des mangues, des mandarines, des ananas, des prunes et des maracujas. Comme tout cela leur faisait envie ! Elle observait de loin, alors qu'elle tendait le linge sur la corde derrière le dortoir, les ouvriers les cueillir pour les mettre dans de grands paniers tressés qui partiraient ensuite pour la ville voisine, appelée comme elle « Astrida ». C'étaient les Blancs d'Astrida qui venaient acheter les fruits des sœurs pour nourrir leurs propres enfants. Parfois l'un des cueilleurs ouvrait rapidement un maracuja pour en avaler la pulpe acidulée, histoire d'apaiser la soif de la grande saison sèche. L'enfant les regardait en essayant de se remémorer le goût du jus de ces fruits dont elle et sa cousine se régalaient, avant.

Une fois, avec deux filles plus aguerries, elle avait osé aller chaparder quelques prunes dans le verger, à l'heure où sœur Assumpta faisait sa sieste. Les fruits, à portée de main de la plus haute d'entre elles, étaient mûrs et lourds de promesses juteuses. Elles ne furent pas bien gourmandes, oh ça non, on leur avait tant répété que c'était un péché et elles n'osaient ajouter cette faute à celle déjà si terrible du vol, alors elles n'en prirent que trois. Elle étaient ensuite allées les manger derrière la haie d'euphorbe, cachées, espéraient-elles, du regard des autres enfants et de Dieu. Monique avait, avec un petit couteau emprunté à la cuisine, ouvert chacun des fruits, les mains tremblantes de peur et de hâte. Le jus rouge sang avait immédiatement coulé des prunes sur ses doigts, éclaboussant même le bas de sa robe. Au milieu d'une auréole orangée, le fruit – qui avait la taille et la forme d'un œuf – offrait un cœur d'un rouge sombre et mystérieux parsemé de graines noires brillantes.

C'était la première fois qu'Astrida en mangeait, elle allait croquer directement dans la demi-lune quand Monique la retint, lui expliquant que la peau brillante n'était pas bonne. Elle lui montra comment croquer la chair pourpre au centre avec les dents du haut en prenant bien soin de lécher très vite le jus qui dégoulinait. Un goût légèrement sucré et une multitude de parfums envahirent la bouche de l'enfant. Une fois passée la félicité de cette dégustation, elle eut envie de pleurer car elle pensa à son grand-père, son *Muzehe,* pour lequel une chose si bonne et belle, si douce aussi pour sa bouche édentée, aurait été un cadeau merveilleux.

Elles enterrèrent les pelures des prunes dans un trou sous la haie et partirent rejoindre les autres enfants avant la classe de l'après-midi, les yeux encore brillants de leur forfait délicieux.

Mais les enfants ignorent tout de la malice des adultes, surtout ceux qui n'ont pas reçu dès l'aube, quand l'âme est encore vide de méfiance, les mises en garde d'une mère ou d'une grand-mère.

Sœur Assumpta et ses yeux inquisiteurs eurent tôt fait de remarquer les taches rubis sur la robe de Jeanne. Le châtiment, comme toujours avec elle, se révéla disproportionné. Les enfants et les jeunes filles dont elle avait la charge n'avaient, pour la plupart, jamais rien connu d'autre que les mœurs sévères de l'institut. Pour eux, les coups de chicotte étaient la façon normale de corriger tout manquement au règlement. Elles avaient péché, elles devaient être châtiées. C'était au contraire la première fois qu'Astrida goûtait au fouet à lanières en peau de vache de la religieuse. Elle était arrivée là à sept ans passés alors que les autres, qui y vivaient souvent depuis l'âge de trois ou quatre ans, avaient déjà tout oublié de leur vie d'avant. Ses camarades de crime se soumirent aux coups avec une résignation d'habituées. La plus petite, qui paradoxalement était celle arrivée le plus tard à Save, se débattit comme une forcenée. Elle appela sa mère, son grand-père, sa cousine, en vain. Personne jamais ne lui avait infligé cette douleur physique, personne n'avait le droit. Plus elle criait, plus elle exaspérait sœur Assumpta qui redoublait de force et de coups.

Plus tard, pendant qu'elle lui appliquait un baume apaisant sur les traces rouges qui zébraient ses jambes, sa marraine, qui vivait à Save depuis plus d'une décennie, allait lui administrer les conseils de survie élémentaires à l'institut. Toujours baisser les yeux si elle était prise en faute, toujours demander pardon, toujours accepter sa pénitence, toujours se taire.

Il faudrait du temps à Astrida pour accepter ces règles, pour se soumettre sans protester. Plus jamais cependant elle ne retourna dans le verger sans autorisation. Elle se força à oublier le goût épicé du fruit défendu, crut l'avoir oublié jusqu'à ce qu'une voisine, peu de temps après son retour dans le pays de son enfance lui en apporte un panier entier, en guise de bienvenue.

Devant son regard perdu, qui tentait de cacher l'émotion de la réminiscence, la voisine, qui ignorait qu'elle était née au Rwanda, crut qu'elle ne savait pas de quoi il s'agissait et s'empressa de lui expliquer :

ici ils appellent ça des prunes du Japon, « ibinyomoro » dans la langue indigène, mais leur nom français est le « tamarillo ». J'ai cru comprendre que c'est par lui que les missionnaires auraient remplacé la fameuse pomme du jardin d'Éden dans la Bible. C'est délicieux dans une salade de fruits, avec des bananes et de l'ananas, vous devriez vraiment goûter !

9.

Ramata – 2019

Claude a un prénom de garçon et un nom de famille fautif.

Claude Mouret, psychologue.

La première fois que je l'ai vu écrit sur une étiquette temporaire devenue pérenne, scotchée à une porte que je m'apprêtais à pousser, dans ce quart de seconde immuable durant lequel la machine à représentation nous induit souvent en erreur, la première fois que j'ai croisé ce nom aux rondeurs graves, j'ai imaginé un homme bien plus vieux que moi, avec un accent de terroir gascon, une bouche à moustache grisonnante et à dents de fumeur. Sans oublier la bedaine, la graisseuse négligence capillaire et l'amoncellement de dossiers poussiéreux d'un capharnaüm de fin de carrière.

Mon imagination est retombée brutalement quand, juste après le quart de seconde durant lequel elle s'était envolée, une voix claire, cristalline, dénuée en apparence de toute aspérité régionale, m'a invitée à entrer.

Je me suis retrouvée devant une jeunesse presque improbable dans ce lieu perclus, habillée de couleurs claires. Le regard d'un vert limpide, presque liquide, qui me souriait comme personne encore ne l'avait fait depuis mon arrivée. Ces yeux étaient une promesse de bain de jouvence pour toute mémoire qui pourrait s'y plonger.

Puis de son bras frêle, absolument imberbe, dont les doigts très longs et diaphanes semblaient la plus heureuse des ramifications, elle m'a désigné le siège en face de son bureau impeccablement rangé, dans une invitation silencieuse mais si harmonieuse, aérienne, qu'elle bruissait de bienvenues.

« Vous êtes ? » Mon hésitation ébahie alors que je m'installais sur la chaise de bois tout en pointant du doigt le sparadrap sur la porte d'entrée que j'avais laissée entrouverte.

« Oui, c'est bien moi. »

Et de nouveau ce sourire qui ne jugeait pas mon étonnement devant son image qui collait si peu avec un nom d'une autre génération. Cette délicatesse. Plus tard nous allions en rire. Elle aurait pu, ainsi que je l'avais si souvent fait, pensant mettre à l'aise des gens surpris de me trouver noire derrière un nom bien d'ici, oui, elle aurait pu dire : « Ne vous inquiétez pas vous n'êtes pas la première, j'ai l'habitude. » Mais c'était encore trop reconnaître la méprise, entériner qu'elle n'avait pas la tête de l'emploi. Elle ne dit rien d'autre que « c'est bien moi », en appuyant doucement sur le bien, d'une façon qui signifiait la totale légitimité de sa présence en ce lieu, dans cette fonction.

Cette assurance, comme je la lui enviais. Pourtant elle avait un léger accent, un gracieux boitement qui avait affleuré entre le « i » et le « en », une fine entaille dans le son. Moi je n'avais jamais eu d'accent. Et je m'appelais Barry et pourtant j'avais toujours été, et même encore aujourd'hui, à cinquante ans, incapable de m'imposer avec la même tranquille assurance.

Je mourrais d'envie de percer son mystère, j'aurais voulu trouver sur elle une fiche Wikipédia exposant ses origines, sa formation, les secrets de son succès.

J'avais trop longtemps été soumise à des questions indiscrètes voire inquisitrices de parfaits inconnus (« oui mais tu viens d'où vraiment ? ») pour me permettre de la gêner à mon tour.

Ce fut elle qui me libéra.

– Vous êtes madame Barry ? Je suis tellement enchantée de vous rencontrer. J'étais partie en vacances chez moi au Québec quand vous êtes arrivée, j'ai repris juste aujourd'hui. J'aurais beaucoup aimé assister à votre premier atelier ! Les résidents que j'ai croisés ce matin m'en ont dit beaucoup de bien, vous savez ?

Je connaissais désormais l'origine de l'accent, j'ignorais pourquoi il était si léger cependant. Mais puisque c'était elle qui venait de dévoiler son statut d'étrangère je me permis de l'interroger. Elle allait me raconter, de bonne grâce, après m'avoir préalablement demandé si elle pouvait fermer la porte.

Son père, enfant du Pas-de-Calais, était parti s'installer là-bas sur un coup de tête et surtout suite à une douloureuse rupture amoureuse dans les années quatre-vingts. Il y avait rencontré sa mère, québecoise pur jus et elle, Claude, était née de cette heureuse collision aux frontières de la francophonie. Elle avait fait le voyage inverse pour les beaux yeux d'un Français, dont elle était tombée amoureuse alors qu'elle était juste étudiante au Cégep, le premier cycle de l'enseignement supérieur au Québec. C'est lui, plus âgé, qui, lorsqu'il était rentré s'installer dans le Sud-Ouest de la France où sa famille construisait des barriques (on ne pouvait ignorer son roulement d'Amérique quand elle prononçait ses « r »), l'avait rapportée dans ses valises.

– Pis c'est comme ça que j'ai fait mes études de psychologie ici, et que j'ai perdu le gros de mon accent de là-bas. Au début je travaillais dans une association à Bordeaux mais ça me faisait trop de route. Alors quand j'ai vu l'offre pour le poste aux Oiseaux, j'ai pas hésité. Moi, femme d'un tonnelier qui enferme les vins pour les faire vieillir, me voilà donc aujourd'hui en psychologue qui tente de libérer la mémoire des vieux pour les empêcher de vieillir trop vite.

Elle ne devait pas faire cette comparaison souvent, tant le mot de « vieux » était censuré entre ces murs. Sans doute avait-elle deviné que pour moi il n'avait rien d'insultant.

– Et vous, on m'a dit que vous étiez en reconversion professionnelle ? Dites-moi, vous faisiez quoi avant et pourquoi l'art-thérapie ? C'est fantastique !

Je crois bien que c'est la seule qui m'ait ainsi posé la question, durant tout mon séjour à l'Ehpad. Une invitation au lieu d'une accusation. Elle voyait l'aventure, le changement, peut-être une histoire d'amour comme pour elle, nous mettant déjà en concordance, là où les autres n'avaient exprimé que méfiance et constat d'échec. Il fallait être folle ou complètement perdue pour changer si radicalement de métier à mon âge. Et puis quelqu'un comme moi était plutôt attendu du côté des aides-soignantes ou des femmes de ménage, pas dans un rôle excentrique de thérapeute par l'art.

Claude devait être une bonne psychologue. Je décidai de lui faire confiance. Comme on fait un pari. Au moment de mon burn out, la psychologue que j'avais appelée au secours dans ma collectivité n'était parvenue qu'à m'enfermer un peu plus. Elle m'avait imposé une lecture essentialisante, m'invitant à trouver des ressources de soutien dans ma communauté, à « aller me ressourcer au pays ». Je m'étais bien gardée de lui dire que je ne parlais plus aux amis sénégalais de mon père depuis sa mort, bien gardée de lui révéler que mon mari était né en Algérie et que ma meilleure amie était comme moi une plante rempotée aux racines aériennes. Elle m'avait parlé de ma foi, des miens, de mes ancêtres et de mon extranéité avec une insistance exaspérante, convaincue sans doute que le module d'ethnopsychiatrie qu'elle avait suivi à la fac était fait pour les gens comme moi.

Claude Mouret et moi avons parlé de poésie et d'art contemporain, de Michèle Lalonde et de Mémoire d'Encrier, de Jacques Villeglé – dont elle était justement allée voir la rétrospective au Centre Pompidou – et de Vittorio Fiorucci. La jeune psychologue m'a raconté comment l'affichiste d'origine italienne s'était retrouvé au Canada en lieu et place de l'Australie où il avait initialement demandé à immigrer suite à une bourde d'un agent de la Migration ; comment le hasard l'avait conduit jusqu'à Montréal où, ne connaissant pas la langue, il s'était rabattu sur le dessin, abandonnant la carrière d'écrivain à laquelle il se destinait.

Tout en l'écoutant, je me suis demandée si le même genre de mésaventure aurait pu arriver à mon père. Notre famille aurait peut-être atterri en Angleterre ou en Russie. Mais non, bien sûr, nous avions été le produit d'une histoire coloniale, pour nous à l'époque ça ne pouvait être que la France.

Quant au deuil du métier initial, c'était le lot de tous les immigrés.

Claude me dit aussi, confirmant mon intuition première, que mon projet d'atelier basé sur l'art de lacérer les affiches, que je pratiquais depuis deux ans, serait un exercice intéressant avec les résidentes et résidents à la mémoire trouée.

« Aller chercher la trace d'un mot, d'un dessin ou d'un graffiti dans les différentes couches de papier superposées sur les panneaux d'affichage depuis des années comme une archéologie du souvenir : c'est bien vu » m'avait-elle encouragée, visiblement enthousiaste. « Sans compter que ça sera un excellent exercice pour travailler la préhension et la dextérité manuelle ! »

Je lui avouai que je n'avais pas encore fait valider de projet précis par la directrice, redoutant qu'elle ne m'interdise d'apporter les pavés d'affiches agglomérées dans l'Ehpad, m'accusant par anticipation d'empoisonner les résidents avec la vieille colle endormie entre les feuilles. Elle me promit de défendre mon initiative, m'apprit aussi que si Mme Moussilac l'adorait, il n'y avait pas réciprocité de sentiments. « Elle est pas bien fine celle-là. Elle s'est parfois laissée aller à m'entretenir de la différence entre les bons immigrés comme moi et les mauvais. Elle ignore que le nom de mon père, Mouret, vient du latin *maurus*, qui désignait les Maures. Et si je suis aujourd'hui blanche et blonde comme elle, je n'en oublie pas moins que je suis aussi une descendante des Nègres blancs d'Amérique. »

Claude cherchait visiblement une proximité avec moi et je la lui accordai. Elle me proposa de nous tutoyer, me demanda si on pouvait s'appeler par nos prénoms, j'acceptai sans aucune arrière-pensée. Je consentis à partager avec elle un peu de mon histoire, lui racontai comment j'étais arrivée là, dans un élan de confiance que j'espérais ne pas regretter ultérieurement.

Mais d'histoires, c'est surtout celle de madame Astrida qui me préoccupait et, une fois la complicité assurée, j'ai commencé à l'interroger prudemment sur cette curieuse femme à la peau cuivrée et aux yeux noisette qui m'avait appelée « Mamamata ».

– J'avais aussi l'intention de t'en parler, ça tombe très bien. Léa m'a raconté ce qui s'est passé à la fin de ton premier atelier. Madame Papailiaki est ma patiente la plus énigmatique mais aussi celle qui m'intéresse le plus.

J'ai pris mon poste environ sept mois après son arrivée aux Oiseaux, au moment justement où elle a commencé à parler de plus en plus cette langue dont nous ignorons tout. Les aides-soignantes ont pensé que c'était le « départ » brutal de son amie et voisine de chambre (en disant cela elle fit le geste des guillemets, s'assurant du regard que j'étais au courant pour le renvoi de Paola) qui a provoqué cela. En réalité il semblerait qu'elle ait surtout fait un petit A.V.C. nocturne, dont elles ne se sont pas immédiatement rendu compte. C'est la médecin qui l'a vu plusieurs semaines après sur un scanner de routine. Ça c'est quelque chose qui arrive parfois, la perte des langues apprises après un accident vasculaire cérébral, même chez les plus jeunes.

Dans tous les cas, on a vite compris que ça n'était pas le grec qu'elle baragouinait avec son amie disparue qui resurgissait dans sa bouche mais une langue plus ancienne, peut-être venue de l'enfance.

– Elle est belge m'a-t-on dit ?

– Oui elle est de nationalité belge mais ça ne ressemble ni à du flamand ni à de l'allemand, ni même à un patois de la Wallonie. On dirait une langue africaine. Par acquit de conscience, j'ai quand même vérifié du côté de Bruxelles. Une de mes amies est belge, j'ai enregistré madame Papailiaki un jour et j'ai demandé à ma copine d'écouter si elle reconnaissait un idiome de son pays, mais rien. C'est un vrai mystère. Et quand on lui demande – parce qu'en dehors de ces trouées langagières, elle continue à parler français tu as remarqué, et sans aucun accent, même si bien sûr sa maladie lui a fait perdre beaucoup de fluidité et de vocabulaire, et qu'elle a de toute façon visiblement toujours été une taiseuse – elle se referme comme une huître. Alors évidemment, moi, la première chose que j'ai faite c'est de demander à voir le dossier de son projet de vie personnalisé. Mais alors je ne te raconte pas le bazar !

Tu connais le principe du projet de vie personnalisé, le PVP ?

– La cadre de santé l'a évoqué mais très rapidement, je veux bien que tu m'en dises plus, ai-je répondu, espérant enfin avoir les explications claires et détaillées que personne ici ne s'était donné la peine de me fournir.

– Tous les établissements d'hébergement pour personnes âgées dépendantes sont tenus par la loi de construire avec chaque résident, au moment de son admission, un projet qui vise à tenir compte de sa singularité, pour lui offrir l'accueil le plus adapté. Tu sais, on doit respecter ses choix pour lui permettre de conserver le plus longtemps son autonomie sociale et psychique. Alors normalement (elle a insisté sur ce mot, sous-entendant par là que les choses ne se passaient pas toujours ainsi), au moment de l'accueil dans la structure, et même en général dès la visite de pré-admission, les professionnels précisent avec le futur résident et ses proches quand il y en a, les éléments de sa biographie, ses habitudes de vie, ses préférences, ses croyances. On y ajoute évidemment le bilan médical, fonctionnel et psychique.

Ça c'est obligatoire, d'autant que le PVP est un des avenants au contrat de séjour que signe le résident à son entrée.

Ensuite on assigne à chaque nouvel arrivant une personne ressource qui va être sa référente au quotidien, et qui donc est censée très bien le connaître et alimenter le suivi des projets personnalisés.

– C'est toi la référente de madame Astrida ?

– Non les référentes sont généralement les AS – les aides-soignantes. La psychologue et la cadre de santé font la supervision des AS en lien avec la médecin coordinatrice. Avec deux jours par semaine de présence dans l'Ehpad, je ne peux pas plus. Les résidentes et résidents en auraient besoin pourtant mais… c'est une question budgétaire je suppose.

Elle a marqué un temps de silence, a souri, avant d'ajouter : « Quand je suis arrivée, une des patientes m'a dit, un peu moqueuse, que la psychologue était là uniquement pour les aider à accepter de vivre dans un endroit où ils ne voulaient pourtant pas aller. »

J'ai attendu que ce souvenir s'estompe, avant de la relancer au sujet de Madame Papailiaki.

« Le problème avec elle c'est que tout est allé de travers dès le départ. »

J'ai haussé les sourcils de surprise, elle a ménagé le suspens en buvant une grande gorgée d'eau, puis a repris :

– Quand elle est arrivée ici, sa maladie d'Alzheimer était déjà pas mal avancée. De plus, elle vivait très isolée avant. Veuve depuis dix ans, sans enfants, visiblement ça faisait pas si longtemps qu'ils s'étaient installés dans le coin alors tout ça, en gros, ça a fait un ensemble de facteurs qui compliquaient l'élaboration de son PVP.

– Quel âge a-t-elle ?

– À peine soixante-douze ans, je pense que les premiers troubles sont apparus avant soixante-cinq ans ce qui veut dire qu'on est face à un cas d'Alzheimer précoce. Ceux-ci en général évoluent moins vite, mais bon, chaque personne est particulière. Peut-être que c'est le décès de son mari qui a, là aussi, été un élément déclencheur, on ne le saura jamais. Ce qui est sûr c'est qu'elle a été diagnostiquée très tard. Visiblement elle n'allait jamais chez son médecin, car elle lui tenait rigueur de la mort de son mari. Et comme je t'ai dit elle vivait seule dans une maison pas très loin d'ici avec un grand jardin où elle faisait pousser plein de choses, sortant peu et ne recevant personne.

– Alors comment est-elle arrivée ici ?

– Je te dis ce que j'ai lu dans le PVP, parce que moi je n'étais pas là. Il paraît que c'est une voisine, avec laquelle elle échangeait de rares bonjours polis qui l'aurait retrouvée un soir errant dans la rue en peignoir, complètement désorientée. Elle a appelé le médecin de garde et la machine infernale s'est mise en route.

Ils ont trouvé que sa maison était trop peu sécurisée pour pouvoir l'y laisser seule, même avec le passage quotidien d'une auxiliaire de vie, visiblement elle avait été plusieurs fois à deux doigts d'y mettre le feu ou des choses du genre. Et puis les examens psychologiques faits par le médecin auraient été préoccupants. Je ne sais pas mais quand je suis arrivée j'ai trouvé un dossier presque vide et elle était déjà l'ombre d'elle-même, silencieuse et prostrée.

Et le plus terrible, vraiment – il faut croire qu'elle a complètement perdu sa bonne étoile cette femme –, c'est que la référente PVP qui lui avait été assignée est très vite partie en long congé maladie. Depuis il y a eu deux remplaçantes qui ne sont pas restées. Donc tout le monde l'a oubliée, d'autant qu'elle ne fait pas de vague et n'a aucune famille pour se préoccuper d'elle.

– Alors toi comment ça se fait qu'elle soit la patiente qui t'intéresse le plus ? C'est par charité ou curiosité scientifique ?

Son téléphone a sonné, elle a décroché visiblement irritée d'être dérangée, a répondu brièvement et uniquement par des « non », puis a pris une longue inspiration après avoir mis son appareil en mode vibreur.

– Pas par charité ! Mais il y a peut-être un peu d'activisme, tu sais j'ai fait partie d'un groupe antiraciste au collège et forcément ça ressort quand je vois que la seule femme non-blanche dans une institution est ainsi ignorée. Je ne dis pas que nos collègues font ça de façon intentionnelle, mais je pense qu'on devrait lui accorder une attention accrue, comme on le fait des résidents qui n'ont plus aucune famille et qui se trouvent plus isolés que les autres.

Elle a directement enchaîné, visiblement elle n'attendait pas de réaction de ma part, contrairement à tant d'autres avant elle qui m'avaient montré fièrement leur badge « touche pas à mon pote » il y a vingt ans ou plus récemment leur selfie pris au énième rassemblement contre les violences policières racistes en espérant bénédiction, gratitude et admiration de ma part.

Pas Claude.

L'antiracisme était un élan sincère chez elle.

– Mais aussi, et je crois qu'il y a là un beau hasard, c'est que j'ai fait mon mémoire de psycho justement sur les troubles du langage associés aux pathologies neurodégénératives d'origine corticale chez les patients multilingues.

Elle a répété « chez les patients multilingues » comme pour mieux me donner le temps de faire le lien entre cet énoncé quelque peu académique et la grande femme à la peau cuivrée de l'Ehpad.

J'ai lâché un « oh » de surprise et de joie.

Deux coups ont été frappés à la porte, empêchant la suite de son explication.

Elle devait partir, nous nous sommes dit « à bientôt » très vite mais juste au moment de nous quitter elle s'est arrêtée pour me confier, dans un souffle : « J'ai commencé à enquêter, mais à deux ça sera mieux, j'ai eu trop peu de temps jusqu'à présent.

Et comme pour me donner la preuve de ses avancées concrètes, elle a ajouté : « Je crois déjà savoir pourquoi elle regarde le ciel toutes les après-midi sur le banc du patio. C'est pour les oiseaux. Nous avons une piste Ramata : les oiseaux ! »

J'ai retrouvé madame Astrida juste après ce premier entretien avec Claude Mouret, assise sur le même banc de pierre, au pied du mimosa, dans la cour intérieure de l'Ehpad. Pour ne pas la faire sursauter, j'ai marché en faisant bruyamment crisser le gravier blanc qui recouvrait le sol du patio. Elle s'est retournée au bruit, a esquissé un sourire sans que son regard n'indique qu'elle me reconnaissait. Ses grandes lunettes cerclées d'or lui donnaient un air de chouette, accentué par le halo blanc de cheveux très frisés qui entouraient son visage amaigri. À quoi avait-elle ressemblé, jeune ? Elle avait dû avoir du charme, il en restait quelques traces dans l'ourlet tombant de ses lèvres, une moue à la Jeanne Moreau, et dans l'ovale presque intouché de son visage.

Elle avait perdu du poids depuis son entrée aux Oiseaux, ce qui, d'après Awa, une des aides-soignantes, l'autre Noire de la structure, n'avait rien d'étonnant. Elle m'avait dit, en baissant la voix pour que personne ne l'entende : « Les portions qu'on leur donne sont trop petites, la direction a réduit le budget des cuisines ces derniers mois pour faire des économies. Les pauvres vieux-là n'ont plus d'autre plaisir que celui de la nourriture et même ça on le leur retire.

On dit aux familles que leurs parents ont perdu l'appétit et on leur fait prescrire des compléments nutritionnels remboursés par la sécu. Les familles voient un joli menu varié toutes les semaines mais n'ont pas idée de la quantité dans les assiettes. » Elle avait conclu, avec un de ces airs de complicité « afro » dont je n'avais jamais su que faire : « Ils ont vraiment perdu le respect des aînés ici », « ils » désignant sans doute « les Blancs », les Occidentaux sur lesquels elle pouvait ainsi prendre une petite revanche morale. Ils ont la puissance, la richesse et la technologie, mais nous avons gardé le sens de la famille, l'éthique de l'attention aux plus faibles. Combien de fois avais-je entendu mon père dire, en regardant les faits divers français sur son poste de télévision « ça n'arriverait pas chez nous ça », convaincu que les valeurs de ses ancêtres étaient immuables au pays de la teranga.

La mère de mon père lui avait survécu, cette grand-mère peule dont je n'avais qu'un très vague souvenir, avait failli atteindre cent ans. C'est ma petite sœur Maty qui avait suivi sa prise en charge par une de nos cousines restée au village. S'il avait su comment sa nièce monnayait l'entretien de sa mère auprès des riches de *Lafrance*, notre père aurait revu ses beaux discours sur l'inépuisable solidarité familiale africaine. Certes la grand-mère était correctement logée, nourrie et vivait entourée de ses arrière-petits-enfants, mais le prix facturé tous les mois par le sang de son sang permettait en réalité de faire vivre huit personne, bonnes y compris. « Je paie même l'électricité alors qu'elle est aveugle ! remarquait Maty qui a pourtant joué son rôle jusqu'au bout, sans se fâcher avec quiconque, non tant par tradition africaine que par humanisme international. « Nous avons plus de moyens qu'eux, c'est juste de la solidarité et ça fait plus sens que de donner à une O.N.G. de petits Blancs qui pensent sauver le monde non ? ».

Je me demandais s'il y aurait un jour des Ehpad subsahariens, si dans les pays dont l'espérance de vie avait augmenté, et avec elle le risque de dépendance, on envisagerait de rassembler tous les vieillards dans des lieux fermés, aux mains d'inconnus payés pour les laver, les nourrir, les soigner. Il devait certainement y en avoir déjà en Afrique du Sud, peut-être au Maghreb. Si cela devait arriver, j'imaginais déjà comment la corruption dans certains pays détournerait allègrement le business de la vieillesse : les compléments alimentaires qui se retrouveraient sur le marché, prisés par les femmes voulant prouver leur rapide enrichissement par un embonpoint digne de « Mama Benz ».

Je ne croyais plus en cette carte postale africaine qu'avait longtemps vanté notre père, à laquelle Awa continuait de se référer. Cette teranga, cette hospitalité que ma fille Ines me reprochait d'avoir reniée, elle qui n'en savait rien de plus que ce que les réseaux sociaux lui avaient raconté. Elle avait un tel besoin de fierté afro-descendante qu'elle en venait à opposer des propos presque aussi clichés à ceux qu'elle accusait d'être caricaturaux.

Je me suis assise à côté de madame Astrida qui avait un instant cessé de scruter le ciel pour me regarder m'approcher d'elle à pas lents.

Je tentai une amorce de conversation. Se souvenait-elle de moi ? J'avais entendu dans une émission radio sur les personnes souffrant de troubles neuro-dégénératifs comme le sien que, si elles oubliaient les noms des gens, elles pouvaient se rappeler des visages ou garder un souvenir, même vague, même troué, d'avoir passé un bon moment avec vous.

Peut-être que c'est en vertu de cette rémanence qu'elle m'a offert ce sourire, même si elle avait certainement oublié cette scène où elle avait posé sa tête sur mon ventre, câlinant celle qu'elle confondait avec un être du passé, mère, sœur ou amie d'enfance.

J'étais prête à m'en contenter, laisser anonymement des traces sensorielles agréables dans les corps des habitants de la maison de retraite, derniers rayons avant que la nuit et le froid n'avalent la vie.

– Comment allez-vous aujourd'hui, madame Astrida ?

– Ça va.

– Vous profitez un peu du soleil ? Il ne fait pas chaud quand même, hein ? Il est assez chaud votre manteau ?

Elle a levé la main et m'a montré le soleil, puis son manteau, on aurait dit qu'elle voulait me prouver qu'elle avait compris ce que je lui avais dit, mais sans en saisir la forme interrogative.

J'ai persévéré, grillant sans doute les étapes d'une conversation qui s'annonçait spiralaire.

– Ça fait longtemps que vous êtes ici ?

– Oui oui, ça fait du chemin, après la retraite de mon mari. Je ne sais plus très bien, parfois je me souviens et puis ça repart.

– Après votre retraite ou celle de votre mari ? Vous avez travaillé vous aussi ?

Pourquoi est-ce que je pose toujours deux questions d'affilée ? Je complexifiais là où elle avait besoin d'une communication simple.

– Je vais bientôt rentrer à la maison, mais mon mari est mort après la retraite.

– Vous voulez rentrer dans la maison où vous habitiez avec lui ou celle où vous avez grandi, en Belgique ?

Je tentais de glaner des informations, continuant de commettre la même erreur.

– Il est mort, oui. Mais je vais quand même rentrer, il faut arroser les fleurs dans les pots sinon elles vont mourir, et aussi remettre des graines dans les mangeoires.

Elle a pris ma main dans la sienne en disant cela. Je l'ai trouvé froide sa main, mais elle avait une douceur de plume.

Puis elle l'a brusquement lâchée pour pointer le ciel au-dessus de nous, traversé tout à coup par une voltige éclair. Un oiseau qui déjà disparaissait dans un envol vertigineux.

Je l'ai regardé fixer l'angle du patio où il n'était plus et j'ai vu les lèvres de la vieille dame tressauter, comme si elle retenait un sanglot ou une armée de mots prêts à surgir de derrière ses dents.

Un moment est passé, elle a reposé sa main dans la mienne.

Puis elle m'a adressé une phrase mosaïque où le français se mêlait à cette autre langue qu'elle parlait parfois, de plus en plus :

– Inyoni est parti ariko nabonye ko ce n'est pas iya sogokuru il est gato. »

– L'oiseau ? Vous parlez de l'oiseau ? c'est ça ?

…

– Il y a des mots que je n'ai pas compris, quelle est cette autre langue que vous utilisez, madame Astrida ?

Elle s'est levée sans répondre, m'a encore dit « je vais rentrer à la maison, après la retraite » puis s'en est allée.

J'ai gardé au creux de ma main la trace de la sienne, plume froide tombée de nulle part.

10.

Consolée – 1954

Elle reviendra, c'est une amie, pas une voleuse. Dans l'air encore étouffant de cette grande saison sèche, la nuit tombe d'un coup, à l'heure où le jeune vacher finit de rentrer le bétail dans l'enclos voisin. La génisse et les trois chèvres esquissent comme tous les soirs un ballet incertain entre l'abreuvoir et la haie d'euphorbe, l'umuyenzi, qui est aussi leur médecine. Chacune tapant le sol de ses sabots là où tantôt elles pourront s'endormir, l'une debout et immobile, les autres couchées en grappe, serrées flanc contre flanc, pattes repliées, cornes entrelacées, tressautant jusqu'à l'aube de rêves inconnus.

Mais pour l'heure personne encore n'est assoupi, les bêtes comme les humains guettent dans la pénombre les promesses de fraîcheur, les menaces de rôdeurs voleurs de bétail. Et l'enfant Consolée scrute les ombres aux aguets d'un vol discret mais amical. La bergeronnette akanyamanza a disparu voici plusieurs lunes déjà, loin au-delà des collines les plus reculées, là-bas où la voix ne porte pas, où un homme à la peau diaphane vit dans une maison comme une immense termitière ornée de fleurs et de bâtons croisés. C'est la cousine qui l'a vu un jour qu'elle accompagnait l'oncle dans une visite dont l'objet a vite été oublié devant cette vision incongrue. Elle avait expliqué à l'enfant que son père vivait là-bas, dans un grand palais de brique. C'est ainsi que Consolée avait appris qu'elle avait elle-aussi un père. Pendant un temps, elle avait pris l'habitude de scruter l'horizon dans cette direction-là, avec un mélange d'espoir et d'appréhension. Viendrait-il un jour la voir, ce père inconnu ?

Puis, ne voyant rien venir, elle s'était vite désintéressée de ce qui pouvait bien se passer au-delà des collines les plus reculées, sur l'autre versant du monde. Jusqu'à ce que l'oiseau y disparaisse. Désormais, son visage était constamment tourné vers là-bas, inquiet, impatient.

Reviendra-t-elle vraiment cette bergeronnette, survolera-t-elle de nouveau l'herbe jaunie par trois mois d'un soleil sans nuages ? La dernière fois qu'elle l'a vue, emportant son trésor, la terre était encore spongieuse d'une abondante pluie matinale. Le sol humide avait aussi avalé en un éclair son sang, crachat écarlate tombé d'une bouche endolorie. Consolée se souvient de la sidération avec laquelle elle avait observé la mousse rouge, bulles minuscules bouillonnant à la surface avant de disparaître comme happées par le sol de latérite à ses pieds.

La cousine avait trouvé les mots, comme toujours, pour la rassurer : Tu es grande maintenant, ravale ta salive, suce doucement le petit trou de l'absence, et regarde l'oiseau là-haut qui s'enfuit vers l'horizon. C'est lui qui a attrapé ta dent au vol. Il part au pays du temps pour l'échanger. Dans quelques lunes, l'oiseau reviendra avec une nouvelle incisive, belle et blanche qui poussera droite à l'endroit exact qui te lance maintenant. Il t'apportera bien plus qu'une dent, il te fera vieillir et mûrir en un coup d'ailes, et, avec une dentition parfaite, tu deviendras belle et droite comme ta maman.

Puis la cousine avait patiemment massé la gencive avec de l'eau froide et une feuille douce, grasse, au parfum de citronnelle.

Quand la mère était rentrée des champs ce jour-là, les filles lui avaient raconté avec moult détails les péripéties de la première dent perdue.

Cela faisait plusieurs jours déjà qu'elle bougeait. Consolée en avait d'abord été effrayée, croyant qu'elle allait se réveiller un matin avec la bouche édentée du grand-père, imaginant que du jour au lendemain, toutes ses dents allaient se détacher, passant sans relâche une langue fébrile sur l'édifice régulier de petites pierres d'albâtre, à l'abri de ses lèvres entrouvertes, pour en vérifier la solidité.

La cousine la voyant grimacer ainsi lui avait demandé ce qui se tramait là-dedans. Son rire quand l'enfant lui eût raconté sa peur de destruction ! Non sa bouche n'était pas en train de pourrir. Tout cela était bien normal. Les dents – une seule à la fois – allaient lentement se détacher. Il faudrait sans doute les y aider. Un oiseau viendrait les prendre. Il les emmènerait à tire-d'aile dans un endroit secret où ses semblables œuvraient à les polir de leurs becs pointus pour leurs ôter toute trace des enfants qui les avaient perdues avant de les offrir, comme neuves, à des nourrissons encore au sein de leurs mères. Ne se souvenait-elle pas de leur petit cousin qui hier encore avait pleuré à leur en écorcher les oreilles ? Oui, Consolée avait entendu la mère expliquer que son neveu avait mal à l'endroit où allait bientôt apparaître une minuscule perle, qui devait, pour se faire, déchirer la chair rose. Cela le faisait souffrir. Elle avait vu la tante introduire délicatement son doigt dans la bouche baveuse et le masser, le bruit d'une succion avide venant enfin remplacer les sanglots.

Aurait-elle aussi mal quand ses dents tomberaient ? Non, ou alors juste un peu, à l'instant ultime. Il lui fallait la détacher patiemment, attaquer la fente par petits coups réguliers avec la pointe de sa langue, agrandir chaque jour un peu plus l'interstice.

C'était devenu un jeu, inconscient. Lorsque le grand-père s'assoupissait sur son siège en bois, tête renversée contre le mur de terre battue, un souffle puissant sifflant entre les deux immenses canines qu'il lui restait, Consolée travaillait sa gencive tout en observant le manège des araignées. L'une d'entre elles avait tricoté une merveille de voilage luisant entre les pieds du banc en ficus du vieux. Broderie mathématique qui se transformait en piège fatal pour des mouches malhabiles vite immobilisées dans une camisole de fils. La prédatrice ne mangeait pas sa proie ainsi capturée, non, elle suçait son liquide interne, l'asséchant totalement avant de se remettre à son ouvrage génial. Se vider de son sang. Est-ce aussi ainsi que les hommes meurent ? De quelle couleur est le sang d'une mouche ? Et celui d'une araignée ?

Mais déjà le champ de bataille avait disparu, l'ouvrière arachnéenne ayant prestement rapiécé de dentelle délicate les trous laissés par la mouche qui s'était vainement débattue.

Ainsi la même nature qui comblait chaque vide allait-elle tout aussi bien remplacer la dent de Consolée par une autre, plus belle, plus grande.

Le jour était arrivé où elle ne tenait plus qu'à un fil. Mais elle tenait encore et l'enfant craintive avait crié lorsque sa cousine avait tenté de l'arracher en tirant d'un coup sec. La dent résistait. Le vieux, qui suivait le manège de ses petites filles d'une oreille attentive, leur avait suggéré, entre deux bouffées de pipe, d'utiliser un fil de sisal noué autour de la racine récalcitrante. Ainsi fut fait.

Un éclair, une lumière stridente, pas le temps de souffrir. La dent se balançait désormais au bout d'un nœud enserrant son cou comme celui d'un pendu.

Plus tard quand la mère était rentrée des champs, les filles lui avaient raconté la cérémonie païenne d'offrande à la bergeronnette. L'enfant se tenant au milieu de la cour, jambes écartée, tête penchée vers le bas, ses cheveux de paille balayant le sol humide, le bras tendu, le poing serré sur le petit cailloux blanc. Répétant le plus fort qu'elle pouvait ce chant pour attirer l'oiseau : « Kanyamanza kanyamanza viens que je t'offre ma jolie dent ! Attrape-la au vol et n'oublie pas de m'en apporter une autre, aussi solide que ton bec ! Kanyamanza kanyamanza viens ! »

Et ce faisant, elle avait lancé la dent loin derrière son dos, haut vers le ciel fendu par un vol de magie.

Consolée s'était redressée, et avait mis sa main en visière pour scruter les nuages. Rien. Maintenant il fallait attendre, en arborant un sourire aéré qui ferait rire les familiers qui venaient parfois saluer le vieux et la mère.

L'un d'eux l'avait taquinée :

« Tu aurais dû plutôt prêter ta dent à ton grand-père, il y a si longtemps qu'il n'a plus mâché de viande grillée. Avec lui au moins tu aurais eu l'assurance de la récupérer. Il arrive que des corbeaux-pies attrapent la dent à la place de la bergeronnette, tu sais comme ils sont voleurs. Ils la cachent dans leur nid et l'enfant attend en vain sa nouvelle dent ! »

« Laisse ma petite tranquille vieil imbécile, une si belle enfant ne peut grandir sans le charme d'un sourire de lait caillé. » Les joues flasques du vieil homme s'étaient gonflées d'un air rassurant.

Et quand la nuit sera tombée, au lieu des habituelles fables mettant en scène des hyènes ou des lions, le grand-père racontera comment il l'avait défendue contre les médisances des tantes lorsqu'elle n'était encore qu'un bébé. « Tes dents ont poussé très tôt, tu mordillais les tétons de ta mère quand elle t'allaitait. Les mauvaises langues de mes brus colportaient que c'était à cause de ta peau trop claire. Elle disaient que tu allais attirer le malheur sur notre famille, que c'était toi qui avait amené le poison qui amaigrissait chaque jour un peu plus la grand-mère. Elles disaient que ton père devait être un cannibale et qu'à ton tour tu allais sucer notre sang. Je les ai faites taire. »

« Muzehe, si ma dent va être donnée à un nourrisson, à qui l'oiseau a-t-il pris celle qu'il va bientôt m'apporter ? »

« Qui sait ? Peut-être que c'est une de celles que j'ai perdues autrefois, si polie et si blanchie par ses soins qu'elle sera comme neuve. Par contre elle sentira peut-être un peu le tabac… »

Ils avaient ri de cette idée saugrenue.

11.

Astrida – 2019

Tantôt elle est sortie de sa chambre en y laissant ses chaussons.

Le couloir était désert, les soignantes de nuit étaient en pleine transmission avec l'équipe du matin, personne n'allait la voir. Elle a marché à petits pas rapides, saccadés, jusqu'à la porte qui mène au jardin. Elle est généralement toujours fermée à double tour et les vieux n'ont pas le code d'ouverture. Là, elle était entrouverte. Le sol en linoleum turquoise était lisse et tiède. Ses pieds encore humides de la douche matinale y laissaient une légère trace, auréole d'orteils aussitôt évaporée.

Elle a tendu l'oreille, guidée par le bruit lointain des oiseaux. Elle a reconnu le chant strident d'une grive musicienne qui répétait quatre fois ses strophes comme pour l'appeler au-dehors. Il y avait des grives dans son jardin, ça elle ne l'avait pas oublié, elle aimait observer leurs petites poitrines blanchâtres, éclaboussées de gouttes marron, quand elles venaient se nourrir sur son gazon, près de la haie de genévrier.

Au moment de pousser la porte vers l'extérieur, son cœur s'est emballé. Des images de porte interdite, de fuite, ont vite été chassées par une douleur invisible, une trace, le poignet enserré dans une main blanche et sèche : « Tu n'as pas le droit de sortir, rentre, ta maison c'est ici désormais, tu ne peux pas retourner sur la colline ! » Pourtant, elle a tenu la pression sur la poignée en plastique et son épaule droite a continué de presser le battant pour ouvrir. Quelqu'un avait dû oublier de fermer. Un pas, deux pas, son grand corps maigre emmitouflé dans une robe de chambre rose est resté un instant interdit, sur le seuil. Elle a été surprise par le vent frais sur sa peau, le bruit puissant des feuilles des marronniers qui bruissaient. Un pas, deux pas : ses orteils se sont contractés au contact du gravier couvert de rosée.

Elle voulait aller jusqu'au portail, revoir à travers les barreaux le segment de campagne qui surgit à l'angle du mur de l'établissement.

La dernière fois qu'elle avait longé ce champ, quand il y avait encore assez de personnel pour pouvoir faire des sorties à l'extérieur, elle avait découvert avec surprise qu'ici aussi on cultivait du sorgho. Elle avait demandé à l'animateur de s'arrêter pour qu'elle vérifie de près qu'il s'agissait bien là de la même plante que celles qui poussaient autrefois sur les collines alentour de l'Institut de Save et de la maison où elle était née. Elle avait cueilli une grosse panicule constituée de grappes de grains mûrs, en avait croqué quelques-uns. Bien qu'ils fussent blancs, ils avaient le même goût que ceux, de couleur rousse tirant sur le marron, que sa mère faisait sécher au soleil dans la cour de la maison avant de les moudre sur une pierre pour en faire de la farine à bouillie ou à bière.

Pourquoi ont-il cette couleur ? L'animateur, qui la pressait de repartir car les autres résidents étaient déjà arrivés à l'entrée de l'Ehpad, avait répondu que les hommes ici ne mangeaient pas cette céréale, qu'elle était destinée aux oiseaux. « C'est une plante africaine, on ne la cultivait pas chez nous avant. Tout ça c'est à cause du réchauffement climatique. » Il semblait désolé du cours de l'histoire et de ce retournement du monde.

Atteindre le portail, revoir le champ de sorgho, rectangle de couleur pâle, ou sombre peu importe, toucher du regard les grandes tiges dressées vers le ciel, aux feuilles coupantes qui l'avaient abritée le temps d'une fugue, avant qu'une main sèche et pâle ne la rattrape pour la ramener brutalement au dortoir.

Marcher sans souliers sur des petits cailloux, en était-elle encore capable ? La plante de ses pieds était devenue si douce, si fragile, les pierres s'y enfonçaient facilement, provoquant des piqûres désagréables. Elle a regardé ses pieds, désemparée : ils étaient déformés par une protubérance osseuse au coin de chaque gros orteil. Quelques années auparavant,

avant qu'elle n'arrive à l'Ehpad, un podologue lui avait conseillé d'opérer les oignons qui la faisaient tant souffrir, qui l'empêchaient de se chausser normalement. Il lui avait dit que cette pathologie était héréditaire, lui avait innocemment demandé si sa mère et sa grand-mère en avaient également souffert. Elle l'ignorait. Elle n'avait qu'un souvenir très flou de la grand-mère, une silhouette qui avançait en tanguant, enveloppée d'une odeur de tabac froid, à moins que ça n'ait été celle du grand-père.

Elle avait décidé, contre l'avis du praticien, de garder ses déformations. Elle voulait avoir au moins cela en commun avec ces femmes dont il ne lui restait plus rien : une démarche, une allure, une douleur.

Elle a pris mille précautions pour poser un pied devant l'autre sur le gravier. Elle avait oublié sa canne dans la chambre. Son équilibre précaire rappelait les premiers pas d'un nourrisson. Mais contrairement au bébé qu'elle avait dû être, avançant pieds nus, dos droit bras levés, sur la terre battue de la cour où parfois un petit caillou la faisait sursauter, elle se tenait courbée, bras ballants, les mains prises de minuscules secousses incontrôlées. Un observateur extérieur aurait trouvé risible la scène, ignorant tout de l'intense pouvoir évocateur de cette marche laborieuse.

Astrida s'est souvenue.

Le sourire amusé de sœur Assumpta quand elle avait essayé d'avancer, un pas, deux pas, les pieds écartés, les bras raidis par l'effort. Sa première paire de chaussures. Des sandales en cuir, un peu trop grandes, qui la firent souffrir de douleur et de honte, à cause de la démarche en canard qu'elles provoquèrent. Ses chaussures venaient de loin, une terre peuplée d'hommes et de femmes à la peau de gecko comme celles qui géraient l'Institut de Save, qui veillaient tous les soirs à fermer le portail à double tour pour que leurs petites résidentes ne prennent pas la clé des champs.

Les premiers jours, Astrida évitait de jouer avec les autres enfants. Elle se déplaçait uniquement quand on la forçait, le dortoir, la classe, le réfectoire, les latrines. À pas hésitants, les lanières lacéraient sa peau au niveau des tendons d'Achille. La nuit venue, elle pleurait, les pieds endoloris, l'âme lacérée. Une grande fille, qu'on lui avait désignée comme marraine, prit l'habitude de venir lui appliquer du beurre de baratte sur les parties rougies, boursouflées. Elle lui chuchotait pour ne pas être repérée hors de son lit après l'extinction des feux : « Ne t'inquiète pas, ça va guérir, tu vas apprendre. »

Pour l'enfant, l'entrée dans le monde de Save s'était fait sous le joug d'une double orthopédie, sociale et physique. Plus tard, elle couvrirait d'affection les nouvelles arrivées, considérées par les sœurs comme des sauvageonnes à sauver, forcées comme elle de se mettre littéralement au pas de la civilisation. Une fois adulte, elle refuserait catégoriquement de porter des sandales à lanières de cuir, comme si les anciennes cicatrices pouvaient se réveiller à leur seul contact. Le traitement par les chaussures n'avait duré qu'une semaine à Save. Ensuite, pour économiser les souliers, denrée rare dépendant du bon vouloir des bonnes actions européennes, les sœurs laissaient de nouveaux les enfants marcher pieds nus. Mais désormais ils étaient avertis de la bonne marche du progrès, qui passait par des corps redressés. Les sandales étaient soigneusement rangées dans l'armoire et ne ressortaient que pour aller à l'église le dimanche ainsi que pour les grandes occasions : quand les bienfaitrices blanches venaient visiter l'institut ou pour la Saint-Nicolas.

Un pas, deux pas, l'effort a fait transpirer Astrida. Elle s'est arrêtée un instant pour ouvrir le col de sa robe de chambre, reprendre son souffle. Elle avait surestimé ses forces, le mois qu'elle venait de passer au lit terrassée par une grippe saisonnière avait atrophié les muscles de ses jambes. Elle s'est sentie flancher, elle a pensé s'affaler sur un banc pour se reposer avant de reprendre son périple vers le portail. Un vertige l'a saisie, l'emplissant d'une panique soudaine, elle a senti ses genoux lâcher. Le portail formait un grand carré sombre et flou, à travers les barreaux, elle devinait plus qu'elle ne distinguait les longues tiges des plants de sorgho. Ses lunettes avaient disparu depuis plusieurs jours et elle ne tentait plus de voir quoi que ce soit précisément. Léa avait dit que c'était probablement Jeanne Chavagnac qui les avait volées, mais personne n'est parvenu à les retrouver. Alors elle se fraie un chemin dans le brouillard, vaille que vaille.

« Il faut que je continue, il faut que je me remette en marche » a-t-elle pensé en boucle, comme un mantra impérieux. Là-bas, après le champ de sorgho, derrière la petite colline encore prise dans la brume matinale, se trouvait sa maison. Si elle marchait assez vite sans s'arrêter, elle pourrait retrouver la cour, le grand-père, elle aurait le temps de se lover dans les bras de la mère avant que personne ne se soit rendu compte de sa disparition, ici.

« Madame Astrida ! Que faites-vous là toute seule ? Mais c'est de la folie voyons, par ce froid et pieds nus avec ça ! Allez venez, appuyez-vous sur moi, on rentre à la maison. »

12.

Ramata – 2019

Chaque matin, avant de partir à mon stage, je fais le tour de la maison pour m'assurer que toutes les fenêtres sont bien fermées. Je l'ai toujours fait. Quand je travaillais encore et que je partais tôt pour arriver au bureau avant tous les autres, je demandais à Khalil de le faire et, pour m'en assurer, je l'appelais une fois rendue au travail. Nous avons quatre fenêtres qui donnent sur la rue et quatre autres à l'arrière sur les toits, ainsi qu'une porte-fenêtre pour accéder à la cour. Celles du rez-de-chaussée ont de solides grilles en fer forgé mais cela ne me rassure pas. Durant ma thérapie, j'ai longuement parlé de cette peur sans parvenir pour autant à en déterminer la cause. Ce n'est pas tant les rares objets de valeur que je cherche à protéger que ma maison-même. Notre intimité, le lieu où vit ma famille. J'ai mis un tel soin à l'isoler de ma vie professionnelle, de mon existence publique, que je l'ai presque élevée au rang de trésor caché. Je ne m'étais jamais laissée aller à confier la moindre information personnelle à mes collègues, les subalternes comme les supérieurs. J'étais Mme Barry, tailleur neutre impeccable, coiffure lisse grâce à un tissage de cheveux naturels soigneusement renouvelé chaque mois, aucune charge familiale, aucun accent, aucun écart de conduite, rien qui aurait pu permettre de mettre en doute mon sens aigu des responsabilités, mon professionnalisme absolument *républicain*. Personne ne savait où j'habitais, ni à quoi ressemblaient les miens. J'avais consenti à me dire mariée et n'avais pu cacher mes deux grossesses. Mais tous ignoraient les prénoms de mes enfants, le métier et la couleur de peau de mon mari, si j'avais ou non une fratrie et dans quel pays elle se trouvait.

Un jour, une jeune collègue enhardie par un de mes rares sourires d'encouragement m'avait demandé dans quel quartier j'habitais. J'avais pris un ton si glacial pour lui répondre que je ne mélangeais pas les sphères privée et professionnelle que nul n'avait plus jamais osé me questionner.

« Tu as honte de nous ? Tu ne veux pas qu'ils sachent que tu es une musulmane mariée à un Arabe ou quoi ? » demandait parfois Khalil, surpris que je n'invite jamais de collègue, que je n'emmène jamais nos enfants au traditionnel arbre de Noël organisé pour les familles de salariés.

Je protestais, me retranchais dans l'éternelle affirmation : « Je veux séparer les deux mondes, je suis à un poste où tout peut être utilisé contre moi. »

« C'est bien ce que je dis, tu ne veux pas qu'ils te dénigrent à cause de ton obscurantiste de mari qui tient un commerce communautaire. »

Mais Khalil avait la délicatesse de ne jamais insister. Nous nous connaissions depuis si longtemps qu'il devinait sans doute mieux que moi-même mes failles, là où justement je déployais tout mon art de la barricade.

Il savait combien j'avais lutté pour imposer mes compétences, sans compromissions politiques – ce qui était rare à ce niveau dans la territoriale, combien j'étais fragile, seule Noire là-haut.

C'est lui qui avait vu arriver le burn out, avant-même que je ne veuille bien admettre l'angoisse, la fatigue, l'exclusion.

Alors, à chaque fois que j'appelais le matin pour lui redire, comme tous les jours « n'oublie pas de fermer », il me répondait, patient, « n'oublie pas que je t'aime ». C'était devenu un rituel entre nous. Puis il y avait eu les longs mois d'arrêt maladie quand j'étais restée prostrée sur le canapé ; durant cette période, il avait continué à vérifier les fenêtres avant de partir travailler. Il posait la main sur ma tête, caressant les cheveux crépus que j'avais libérés de casque du lissage et me redisait un « n'oublie pas que je t'aime » auquel il ajoutait, comme une supplique : « Et s'il fait beau, je t'en prie, essaie d'ouvrir quelques fenêtres. »

Pourrais-je un jour oublier Khalil ? Oublier combien il m'a aimée ? Depuis que je suis entrée dans le monde des Oiseaux, depuis que je côtoie au quotidien des hommes et des femmes qui ne reconnaissent plus leur conjoint resté à la maison, effaçant impunément toute une vie de complicité, je ne peux éviter cette question. Suis-je moi aussi condamnée à cet effritement de la mémoire ?

La conversation avec Claude Mouret, la psychologue, avait fait naître en moi de nouvelles peurs, insoupçonnées.

Quelques jours après notre première rencontre, Claude m'a proposé de nous retrouver en dehors du travail, pour parler de madame Astrida. Nous sommes allées prendre un verre dans un petit café que je n'avais jamais remarqué, à deux pas de l'Ehpad. J'ai envoyé un message à Khalil pour le prévenir que je rentrerais plus tard, il m'a répondu qu'il en était ravi. C'était la première fois en plus de vingt ans que je sortais avec une collègue. « La nouvelle Ramata » a-t-il précisé avec un clin d'œil en émoticône. J'avais fais un sacré chemin depuis trois ans.

J'ai pris un jus d'abricot, Claude une bière brassée localement en justifiant « quand je ne suis pas avec mon homme j'en profite car sinon avec lui, forcément étant donné le business, c'est vin obligatoire. » Elle ne m'avait pas demandé pourquoi je ne buvais pas d'alcool, ce que j'avais toujours redouté en refusant les invitations à « aller décompresser » après les réunions difficiles que me proposaient les autres directeurs, dans ma vie d'avant. Ma sœur Maty m'avait un jour partagé son incompréhension devant ce passage obligatoirement alcoolisé de sociabilisation : « C'est tellement intrusif ! En gros si tu bois pas, c'est sois parce que t'es enceinte, sois parce que t'es un alcoolique en sevrage, sois parce que t'es une muslim qui veut pas s'intégrer. Il y a une telle incitation à picoler, et en même temps un tel étiquetage d'intégriste si t'es pas pinard-saucifIard, que j'ai parfois accepté qu'on me verse le verre juste pour avoir la paix. Après j'allais le jeter discrètement dans un pot de fleurs. » Notre frère Ibou, qui assistait à la conversation avait tenté de la raisonner, lui expliquant que pour le Français, partager un verre était tout un art de vivre…

« Bien sûr et les vieux imbibés qui te hurlaient de retourner dans ta jungle quand, petit, tu passais devant le PMU, en imitant des cris de singe, c'était parce qu'ils voulaient t'offrir un cours accéléré d'art de vivre à la française peut-être ? » On se moquait sans malice de sa parfaite assimilation dans sa belle famille blanche, de ses cours d'œnologie, de sa laïcité bravache.

Ibou était le seul de la fratrie à ne plus pratiquer sérieusement notre religion, bien qu'en étant devenu, paradoxalement, un spécialiste. Mes sœurs avaient un environnement professionnel et social qui leur permettait d'en observer scrupuleusement tous les préceptes. Moi je bricolais constamment, mais en faisant primer la discrétion sur les cinq piliers de l'islam.

Maty avait conclu que, dans la mesure où elle vivait désormais en Afrique de l'Ouest, où la question ne se posait pas en ces termes et notre autre sœur Maguette en Grande-Bretagne, où la liberté des pratiques cultuelles était plus évidente, j'étais finalement la seule à devoir me confronter au problème.

« Comment fais-tu ? » J'avais fait une moue, l'air méchante : « Je ne bois jamais avec eux. » Et mon frère de conclure, dans un éclat de rire généralisé : « Et après tu t'étonnes qu'on nous traite de sauvages ! »

Claude se fichait de savoir si la façon dont je vivais était déterminée par mes goûts, ma religion ou mes origines. Elle me prenait telle que j'étais.

Elle m'avait ramené un dossier, comprenant son mémoire de fin d'étude en psychologie ainsi qu'une dizaine d'articles de presse ou de revues scientifiques imprimés. Le fruit de ses recherches.

S'en était suivi une petite conférence passionnante sur l'impact de la maladie d'Alzheimer sur le cerveau des personnes multilingues et vice-versa.

– C'est pendant ma troisième année d'étude que j'ai lu un article dans un quotidien de chez moi, *Le Devoir*, qui disait que les personnes plurilingues développaient plus tard que les autres l'arrivée des symptômes d'Alzheimer et aussi que globalement les sujets âgés ayant parlé plus d'une langue dans leur vie conservaient plus longtemps que les autres de bonnes compétences cognitives.

– Tu es en train de me dire que madame Astrida devrait plutôt être protégée de l'amnésie par sa maîtrise de plusieurs idiomes ? Or chez elle, c'est pratiquement tout une langue qui est en train de disparaître !

– Oui c'est ce que je me suis dit aussi. J'avais à l'époque centré mon travail d'étudiante sur la partie bénéfique du multilinguisme en écartant une autre réalité. Alors devant le cas de notre résidente, il m'a fallu reprendre les lectures et les recherches.

Tu sais que la maladie d'Alzheimer évolue en causant l'oubli des choses du passé proche puis l'effritement des souvenirs anciens et la perte progressive de certaines fonctions langagières. Or, les études conduites par des chercheuses canadiennes, une équipe à Toronto et une à Montréal, ont révélé que, chez les personnes multilingues, les troubles langagiers affectent en priorité les langues tardivement acquises.

C'est une réalité à laquelle beaucoup d'aînés chez nous sont déjà confrontés en raison sans doute d'une plus grande immigration que dans la vieille Europe et aussi parce que de fait, on est un peuple à deux langues officielles avec des politiques publiques qui en tiennent fortement compte. Fait que par exemple, en Ontario, qui est majoritairement anglophone (je t'épargne la spécificité des Franco-Ontariens) mais juste à la frontière du Québec, ils ont vu beaucoup de personnes à la base francophones oublier l'anglais et se retrouver comme étrangères dans leur propre pays. À tel point qu'une fondation a été créée afin de développer une offre de services pour les francophones atteints de maladies neurodégénératives qui leur font perdre l'usage de l'anglais. Et le plus difficile évidemment c'est pour les couples mixtes qui ne peuvent plus se comprendre. Par exemple, à Vancouver, qui est sur la côte ouest, dans la province de Colombie-Britannique, c'est presque 90 % des francophones qui vivent en couple avec un non francophone.

Là je te parle juste des couples anglais-français mais par exemple à Toronto, tu ne le sais pas mais il y a aussi une très importante communauté asiatique et là aussi à partir du moment où les gens se marient hors de leur communauté le même problème se pose.

J'ai trouvé quelques articles qui montrent comment les services aux personnes âgées s'organisent pour apporter une aide appropriée en fonction de la langue maternelle de la personne… »

Je l'ai coupée, déjà découragée par l'ampleur du problème mondial dont je venais de prendre conscience. Les migrations s'étaient tellement multipliées ces cinquante dernières années, comment le monde allait-il faire face à cette nouvelle Babel du quatrième âge qui était en train de se construire ?

– Oui mais ça c'est le Canada multiculturel, comment la France va-t-elle apporter une réponse à la fois universelle et appropriée à ses vieux immigrés ? Ici on est à des années lumières de votre ouverture, ici le simple mot de communauté est brandi comme une menace, ici la peur de la différence est devenue le principal moteur des élections, on ne va jamais y arriver !

– Il va bien falloir pourtant. J'ai trouvé une étude datant d'il y a presque dix ans qui disait que dans les hôpitaux gérontologiques d'Île-de-France il y avait déjà 15 % des patients atteints de la maladie d'Alzheimer qui ne savaient plus ni parler, ni lire, ni écrire le français. Je pense que pour le moment tout le monde bidouille avec ce qu'il peut. Mon mari a un cousin qui bosse dans un Ehpad du côté de Toulouse, là-bas ils ont pas mal de vieux Espagnols touchés alors ils leur parlent avec leur petit castillan appris à l'école, les trucs de base : *comer, beber, dormir, sentarse…*

Aussi, j'ai trouvé une initiative intéressante en Bretagne avec les anciens qui se remettent à parler le patois de leur enfance alors que les jeunes ont complètement abandonné les langues régionales. Il faut s'accrocher mais ça commence à prendre.

Son optimisme, son assurance. J'ai de nouveau ressenti une pointe d'envie en l'écoutant.

J'ai murmuré, toujours sidérée par l'immensité du problème que ma collègue venait de m'exposer :

– On peut se dire que pour le breton, le basque ça a toujours été, que pour l'espagnol, l'italien, le portugais ou même le polonais ça passe... Ça ce sont les très vieux d'aujourd'hui, ceux de l'immigration européenne des années quarante à soixante... mais après sont arrivés les Maghrébins, les Subsahariens, les Turcs, les Vietnamiens... Elle va jamais s'en remettre la fonction publique de la République !

Claude, voyant mon abattement, s'est voulu rassurante :

– Je pense que si le problème est correctement pris en compte et qu'il y a une réelle volonté d'inscrire le soin gérontologique dans une perspective interculturelle qui tiendrait compte des problèmes linguistiques, ça pourra aller.

– On en est très loin... ai-je soupiré.

Nous sommes restées un moment silencieuses. Claude considérant mon abattement avec compassion mais sans trouver plus d'arguments pour me rassurer.

J'ai relancé la conversation avec une question :

– Pourquoi est-ce que le multilinguisme de madame Astrida ne l'a pas protégée d'un Alzheimer précoce ?

– Il semble qu'une fois que les symptômes de la maladie sont apparus, le bilinguisme cesse de présenter un avantage pour les patients chez qui on observe des phénomènes de mélanges des langues. Ils peuvent même, dès les premiers stades, présenter des difficultés à sélectionner la langue appropriée à la situation de communication. Pour Mme Papailiaki ça n'a pas été le cas, il a fallu vraiment son A.V.C. pour faire émerger l'autre langue. On peut imaginer aussi qu'elle a eu de grandes épreuves dans la vie qui lui ont fissuré le cœur, qui l'ont fragilisée. Les longues dépressions mal ou pas soignées peuvent être un facteur aggravant de la maladie. La question maintenant pour elle est de savoir si le français va complètement disparaître au profit de sa langue maternelle et quand cela se produira.

– Encore faudrait-il savoir de quelle langue il s'agit… De nouveau le découragement m'envahit.

– J'ai une piste !

Claude avait les yeux qui brillaient, Elle a attendu un peu avant de m'en dire plus et comme à son accoutumée, a ménagé le suspens. Elle a pris un ton de conspiration, s'est rapprochée de moi après avoir jeté un coup d'œil alentour, ce qui était complètement inutile vu que la salle du café était vide, tout le monde étant attablé dehors pour profiter du premier vrai soleil de la saison.

– J'ai un peu contourné la vigilance de la directrice pour regarder dans les dossiers administratifs des résidents. Bon je n'avais pas le choix, elle avait refusé de me donner plus d'informations sur Mme Papailiaki. J'imagine qu'elle a remarqué notre sympathie mutuelle et en est un peu jalouse. J'ai juste fait une photo du livret de famille qui est en annexe de son contrat de séjour.

Elle a sorti cérémonieusement son téléphone de son sac et après l'avoir allumé, me l'a tendu. La photo était un peu floue, sans doute n'avait-elle pas eu le temps de régler la focale, mais les lettres pouvaient être déchiffrées.

Astrida Janssens, née à Save (Ruanda-Urundi) en 1947, elle est la fille de Justine, Marie, Joseph Binamé et de Robert, René, Léopold Janssens

– Nous voilà bien avancées. Ce sont des noms bien belges en apparence, non ?

– Oui mais regarde le lieu de naissance : Ruanda-Urundi.

Malgré mon bac +5 en droit du travail et mes sœurs qui avaient fait chacune trois fois le tour du monde, je dus me rendre à l'évidence, je n'avais qu'une vague idée du coin du globe où pouvait se trouver ce pays au nom composé : quelque part en Afrique centrale ou de l'Est. Je n'étais plus la directrice qui devait en toute occasion se montrer sûre d'elle et en maîtrise absolue. Je pouvais avouer à Claude :

– C'est où exactement le Ruanda-Urundi, il y a un rapport avec le Rwanda, le petit pays où il y a eu un génocide il y a vingt-cinq ans ?

– Ça n'existe plus. C'est l'ancien nom du territoire colonial d'abord sous le joug de l'Allemagne puis sous la tutelle de la Belgique qui réunit les actuels pays du Rwanda et du Burundi.

J'ai dit « ha ! » mais visiblement sans assez d'entrain. Claude a deviné que je situais ces terres et leurs histoires sanglantes mais sans m'y être réellement intéressée. Je connaissais par cœur tous les cantons de la Nouvelle-Aquitaine, plus grande région métropolitaine de mon pays, mais ne m'étais jamais laissée aller au romantisme panafricain de nombreux Noirs de ma génération consistant entre autre à connaître par cœur la carte de la « Terre-mère » avant et après la colonisation, avant et après l'indépendance (cette distinction puriste semblant ignorer que toutes ces cartes avaient été tracées par une main occidentale). Alors elle a sorti une carte du dossier et m'a indiqué précisément du doigt deux minuscules territoires situés juste sous l'équateur.

Ainsi madame Astrida venait du continent noir, avait des parents aux noms bien blancs et parlait probablement la langue du Ruanda-Urundi.

Le téléphone de Claude a vibré. Elle a fait mine de ne pas l'entendre. Il lui restait une chose importante à me dire, cela se voyait dans son regard triomphant alors qu'elle farfouillait dans sa pochette.

– Le Ruanda-Urundi était le nom d'un territoire sous mandat belge qui a donné deux pays distincts au moment des indépendances : le Rwanda et le Burundi, les deux confettis que je t'ai montrés sur la carte. J'ai vérifié sur Internet en quelques clics. Il existe bien une localité dénommée Save – elle le prononçait à l'anglaise « sèyve » – au Rwanda.

Son téléphone dansait sur la table ; elle l'ignorait toujours.

– C'est là qu'a été construite une des premières missions catholiques du pays. C'est de là qu'elle vient. J'imagine qu'elle a été adoptée par des colons belges.

Elle m'a regardée avec une expression de calme et de grande détermination. Nous tenions réellement une piste.

– Et les oiseaux ? C'est quoi le rapport avec les oiseaux ? n'ai-je pu m'empêcher de demander. Son téléphone a vibré pour la troisième fois. Cette fois, elle a décroché. Quelqu'un à l'autre bout du fil parlait fort, lui demandait de venir sans trop tarder. Pour l'aider à fixer quelque chose.

Elle s'est levée, visiblement contrariée par ce contretemps, a rapidement rangé les différentes feuilles qu'elle avait sorties de la pochette bleue en carton, avant de me la tendre en disant : « Je te laisse de la lecture. Pour les oiseaux, c'est une hypothèse mais je crois qu'on va devoir d'abord trouver une personne capable de nous traduire les histoires de Mme Papailiaki.

Est-ce que tu te sentirais de rechercher quelqu'un parlant le rwandais ? »

J'ai répondu « oui » un peu vite. Le temps de me dire que je n'avais pas la moindre piste, elle avait déjà passé la porte du café.

Je suis rentrée chez moi habitée par un mélange étrange de fébrilité pour cette enquête que j'entamais aux côtés de ma collègue si volontaire, et un abattement profond quant à notre avenir de vieux immigrés en terre de France.

Si, comme madame Astrida, je devais un jour perdre la seconde langue acquise, c'est-à-dire le français, j'allais me trouver isolée linguistiquement des miens : ni mon fils, ni ma fille, ni mon mari ne parlaient le wolof, ma langue maternelle.

Pourquoi n'avais-je pas appris ma langue maternelle à Ines et Djibril ? Pourquoi aucun de nous, mon frère, ma sœur et moi ne l'avait transmise à ses enfants ? Ma petite sœur, Maguette, qui vivait à Londres avec un Trinidadien, avait choisit de leur apprendre le français en plus de l'anglais qu'elle parlait avec leur père. Mon frère, Ibou, républicain jusqu'au bout de la langue ne l'avait sans doute même pas envisagé. Quant à moi, j'avais pensé, je me souviens, à la naissance de ma fille « je pourrais lui passer les mots de ma mère, la faire exister à ses côté ainsi, malgré sa disparition » mais immédiatement après, j'avais crains que cet idiome nous isole de mon mari qui peinait déjà à trouver sa place de jeune père. Nos familles n'avaient pas approuvé notre union, ne pas transmettre leurs langues, arabe algérien et wolof ou pulaar à nos enfants avait sans doute été une volonté inconsciente de les protéger de leur médisance.

Je regrettais désormais ce choix, réalisant que si, comme madame Astrida, je me trouvais un jour privée du français, je perdrais en même temps le lien de parole qui me reliait aux miens.

J'allais oublier la tendresse que Khalil m'avait offerte durant toute une vie, oublier jusqu'à ce que je me retrouve complètement emmurée, toutes fenêtres closes, loin de la maison construite pour protéger ma famille, mes bien-aimés.

13.

Consolée – 1954

Un sifflement tremblé. Démultiplié par un écho étrange. L'enfant l'entend avant de pouvoir distinguer le petit point noir qui approche de la maison en cercles concentriques. Elle sent plus qu'elle ne voit le mouvement alerte du grand-père qui redresse la tête pour tendre l'oreille.

C'est le premier milan noir à revenir après la saison de disette qui s'était abattue sur leurs terres. Le vieil homme sourit : « Mon enfant, Sakabaka est de retour, il s'est pressé de voler jusqu'à nous pour ne pas te rater. »

Sa main déformée par les ans se pose sur son épaule, dans une crispation qui dit la peur de l'arrachement à venir. « Il est revenu te dire au revoir. » Sa voix chevrotante : des larmes affleurent le trémolo, une inondation se prépare dans sa gorge.

Le point noir plane plus près désormais, quelque part au-dessus de la vallée, là où coule la rivière.

On peut distinguer plus nettement sa forme. Le cri se rapproche, le sifflement semble plus aigu, comme une plainte à l'unisson du chagrin du grand-père.

– Sogokuru, il était parti où pendant tout ce temps, Sakabaka le milan ?

Consolée sait que quand le silence menace de les noyer, dans les instants fragiles à deux, il faut le combler de questions. Tu peux encore m'apprendre des choses, grand-père, tu l'as toujours fait, regarde mon paquetage est plein de toutes ces merveilles de connaissance que tu m'as offertes. Raconte encore, donne-moi de quoi prendre la longue route qui m'attend au devant.

Le vieillard bricole une digue de mots, pour retenir encore les sanglots qui menacent de le submerger. Il y met toute la solennité que requiert la dernière parole. Il réalise que cet enfant-là n'aura pas d'autre héritage que le souvenir de sa voix. Leur langue, leurs histoires, des paniers d'histoires tissées, une calebasse de sons, une terre imaginaire faite de poussières lumineuses et de chants d'oiseaux matinaux. C'est tout ce qu'il lui laissera.

Aux autres il a légué les champs, les bois, les objets et le bétail, mais rien de tout cela ne lui servirait, là où elle va. Elle ne pourra emporter que ce qui peut tenir dans son petit cœur tendre, là où il a veillé à semer mille et un sentiments qui n'attendent qu'à germer.

Son enfant-rosée va partir tantôt et il va se trouver orphelin de sa délicatesse, de sa présence pleine de questions qui lui avait fait réapprendre à regarder, par-delà la nuit de la cécité et du veuvage. Elle va partir le laissant comme un bois sec, bon à brûler, bon à jeter et plus jamais il n'y aura à expliquer la vie, le monde, à chasser la méchanceté du monde et à accueillir les mystères de la vie.

– Mon enfant. Sakabaka s'en va plusieurs lunes chaque année, très loin, par-delà les plus lointaines collines et tous nos lacs, dans un lieu dont j'ignore tout si ce n'est qu'il y fait des enfants, des petits aux plumes plus claires qu'il ramène avec lui après les grandes chaleurs de la saison sèche.

L'enfant lève les yeux au ciel. L'oiseau est maintenant à portée d'un lancer de pierre vigoureux. Il est descendu en altitude, plus basse qu'à son accoutumée, il semble chercher quelque chose en contrebas de la bananeraie des oncles. Ces deux-là doivent être en route pour venir chercher la fille et sa mère. Bientôt, elle sait qu'elle devra se lever de cette cour qui l'a vue naître puis grandir, quitter la maison.

Mais elle a trop peur de cette pensée, de la cohorte d'ombres inconnues qui l'attendent là où ils doivent la conduire. Elle la chasse tant qu'il est encore possible de respirer l'air frais du jour naissant, d'entendre la voix brumeuse de son Sogokuru dont la main reste agrippée à son épaule. Une chaleur électrique passe d'une peau à l'autre. Elle est vivante une dernière fois, elle veut croire qu'elle est d'ici, de son sang de sa lignée, qu'elle appartient à cette famille à la peau brune et aux cheveux noirs. Elle ferme les yeux et hume sa propre odeur : elle sait que leurs peaux à tous, claires ou foncées, dégagent exactement le même parfum. Si un animal venait, il ne sentirait pas la moindre différence entre le vieil homme et l'enfant. Aucune.

Mais les oncles ont dit qu'elle devait rejoindre ses semblables. Et la mère s'y est résolue. « Elle a sept ans maintenant. Il faut l'instruire et toi tu dois te marier » ont-ils expliqué, présentant les deux choses comme indissociables. Pour chacune une injonction d'avenir inéluctable, mais qui requiert leur séparation. Les oncles ont dit, prenant un air désolé qu'elle ne leur connaissait pas, que de toute façon ils n'avaient pas le choix, que l'ordre était venu des chefs blancs et porté par le géniteur jusque-là absent. Aucun de leurs bâtards ne devait continuer à vivre sur les collines avec les indigènes. Elle avait appris en une phrase, courte et dure comme une gifle, qu'elle était une bâtarde et que vivre avec les indigènes était dévalorisé par les Blancs, même quand on était né d'un ventre noir.

Ce matin, elle va aller dans cet endroit dont lui a parlé la mère, une grande maison peuplée d'enfants pâles comme elle, rassemblés là par des femmes blanches venues de loin, au-delà des collines et des lacs.

– Sogokuru. Les Blanches auxquelles Mama va me laisser, est-ce qu'elles viennent du même endroit que Sakabaka ? Sont-elles arrivées chez nous en volant comme lui ?

– Non.

Il ne se moque pas d'elle, ne l'a jamais fait. Sa naïveté, cette innocence qui lui plaisait tant l'effraie soudain. Comment fera-t-elle pour survivre là-bas, il n'y aura personne pour la protéger de la folie des hommes ni de leur lois qui sont faites pour écraser les plus faibles. Elle n'aura que sa peau comme passeport. Mais que vaut la peau d'une bâtarde chez ces gens capables d'abandonner une jeune femme en cloque, de la laisser seule mettre au monde et élever leur enfant et de ne s'en soucier qu'au bout de sept longues années ? Elle est plus claire que lui mais plus noire que son géniteur. C'est lui qui a dû dire aux femmes blanches de Save qu'il avait commis un petit péché femelle qui n'allait plus pouvoir rester longtemps à l'abri des regards, lui qui a dépêché ses sbires auprès des oncles pour leur indiquer qu'il faudrait, avant la fin de la saison des pluies, aller déposer l'enfant-accident à l'institut, là où tous les mulâtres du royaume étaient rassemblés, comme un cheptel de bêtes hybrides à garder dans un enclos discret.

– Non, elles ne sont pas venues à tire-d'aile Mwana wanjye, mon enfant. Les êtres humains ne sont pas des oiseaux, quelle que soit leur couleur, ils ne leur poussera

jamais d'ailes. Mon cousin Gatera, qui est allé à l'école des sous-chefs d'Astrida sait bien des choses sur le pays des Blancs qu'il appelle Burayi. Il m'a dit qu'ils avaient, sur leurs terres lointaines, réussi à fabriquer d'immenses oiseaux en métal dans lesquels ils volaient sans tomber. Mais ceux qui sont au Rwanda, ceux qui sont venus nous soumettre à leurs lois et à leur dieu arrivent jusqu'à nous après un long voyage en bateau, sur une étendue d'eau cent fois plus grand que cellede nos lacs, puis ils continuent leur route portés par leurs machines qui font un bruit de tonnerre et soulèvent tant de poussière. J'en ai vues quelquefois, sur la route de Ngoma, celle qu'ils ont forcé tes oncles à construire, avant la grande famine de Ruzagayura et aussi à ton baptême devant l'église. J'ai pu la toucher du doigt, son métal était noir et brûlant. Qui sait peut-être un jour reviendras-tu me visiter dans une de ces boîtes où les blancs avancent assis ?

Il tentait de lui faire envisager un avenir éclatant, de la projeter vers sa vie future comme si le bonheur pouvait se trouver dans les avant-postes du progrès, ailleurs qu'ici sur leur colline, dans la cour de cette maison où elle avait pourtant été heureuse avec lui, la mère et la cousine.

– Et toi, est-ce que tu viendras me voir là-bas à Save où je serai ?

– Consolée, ma Consolée, kibonbo cyanjye, buto byanjye, mes jambes sont si vieilles qu'elles ne pourront pas me porter jusqu'à Save.

Leurs larmes, qui jusqu'alors s'étaient tenues à la lisière de leurs yeux, se déversent sur leurs joues, vaincus qu'ils sont par l'évidence de leur irrémédiable séparation.

Le milan noir est arrivé au-dessus d'eux. Il tournoie lentement, semble suspendu à un souffle invisible, il tient quelque chose dans ses serres. De nouveau son sifflement tremblé. Le vieil homme s'y accroche comme à la possibilité de retrouvailles, une promesse à offrir à l'enfant.

Il lève le visage vers l'endroit d'où est arrivé le cri de l'oiseau et dit dans un souffle à sa petite-fille :

– Sakabaka viendra te visiter pour moi, il reviendra tous les ans et même si tu pars plus loin que Save, si un jour tu prends le bateau pour le pays des Blancs, tu sais bien qu'il va jusque là-bas pour y faire ses enfants tous les ans. Il sera mon messager. Sakabaka est l'animal totem de notre clan, ça je te l'ai enseigné depuis bien des lunes. Même à moitié blanche, même partie, tu feras toujours partie du clan des Abasinga ma Consolée, ne l'oublie jamais et qu'importe ceux qui te diront le contraire. Je ne manquerai jamais de t'envoyer mes bénédictions par l'entremise de notre Sakabaka. Il n'y a pas de terre sur laquelle Imana, notre Dieu, ne puisse le porter. Interroge souvent le ciel et tu verras mes salutations t'arriver à tire-d'aile. Cessons de pleurer maintenant, j'entends mes fils sur le chemin des amakopekope.

L'enfant sèche ses larmes. Au moment de donner la main à sa mère pour prendre la route de Save, elle lève une dernière fois les yeux, et distingue une petite bête qui se débat faiblement entre les serres du rapace. Une solitude tremblée l'envahit.

14.

Astrida – 2019

Tantôt ils sont venus chercher Mme Gomez pour l'emmener à la morgue. Elle occupait la chambre bleue, à deux portes de celle d'Astrida, mais c'est surtout dans l'ascenseur qu'elle vivait. Monter descendre monter encore et sans cesse, elle appuyait sur les boutons automatiquement, avec une régularité de métronome et une frénésie de mourante. À force de monter descendre chaque heure chaque jour elle a fini par épuiser son cœur. Vers 4 heures de l'après-midi aujourd'hui, les portes se sont ouvertes, laissant tomber son corps dans le couloir. Pendant de longues minutes avant que quelqu'un n'aille voir, on a entendu le bruit de la fermeture automatique des battants de l'ascenseur empêchés par ses jambes maigres au sol. Astrida avait toujours pensé que Mme Gomez faisait ça pour prendre son élan, monter descendre monter encore et sans cesse en espérant, comme sur un trampoline, qu'à la prochaine montée elle parviendrait à envoler la cabine, par-delà le toit de l'Ehpad. Vers l'infini.

Une navette directe pour le paradis. Astrida l'aimait bien, et quand tous les autres résidents se plaignaient de sa fâcheuse manie de monopoliser l'ascenseur, elle essayait de la défendre. Elle lui avait donné un surnom bien d'ici, un mot de patois gascon que lui avait appris sa voisine d'avant l'Ehpad : l'aouzet, l'oiseau.

Mme Gomez avait une petite tête presque déplumée, au nez pointu comme le bec d'un piaf et semblait fâchée avec la gravité terrestre. Elle ne sera pas parvenue à s'envoler d'ici, elle est partie sur un brancard, les deux pieds devant, poussée par deux jeunes hommes au teint blafard.

Astrida se demande si elle avait sélectionné cet Ehpad pour la même raison qu'elle, pour ce nom plein de promesses « Les Oiseaux ».

L'avait-elle réellement choisie cette dernière demeure ? Ça n'est pas vraiment un choix de venir s'enfermer ici. À part son amie Paola, Astrida ne connaît aucun résident qui ait demandé volontairement à venir à l'Ehpad. À tous on a dit un jour « vous ne pouvez plus rester chez vous ». C'était un verdict sans appel. Puis on leur a fait croire, par mille subterfuges malins que leurs choix étaient respectés. « Vous pouvez aller dans cet établissement ou dans celui-là. Vous pouvez emporter cette boîte de photos ou ce tricot, vous pouvez dire « oui » ou « absolument ». « Vous pouvez. » La belle affaire.

Quand ils ont décidé qu'il était trop dangereux pour elle de rester dans sa maison, cet endroit lumineux au jardin fleuri où elle conversait chaque jour avec l'ombre de son mari, Georges, quand ils ont décidé qu'elle était devenue trop imprévisible pour elle-même, ils lui ont présenté deux plaquettes. Vous avez le choix entre la résidence « Les Oiseaux » et la résidence « Mieux vivre ». Elle avait commencé à perdre la tête, certes, mais il fallait être sotte pour ne pas flairer l'entourloupe dans ce nom-là, « Mieux vivre » : si on est obligé dès le titre d'annoncer que ça va bien se passer, c'est qu'il y a un sérieux doute sur la fiabilité de la promesse, un vice de forme qu'on tente de masquer.

Elle n'a pas hésité, a dit « Les Oiseaux » !, bien sûr, elle y a lu un signe, l'assurance que là-bas aussi elle pourrait recevoir la visite de son grand-père, que Sakabaka parviendrait à l'y retrouver, au printemps suivant, comme il l'avait fait toutes ces années depuis son installation définitive en France.

Mais en fait d'oiseaux, ici, elle n'avait trouvé que trois perruches fluos et neurasthéniques dans une cage et dehors de vilains merles ainsi que quelques pies bavardes. Aucun milan ne semblait jamais vouloir survoler le patio, seul espace de liberté qui lui soit désormais accordé. Choisir, quelle ironie. Elle pouvait tout juste choisir entre l'ananas décongelé et une compote excessivement sucrée pour le dessert ; plus rien d'autre n'était encore du ressort de sa volonté. Certes, elle avait demandé à se faire appeler madame Astrida plutôt que Papailiaki. Ils lui avaient accordé cette possibilité, la présentant comme une coquetterie, un caprice de vieille femme alors qu'elle voulait juste que cesse l'écorchage récurrent du nom de son mari. Ils ne se rendaient même pas compte. Il y avait tellement de choses qu'ils ne voulaient pas voir. Tiens par exemple : l'auxiliaire de vie du premier, celle qui a presque la même couleur de peau qu'elle, et dont un badge dit clairement qu'elle s'appelle Malika, plusieurs résidents s'évertuent à l'appeler « la fatma », comme on s'impose en terrain conquis. Ils l'ont rebaptisée. Sans son accord. Cette histoire-là, elle ne la connaît que trop bien. Malika ne se laisse pas faire heureusement, elle ne manque jamais de les corriger. Ils oublient aussitôt ou feignent d'oublier, va savoir.

Elle aussi on l'avait rebaptisée. À Save, peu après que les oncles et la mère l'eurent conduite et abandonnée dans la maison des sœurs blanches. La mère avait promis de revenir la voir souvent, en pleurant. La religieuse avait dû la mettre dehors, avec une douceur froide qui n'augurait rien de bon pour les possibilités de visites futures. Il y avait déjà une autre fille prénommée Consolée à l'institut, alors la sœur avait décidé, pour se simplifier les choses, que désormais on appellerait la nouvelle « Astrida », comme la ville située près de Save, baptisée ainsi en hommage à la reine des belges, Astrid. La religieuse était belge, comme la plupart des Blanches qui vivaient autour de l'institut des mulâtres de Save. Elle ne parlait pas la même langue que l'enfant, alors une adolescente à la peau brune traduisait.

Consolée/Astrida ne savait pas ce qu'était la Belgique, ni à quoi pouvait bien ressembler une reine blanche. Son grand-père lui avait souvent parlé du roi du Rwanda, de la reine-mère adoptive et de la jeune reine Rosalia Gicanda, mais jamais de son savoir immense n'avait émergé l'histoire de cette reine Astrid dont il lui fallait désormais porter le nom.

Elle devait tout abandonner derrière elle. Sa famille, sa maison, et même son nom. Heureusement on ne la priva pas tout de suite de sa langue. Les autres enfants parlaient comme elle le kinyarwanda, elle fut accueillie avec des mots qui faisaient sens, qui lui signifièrent « tu es désormais des nôtres, tu vas, un jour prochain, comme nous avant toi, sécher tes larmes et entrer dans ta nouvelle existence de mulâtresse. »

La sœur qui l'avait rebaptisée décida aussi de lui donner une marraine, et comble d'ironie, elle lui choisit justement celle qui s'appelait Consolée, celle qui en quelque sorte lui avait volé une partie de son identité. Une grande fille un peu gauche qui ne lui ressemblait pas du tout. Elle avait la peau beaucoup plus foncée que la sienne, des cheveux lisses comme des poils de chèvre et un nez épaté. Astrida ne l'aima pas tout de suite, mais l'adolescente se révéla, derrière ses manières sans finesse et la parcimonie des mots échangés, d'une aide généreuse et bienveillante pour l'enfant fraîchement déracinée.

Astrida allait apprendre à habiter son nom, comme on apprivoise une condition, à reculons d'abord, puis avec une certaine résignation, avant d'en faire, sept décennies plus tard, sa seule exigence à l'Ehpad.

Il lui avait fallu du temps pour enterrer Consolée, la laisser derrière elle, dans les limbes de l'enfance, dans cette cour d'où on l'avait arrachée, la privant de la tendre cohabitation avec les araignées.

Quatre enterrements. Ce sont quatre enterrements qui avaient emporté par étape un bout de son être, de sa mémoire inconsolable. Le grand-père d'abord. À sa première visite, trois années – qui avaient paru des siècles à l'enfant – après leur séparation, la mère lui avait appris que son Sogokuru n'avait pas longtemps survécu à son départ. Il avait rejoint le pays des ancêtres.

Puis sa marraine à l'institut des mulâtres, quelques années plus tard. Les sœurs les avaient amenées en excursion au lac Kivu. La découverte de cet endroit d'une beauté sans pareille, l'émotion d'une contemplation hypnotisante. Une fille s'était noyée. Son premier enterrement, le cœur en charpie. Astrida avait tracé sur le sable de la plage leur prénom *Consolée* avant que la pluie n'en efface toute trace.

Le troisième enterrement n'avait pas eu lieu. Un jour Astrida avait seulement reçu la confirmation que sa mère et sa cousine n'étaient plus, qu'elles s'étaient volatilisées dans un pays voisin. Aucune tombe pour se dire adieu.

Quand son mari, Georges, est mort, Astrida a jeté avec la poignée de terre sur son cercueil les dernières réminiscences de ce prénom, Consolée, qu'elle lui avait confié, dont il se servait pour la plus tendre intimité. Soixante-dix ans pour tuer l'enfant d'autrefois.

Soixante-dix ans pour devenir cette vieille femme qui aujourd'hui regarde sa voisine de chambrée, morte sous un drap blanc, quitter la résidence des Oiseaux, cette institution où on l'avait encore conduite à son corps défendant.

15.

Ramata – 2019

Je suis rentrée de mon rendez-vous avec Claude Mouret bouleversée par ce que ma collègue venait de m'apprendre, sur madame Astrida, sur nos fins de vie immigrées. Khalil m'attendait dans la pénombre du salon, un livre dans les mains, les fenêtres grandes ouvertes. Les enfants étaient de sortie, on était vendredi. Mon mari avait mis un disque de Miles Davis, j'ai été happée dès la porte ouverte par le frisson électrique de *In a silent way* et mon cœur a réalisé la date avant que mon esprit n'ait fait le lien avec les bougies allumées sur le buffet, devant la photo encadrée de ma mère, Amy.

C'était la première fois en trente-trois ans que j'oubliais l'anniversaire de la mort de ma mère. Heureusement Khalil, en professionnel de la « mortalité » comme disent les antillais, avait posé les gestes et honoré pour moi sa mémoire. Je ne me suis pas sentie coupable, au contraire, j'ai pensé que ma mère aurait approuvé cette nouvelle quête dans laquelle je m'étais lancée. Qui sait, peut-être qu'elle serait, elle aussi, revenue à sa langue maternelle si elle avait vécu aussi longtemps qu'Astrida ? Mais elle était partie trop tôt et notre père n'avait rien trouvé de mieux que de la ramener à sa terre maternelle.

Le père avait emmené le corps de notre Amy au Sénégal, pour l'inhumer près des siens. Les siens. Les familles Fall et Barry. Ses parents, ses frères et sœurs, ses tantes et ceux de notre père. Nous, ses enfants, ne comptions pas. Nous allions devoir rester en France pendant qu'il l'emportait là-bas. Seuls. Il n'y avait pas assez d'argent pour payer nos billets d'avion, en sus de celui du père et du prix exorbitant du rapatriement du corps. Une caisse de solidarité avait été mise en place dans la petite communauté sénégalaise d'ici, et à la mosquée El Houda de Bordeaux aussi. Les gens avaient donné de l'argent pour qu'on nous vole notre mère.

Partout où nous les croisions, ils nous ensevelissaient sous leurs condoléances sans fin et leurs regards de pitié. Nous aurions voulu disparaître, devenir transparents au lieu de devoir rester ainsi en face d'eux, la tête basse, un chagrin soumis de convenance sur le visage. Les remercier pour cette obole qui allait permettre à notre père d'emporter notre mère loin de nous, la tuant une deuxième fois à nos yeux. Nous nous devions de nous montrer soumis alors que nous n'étions que colère et déni. Notre Amy ne pouvait pas être morte, elle devait rester avec nous ici pour toujours. Et cette famille que nous n'avions jamais rencontrée, ses parents wolof dont les photos trônaient dans le salon sans que nous ayons goûté à leurs plats ou entendu leurs voix ailleurs que dans le combiné d'un téléphone, ces gens et leur terre que nos pieds ne foulaient jamais nous semblaient aussi sombres et inhospitaliers que le pays des morts où elle s'en était allée.

Nous avions assisté impuissants à ce double exil de notre mère. Désormais, elle ne serait plus dans nos vies ni dans notre pays. Dans la fratrie, chacun allait se bricoler un lieu de souvenir à investir de sa peine.

Maguette, la petite dernière s'appropria son fauteuil au bord de la fenêtre. À six ans, elle recherchait encore les traces du parfum de thiouraye dont Amy imbibait ses vêtements et qui s'était, au fil des ans, incrusté dans le velours usé du vieux fauteuil crapaud sur lequel elle avait passé des heures à natter les têtes de ses filles.

Dès qu'elle rentrait de l'école, la cadette s'enfonçait dans les replis du tissus vert ; elle y faisait ses devoirs, y mangeait, y regardait la télévision et refusait même de le quitter quand l'heure du coucher était arrivée. Il me fallait attendre qu'elle se soit endormie pour la porter enfin dans son lit, petite boule de chiffon noyée dans une puissante odeur d'encens mêlé à du santal, du musc et de l'ambre. Quand le parfum de thiouraye se fut dissipé, Maguette me demanda d'en racheter et elle devint la gardienne du souvenir olfactif de notre mère, allumant chaque fin de semaine l'encensoir en terre cuite avec des braises ardentes, les recouvrant de cendre avec une minutie et une dévotion de vestale.

Aujourd'hui encore, alors qu'elle a les moyens de s'offrir toutes les fioles des grands parfumeurs parisiens, elle reste celle qui, dans la famille, traîne toujours dans son sillage ce que nous appelons mi-moqueurs, mi-nostalgiques, « l'odeur du bled ».

Elle avait emporté dans sa maison londonienne le vieux fauteuil d'Amy, qu'elle avait pris auparavant le soin de faire rénover par un des meilleurs tapissiers du Sud-Ouest, recherchant la teinte exacte vert sapin du velours de son enfance.

Pour le seul fils d'Amy, le deuil serait plus mystique. Ibou devint le dépositaire de son chapelet et de son coran, et là où notre mère avait été une bonne mais discrète musulmane, lui se jeta dans la religion comme dans un combat dont dépendrait sa survie. Nous le vîmes fréquenter assidûment le lieu de prière improvisé par les musulmans de notre cité et faute d'école coranique, il se mit à l'apprentissage de l'arabe en autodidacte. Nous le regardions s'enfoncer chaque jour un peu plus dans la foi avec une pointe d'inquiétude. Mais la bonne étoile de sa mère devait veiller sur lui depuis le paradis et c'est sans doute elle qui mit sur sa route un jeune étudiant en philosophie, fils de harkis algériens atterris par hasard au Grand Parc après un passage éprouvant dans le camp de transit de Rivesaltes. Ce jeune homme avait trouvé dans les textes d'Averroès un lieu où se construire une dignité rationnelle, pour échapper au ressentiment et à la honte des siens, au mépris et au rejet des autres.

Mon frère aurait pu devenir un intégriste obtus, il se transforma, grâce à la fraternité attentive du philosophe, en un penseur apaisé. L'intellectuel de la famille, celui qui, défiant toutes les injonctions à peine voilées des conseillères pédagogiques du collège qui ne pouvaient le voir que dans les pas de son père à l'usine, malgré ses notes très honorables, celui donc qui parviendrait à faire deux thèses de doctorat avant de devenir un brillant professeur d'université, islamologue laïc, éminent défenseur d'une certaine idée de l'islam, pacifiste et ouvert. Amy serait-elle fière de lui aujourd'hui ? Il a fait encadrer son chapelet et son coran élimé qui trônent aujourd'hui au-dessus du buffet de son grand salon lillois, aux côtés de son pendant chrétien dans une mise en scène œcuménique : le chapelet et la bible de l'ancêtre berrichonne de sa femme, Sophie.

Sans doute notre mère trouverait-elle qu'il en fait un peu trop, avec ses livres, sa moustache à la Omar Sharif, ses beaux discours à la radio, utilisant des mots qu'elle n'a jamais entendus de son vivant, ses cours d'œnologie pour pouvoir comparer pendant des heures avec son beau-père les vertus des terroirs français. Elle lui dirait comme elle le faisait autrefois quand il rentrait de l'école en parlant avec envie des vêtements de ses camarades : « As-tu vraiment besoin de tout cela ? » Elle lui demanderait s'il est heureux et bénirait sans hésitation aucune cette belle-fille aux yeux vert d'eau qui lui avait donné quatre enfants chatoyants.

À la mort de maman, Maty avait dix ans. C'était la plus indépendante, celle qui n'avait joué aucun rôle important dans la fratrie. J'avais été l'aînée, Ibou le seul fils, et Maguette jouissait des avantages de la benjamine. Maty, elle, était juste un des enfants, discrète et peu diserte. Elle récupérait sans rechigner, depuis toujours, les vêtements qui ne m'allaient plus. Elle s'était occupée très consciencieusement de sa petite sœur quand le monde s'était effondré autour de nous, alors que notre père perdait pied, que je devais assurer vaille que vaille la logistique de la famille, préparer le thé pour les visiteurs qui venaient prier pour la morte. Elle ne dit rien de particulier, pleura un peu sans grande effusion, et sembla se remettre avant tout le monde de la disparition d'Amy.

Et puis, sans que personne n'y prenne vraiment garde, elle commença à se transformer de l'intérieur : le ton de la voix, la texture de la peau, la façon de marcher. Elle avait toujours été la plus douée de ses doigts, et ce fut fort naturellement qu'elle reprit la tâche mensuelle du tressage de nos nattes fines auquel notre mère nous avait habituées. Elle avait une bonne main, capable de réaliser des travaux d'une grande fermeté sans jamais nous faire mal à la tête. Comme maman. Comme elle aussi, elle se mit à fredonner une petite mélodie en traçant sur le champ de notre cuir chevelu des sillons d'une netteté irréprochable. Comme elle, elle souriait imperceptiblement avant de répondre à la moindre des questions qu'on lui posait. Un détachement presque supérieur, celui d'une mère qui sait vos interrogations puériles et incomplètes mais consent néanmoins à vous répondre parce qu'elle vous aime et s'amuse un peu de votre air de petite madame.

Magie noire ou legs des gènes, son visage pris au fil des ans les traits exacts d'Amy. Son âme aussi. Nous possédions une photo de notre mère prise chez un photographe de Dakar, peu avant son mariage avec notre père, la même qui était aujourd'hui sur mon buffet, illuminée de bougies du souvenir. Une jeune fille en robe de cotonnade à la coupe occidentale mais assez lâche autour du corps, avec, étrange mélange, un foulard très fin brodé de perles, négligemment jeté sur la tête. Elle regardait l'objectif avec une éclatante détermination, presque avec défi. Maty, la petite sœur jusqu'alors effacée, invisible, se métamorphosa en l'espace de quelques années en une fille intrépide, sûre d'elle, la seule capable de tenir tête à notre père comme autrefois Amy. Elle fut la première à quitter la maison, dès son bac en poche pour aller chercher sa voie loin de nous qui vivions dans un foyer hanté par la disparition de notre mère, incapables de faire une place à notre belle-mère. Elle partit, emportant avec elle certainement l'impression fugace qu'elle nous offrait souvent de revoir Amy vivante à travers elle, sa réincarnation.

Récemment, je me suis souvenue que notre mère avait faillit mourir en lui donnant naissance. À tel point que les médecins lui avaient vivement déconseillé toute autre grossesse. Je me suis demandée si leurs vies ne s'étaient pas trouvées ainsi scellées, à cet endroit précis entre la vie et la mort d'où peu d'êtres ont le loisir de revenir. Comme un pacte, je te donne la vie, tu me dois une vie. Maty est la seule à n'avoir jamais eu de désir d'enfant, et dont le caractère intraitable lui a permis de refuser d'enfanter par convenance. Elle travaille depuis deux décennies pour un grand organisme international qui l'envoie tous les trois ans dans un pays différent, y porter, moyennant un salaire très confortable, un combat feutré pour des valeurs individualistes mais présentées néanmoins comme universelles. Il n'y a qu'elle qui soit allée un temps vivre au Sénégal, et qui y retourne régulièrement, entre deux avions, pour entretenir la tombe de notre mère, puis celle de notre père quand il l'eût rejointe dans la concession familiale. C'est elle aussi qui entretient les liens avec les familles Fall et Barry, un lien qui pourrait se résumer en deux mots « Western Union » si elle ne se donnait pas la peine d'appeler tous les deux mois les tantes et cousines pour s'enquérir de leur santé, suivre l'historique des naissances et décès de l'année.

Maguette, Ibou et moi lui sommes reconnaissants de nous avoir libérés de ce lien que la morale et la sacro-sainte « tradition familiale africaine » nous aurait imposé d'entretenir avec des inconnus. Nous lui versons une contribution annuelle et elle se charge de répondre aux nombreuses doléances qui ne manquent pas d'arriver. Parfois elle se dit fatiguée, ironise sur le sentiment de plus en plus fort que cette famille qui ne nous a pas vu grandir, souffrir l'exil et le racisme, qui ne sait rien de nos personnalités, nos goûts nos démons nous réduit à un compte bancaire qui se doit, au nom de notre chance d'être arrivés à *Lafrance*, de l'entretenir. Mais quand nous lui suggérons d'arrêter les dons, elle prends leur défense. Elle est la seule à savoir comment ils vivent là-bas, le coût de la scolarité et de la santé depuis que les politiques d'ajustement structurel établies en Occident ont décidé de réduire à néant les services publics africains.

En cela, elle prolonge le rôle de notre mère, potomitan infaillible d'une famille éparpillée. Aujourd'hui elle a dépassé l'âge qu'avait Amy à sa mort. Je ne sais plus quand je la vois laquelle habite l'autre tant la ressemblance est troublante. Il n'y a que l'accent qu'elle n'ait pas changé. Il eût été ridicule qu'elle abandonne son français bien d'ici pour adopter les intonations sénégalaises d'Amy. Mais pour le reste, tout me porte à croire qu'elle est aujourd'hui le cénotaphe vivant de notre mère.

Et moi ? Comment ai-je vécu ce deuil-là ? Qu'ai-je fait de ma peine ? J'ai un temps pensé que je n'avais pas eu le loisir de pleurer réellement Amy, que mon rôle d'aînée m'avait violemment retiré tout espace personnel pour dire adieu à maman. Il fallait devenir la nouvelle petite mère pour la fratrie désemparée, parer au plus urgent. J'avais dix-sept ans ; déjà une femme, avec un sens des responsabilités imposé par mon éducation.

J'ignore si je l'ai décidé ou si c'est là aussi l'âme de notre Amy qui m'y a poussée depuis l'au-delà, mais j'ai compris alors que je devenais la responsable de notre unité. Maman disait sans cesse, avant sa mort, que notre force venait de notre indivisibilité. Elle ne tolérait pas la moindre dispute entre nous, désapprouvait si sévèrement toute tentative d'individuation au-dehors, lorsque nous sortions avec elle surtout, un bloc compact parlant d'une même voix, pensant à l'unisson.

Je me suis faite la garante de notre union. Une tribu. C'est bien ce pour quoi j'ai lutté pendant des années, jusqu'à ce que ma sœur Maty rompe le sortilège en quittant le nid. Elle avait un commerce avec l'âme de notre mère qui supplantait toutes mes injonctions à rester au nid. Les filles Barry. C'est ainsi qu'on parlait de nous, à l'école, dans l'immeuble, au parc. Personne ne connaissait nos prénoms, nous étions une masse indistincte qui ne parlait, ne jouait, ne lisait que d'un seul élan. Seul notre frère en désertant notre appartement pour les enseignements du jeune philosophe algérien parvint très tôt à se distinguer.

Nous fûmes d'autant plus unies en ces années-là que nous pouvions faire converger notre désespoir sur une cible commune : notre belle-mère, que notre père fit venir du Sénégal un an après la mort d'Amy. Une intruse, une étrangère à laquelle il avait fait croire qu'elle pourrait prendre sa place dans nos vies. Nous toutes contre elle car le père n'était jamais là. Il ne savait sans doute pas quoi faire de nous, trois filles agglutinées qui avaient grandi trop vite, un fils silencieux qui passait sa journée à lire. Alors il nous l'avait apportée, comme une gouvernante ou plutôt une bonne à laquelle il fallait dire « maman » et qui couchait chaque nuit dans son lit. Elle était arrivée un soir d'hiver, apeurée, jeune fille – elle avait quinze ans de moins qu'Amy – débarquée directement du village de mon père. Sans doute était-ce la grand-mère Barry qui l'avait choisie pour son fils, une fille de chez eux cette fois-ci une vraie peule. Elle aurait pu être belle ; elle aurait pu se révéler intelligente drôle et même cultivée, nous ne l'aurions pas acceptée. Mais elle n'était rien de tout cela alors nous l'avons haïe avec une passion terrible. L'Europe des siècles derniers a élaboré bien des contes pour dire les marâtres cruelles qui imposent leur loi d'airain à de jeunes orphelines sans défense. Mais c'étaient des femmes pleines de pouvoir et de maîtrise, en leur pays. Notre belle-mère est arrivée vierge et nue. Elle n'avait jamais quitté son village, savait à peine lire et écrire, bafouillait quelques mots de français mais avec un tel accent. Elle était absolument impuissante sur notre territoire. Presque une enfant, à laquelle nous devions apprendre à « bien parler », à marcher dans des bottes fourrées, à compter les francs français. Mon père, qui s'était beaucoup appuyé sur moi pour « faire tenir la maison » après la mort d'Amy, m'avait demandé de lui apprendre le métier. Dans le projet de me renvoyer ensuite au rang ingrat d'enfant qui aurait cédé aveuglément tous ses pouvoirs à la nouvelle belle-mère. C'était mal me connaître. Quel employé intelligent accepte sans rechigner d'initier un jeune au maniement des outils dont le patron prévoit de le priver ?

Mes sœurs furent mes alliées dans le projet discret mais impitoyable d'infantilisation que j'entrepris contre ma belle-mère, du moins au début.

Notre père ne devait se douter de rien. Nous étions souriantes et soumises en sa présence et en apparence prévenantes envers sa jeune épouse. Mais tout autant pleines de mauvaise volonté quand il s'agissait de lui apprendre quoi que ce soit qui lui aurait donné une once d'autonomie.

Trois ans après son arrivée en France, elle était toujours incapable de sortir seule, que ce soit pour les courses ou pour aller chez le médecin. Incapable d'utiliser correctement les appareils électroménagers et sa langue peinait toujours autant à converser avec civilité.

La chance fut de notre côté plus que de raison. Jamais elle n'enfanta de petits frères qui l'auraient sortie de sa solitude. Elle aurait pu en faire sa petite troupe dans cette guerre de tranchées que nous menions à armes inégales. Elle avait compris assez vite notre jeu mais jamais ne nous en fit le moindre reproche, acceptant avec une soumission déconcertante nos règles, notre victoire, son effacement. On ne peut longtemps haïr et mépriser la même personne. L'absence de riposte de sa part, l'insignifiance absolue dans laquelle elle se réfugia, finirent par lasser mes sœurs qui se désintéressèrent d'elle, la reléguant au rang de meuble inutile, me laissant seule avec une haine qui n'avait réellement plus lieu d'être.

Notre père ne semblait pas voir ce que nous avions fait d'elle, ou peut-être feignit-il de l'ignorer, parce qu'il ne s'était jamais mêlé de ce qui se passait à la maison, du côté des femmes. Tant que ça « fonctionnait », que le sol était propre, ses vêtements repassés, le repas prêt à l'heure où il rentrait, il n'avait pas le moindre intérêt à intervenir. Peu importe qui payait à la caisse du supermarché, qui gérait les factures, les démarches administratives, l'achat des nouveaux vêtements pour la fratrie, il semblait se satisfaire de sa jeunesse pour la nuit, de son mutisme le reste du temps. Il lui parlait peu mais toujours en pulaar, langue que je maîtrisais mal car avec ma mère il avait toujours parlé le wolof. J'avais gardé quelques mots de mes premières années à Dakar lorsque nous vivions avec ma tante paternelle venue du village pour me garder. Le pulaar fut la seule liberté que mon père offrit à sa deuxième épouse, mais cela était déjà trop pour mon ressentiment. Alors je mis un point d'honneur à raviver les vagues souvenirs que j'avais de ce vocable laissé au pays, à prendre quelques cours avec une de mes amies de lycée dont c'était la langue maternelle, de sorte à pouvoir espionner leurs conversations à la maison. Je voulais m'assurer qu'elle ne se plaignait pas de nous à son mari, qu'elle ne tentait pas de se libérer de mon emprise. Elle n'en fit rien. Jamais femme ne fut plus résignée à son sort comme si aucun ressort en elle n'existait, capable de lui donner un désir, un projet qui lui fut propre.

Son manque de combativité finit aussi par me lasser. Je réalisai surtout qu'en la privant d'autonomie, je m'étais enfermée moi-même dans un rôle surpuissant qui finit par devenir chronophage. Or les études avançaient, il me fallait me libérer de la charge de la logistique de la maison, d'autant que Maty parlait de plus en plus de quitter le domicile dès sa majorité.

Mais nos relations étaient si froides depuis des années que je ne trouvais plus les gestes, pas les mots. C'est Maguette, la petite dernière, qui s'était sans doute montrée la moins agressive à son encontre, qui commença progressivement à ouvrir sa cage. Elle lui parlait comme à une amie de son âge, mêlant les explications sur le fonctionnement du four ou de l'ascenseur à un babillage de pré-adolescente sur la confection de bracelets brésiliens, les derniers rebondissements de sa série préférée.

Je me désintéressais petit à petit de leur relation, constatant juste ponctuellement les progrès timides que faisait ma belle-mère, les quelques gestes d'autonomie qu'elle osait entreprendre sans se départir cependant du regard craintif, de la lenteur d'hésitation auxquels je l'avais condamnée, irrémédiablement.

Lorsque je quittai la maison pour me marier, à quelques mois d'intervalle avec Maty qui partait construire sa vie par-delà les océans, notre belle-mère était enfin capable de « tenir son ménage », certes avec l'aide encore de Maguette, mais enfin débarrassée des chaînes que je lui avais imposées, en faisant la victime collatérale du deuil de ma mère. Jamais elle n'aurait l'aura, la joie, la place de notre Amy.

Mon frère Ibou, puis quelques années plus tard, Maguette quittèrent à leur tour la maison familiale. Elle resta désespérément seule à attendre le père qui rentrait tard du travail. Il préférait la compagnie de ses camarades d'usine, la palabre autour des verres de thé à la menthe après la prière du vendredi, à la vue de cette femme fanée avant même d'avoir pu fleurir. Elle savait faire les courses et cuisiner mais parlait à peine le français. Elle n'avait pu se faire aucune amie, tout juste quelques mots timides échangés avec les deux autres familles sénégalaises de la cité. Elle restait toute la journée assise près du téléphone, attendant les coups de fils sporadiques de Maguette, la seule a avoir accepté de l'appeler « Maman ».

16.

Consolée / Astrida – 1954

Le plus difficile sera de dormir sans le souffle chaud de la mère dans son dos. Après son départ, le soleil commence à décliner vers l'est. La sœur dit à l'enfant fraîchement rebaptisée « Astrida » de suivre la grande fille, celle qui lui a volé son nom, sa future marraine. Consolée. Une main molle se glisse dans la sienne et la tire vers la porte. Astrida ne proteste pas, elle s'efforce de ne pas se retourner vers la fenêtre où elle a vu les siens disparaître. Elle n'a plus de siens, rien d'autre que cette main moite à laquelle elle s'agrippe soudain telle une naufragée. Elle n'est plus Consolée désormais, elle est la petite Astrida qui suit la grande Consolée comme une lumière dans la nuit.

Cette grande fille a vu le visage de sa mère, elle a assisté aux adieux déchirants, elle pourra en témoigner ou lui remémorer cette séparation si un jour l'enfant se sent glisser vers l'oubli ou si la sœur blanche décide de la priver de son passé. Cette Consolée détient son souvenir le plus douloureux, elle en sera la gardienne, comme de son nom d'enfance qu'elle est seule autorisée à porter ici, pour elles deux. Le passé de la nouvelle arrivée tient dans la paume de cette main humide qui la conduit à l'intérieur de la grande maison des mulâtres.

Les autres enfants l'entourent immédiatement, des filles surtout, curieuses, bavardes, de tous les âges. Elles portent de jolies robes en cotonnades claires, elle bruissent de murmures incessants entrecoupés de rires légers. Elles lui offrent un reflet démultiplié qui l'étourdit. La nouvelle Astrida a été jusqu'à présent la seule « muzungukazi », la seule blanche chez elle, sur la colline, et même quand les cousins venaient nombreux rompre la monotonie de leur existence, égayer le quatuor formé avec la cousine, la mère et le grand-père, ils étaient une masse brune, uniforme, où elle seule se démarquait, trop claire, si différente. Pour la première fois de sa vie, elle voit des enfants comme elle, il y a des nuances bien sûr, des plus foncés, des aux cheveux plus lisses ou jaunâtres, mais aucun, aucun n'a la couleur des gens de sa famille. Où que porte son regard, elle a l'impression de se voir, comme dans un jeu de miroir infini qui la projette dans un abîme d'incompréhension. Qui sont les siens désormais ? Ceux qui lui ressemblent tant ou ceux qui l'ont aimée avant de la donner aux Blancs comme on offre une vache ou une calebasse de bière au visiteur ?

« Urakaza neza iwacu » lui souffle enfin sa marraine en écartant la grappe de têtes agglutinées autour de la nouvelle arrivée. « Bienvenue chez nous. » Désormais c'est aussi chez toi. La fille la pousse dans une immense pièce tout en longueur où deux longues rangées de lits se font face. L'enfant reste bouche bée, elle n'a jamais rien vu de pareil.

« Tu dormiras ici. Ça s'appelle le dortoir. » Elle lui nomme les draps, la couverture, l'oreiller, en peu de mots. La petite n'a jusqu'à présent rien eu d'autre qu'une natte en dessous et une au-dessus. De fines nattes tressées par la mère. L'autre lui mime le coucher, le geste de relever le drap sur son corps allongé et c'est plus parlant que toutes les phrases dont visiblement elle ne souhaite pas s'encombrer. Le drap est en cretonne de coton fleuri. Astrida le caresse lentement, craintive. Cette douceur pourra-t-elle remplacer le soyeux de la peau maternelle ? Quels espèces de rêves peut-on bien faire dans ce genre de couche ?

« Tu resteras à côté de moi au début pour t'habituer. Tu ne fais pas pipi en dormant ? »

L'enfant semble surprise de la question : elle n'est plus un bébé, que va bien s'imaginer l'autre ?

« Tu peux poser ton paquetage ici, viens je vais te montrer le reste. » La grappe les suit dans le couloir, scrutant son vêtement sommaire d'indigène, ses cheveux

que sa mère a pris soin de nourrir avec du beurre avant de les coiffer délicatement, comme le font sur la colline celles qui ont le poil lisse « imisatsi yimirende », dans un halo vaporeux qui lui fait comme une auréole. La cousine, elle, portait déjà la coiffure « amasunzu » des jeunes filles ; elle se demande si elle y aurait eu droit également si elle était restée à la maison. Devenir une jeune fille rwandaise comme les autres. Ses cheveux, quoique clairs tels l'herbe brûlée de juillet, sont presque aussi crépus que ceux de sa mère. Aurait-elle pu faire illusion ? Non bien sûr.

Elle n'est pas de notre sang.

« Voici le réfectoire. Ici nous mangeons trois fois par jour. Chacun a sa place qui reste la même toute l'année. Ça ce sont des couverts, on n'a pas le droit de manger avec les mains, je t'apprendrai ne t'inquiète pas. Chaque enfant a une assiette et un gobelet en aluminium marqué de son nom. Tu vas aller à l'école, "ishuli", pour apprendre la langue des Belges et aussi à écrire et à lire. »

Consolée montre à Astrida le dos d'une gamelle où apparaissent d'étranges tracés qu'elle déchiffre aisément.

La grappe de curieuses qui les suit rit nerveusement devant les yeux ébahis de l'enfant. Astrida rentre la tête dans son cou, soudain honteuse. Elle pose convulsivement ses mains sur tout, bouleversée par tant d'improbable, d'inimaginé.

La grande fille doit voir le désarroi la gagner, alors d'un geste sans équivoque elle chasse les enfants curieux et moqueurs et la conduit dans le grand patio intérieur de l'institut. Dehors, il n'y aura plus de nouveauté, juste la nature qui, pense-t-elle est éternelle et identique, ici comme sur la colline d'origine d'Astrida.

Celle-ci reconnaît quelques tiges de bambou, une euphorbe bien grasse, et un grand acacia umunyinya couvert de pompons jaunes parfumés qui étend son ombre apaisante sur toute la partie gauche du jardin. Mais c'est surtout à la vue des fleurs rouge sang de l'umuko, planté pile au milieu du patio, qu'elle se sent enfin rassurée. Le même arbre qu'à la maison, voilà un repère simple qui lui donne l'assurance d'être toujours dans son pays. Au loin un orage gronde. La saison des pluies est bien là.

Consolée garde sa main dans la sienne, le temps qu'il faut à la nouvelle Astrida pour s'imprégner de toutes les odeurs étranges qui peuplent ce lieu, des bruits et des silences.

Le son d'une clochette retentit.

« Quand tu entends cela, tu dois te dépêcher d'aller à la chapelle. Ne traîne jamais en chemin sinon tu seras punie. »

L'enfant est déjà baptisée, elle porte un chapelet autour du cou, elle connaît ses prières par cœur, apprises de la bouche de la mère qui, si elle ne l'emmène pas avec elle à l'église, pour la protéger des regards qui transpercent, ne manque jamais une messe dominicale à la mission.

Quand elles arrivent, l'endroit est déjà presque rempli. Astrida voit les autres sœurs, si identiques à celle qui l'a accueillie qu'il lui faut demander à Consolée, laquelle est sœur Assumpta. La chapelle est lumineuse et sent bon, une odeur légèrement piquante que l'enfant ne connaît pas. Elle lui rappelle celle de la sève des arbres quand ils sont blessés, cette chose poisseuse qui tache le vêtement et colle aux doigts.

Un chant s'élève, liquide et clair, tout le monde se lève. Astrida suit le mouvement, sans réfléchir. Elle voudrait chanter avec les autres pour plonger son chagrin dans la mélodie légère, ou se taire ostensiblement mais elle reste bouche bée, les yeux sautant frénétiquement d'un visage à l'autre, d'un objet inconnu à un autre incongru. Les enfants se mettent à battre la mesure avec leurs mains, elle tente de les imiter mais manque de concentration, tape à contretemps. Jusqu'à ce qu'elle croise le regard sévère de sœur Assumpta qui la scrute avec un courroux évident. Alors elle se fige, tremblante de peur. Et si cette femme, qui a désormais tous les droits sur elle, décidait de la mettre dehors, de la jeter dans la brousse à cette heure où le jour se meurt ? Comment retrouverait-elle seule le chemin de la maison ? Et là-bas, ne la chasserait-on pas sous prétexte qu'elle aurait déplu aux Blanches ?

Elle reste coite, immobile, le cœur battant la chamade et ne sait plus rien de la suite de la prière. Lorsque le silence enfin se fait et que les enfants se mettent en file pour quitter la chapelle, il faut la main de Consolée pour la guider dehors, chancelante.

Le dîner est une épreuve, elle a la gorge nouée, aucun des mets qu'on leur sert – dont elle reconnaît pourtant certains – ne parvient à réveiller son appétit. Elle boit de l'eau et grignote une patate douce.

Lorsque arrive l'heure du coucher, elle n'est plus qu'une ombre affaiblie et muette. Sa marraine la conduit jusqu'à son lit, lui tend une longue robe pour qu'elle l'enfile. Elle se défait de son ikanga, la toge imprimée que sa mère a nouée ce matin autour de sa poitrine et plaque la robe de nuit sur sa nudité, dont elle ne sait que faire. Dans un brouhaha chuchoté les autres enfants se déshabillent sans complexe, ils semblent l'avoir oubliée. Elle les observe en coin, pour tenter de comprendre comme glisser les bras et le cou au travers de ce vêtement inconnu.

Elle s'étend sous le drap, le corps meurtri par toute la tension de cette journée impitoyable. Consolée lui offre un sourire d'encouragement. Maintenant il faut dormir. Les pas de sœur Assumpta résonnent dans le couloir, elle ferme les yeux, attend que le bruit de ses sandales sur le sol froid soit passé dans la rangée du milieu pour les rouvrir précautionneusement. La porte se referme dans un son sec. Les fenêtres, qui laissaient entrer la lumière vive d'une pleine lune, ont été obstruées par des tentures lourdes. Astrida tente de distinguer les lits voisins dans le noir. Est-elle encore vivante ? Que présage ce silence immobile ?

Doucement le bruit revient dans l'immense pièce sombre. Ça chuchote de partout, de plus en plus, des fragments de phrases lui parviennent sans qu'elle sache de qui, de quoi les autres parlent. Elle devine plus qu'elle ne voit le visage de Consolée dans le lit mitoyen, les yeux fermés, assoupie.

Je dois dormir. Sa couche lui semble immense. On dirait un bateau. Elle a peur de s'y noyer, elle frotte le drap avec sa main, à côté de sa tête, espérant y créer une chaleur rassurante sur laquelle poser sa joue. L'odeur de sa mère lui manque. Ne pas pleurer.

Elle a dormi comme une morte. Elle est réveillée par Consolée qui la secoue énergiquement. Elle n'ose pas ouvrir les yeux, retrouver cet inconnu, innommable tant il lui est étranger, dans lequel elle a été abandonnée par les siens, la veille. Elle voudrait rester dans la moiteur de son rêve, sur une natte au pied du banc en ficus du grand-père qui est venu la visiter ce soir, lui raconter une énigme de bergeronnette privée de ses ailes.

« Astrida, vite il faut se lever, nous devons aller nous laver avant l'école. »

Sortir du lit, cette hauteur inconnue, comme on descend d'une pirogue pour poser un pied incertain sur la terre ferme. Sa marraine l'entraîne dans la salle d'eau. En quittant le dortoir dans la confusion des enfants ensommeillés qui se pressent vers le couloir, elle voit sœur Assumpta en train de frapper une fille, plus grande qu'elle, à la robe trempée. Elle interroge Consolée d'un regard angoissé. « Il y en a beaucoup qui font pipi au lit ici. Mameya a beau les corriger chaque matin c'est plus fort qu'elles, elles ne savent pas s'arrêter. Chez les petits garçons c'est encore pire. » Elle comprend que « Mameya » est le nom qu'il faut donner à sœur Assumpta. Ça sonne un peu comme « Mama » mais c'est un leurre, on ne la lui fera pas.

Dans la salle d'eau quelqu'un lui tend une bassine et un savon. De nouveau la gêne à se dévêtir en étant pourtant environnée de dizaines de corps nus. Les grandes filles vont de leur côté. Elle connaît les seins des femmes, elle a vu ceux de sa mère, de ses tantes qui allaitaient et ceux, petits, de la cousine, qui dressent encore leurs tétons noirs vers le ciel. Elle se demande si elle survivra assez longtemps dans ce lieu pour un jour, elle aussi, aller se laver dans la pièce d'à côté.

Il faut se dépêcher, on lui donne un minuscule vêtement triangulaire avec trois trous à glisser le long des jambes jusqu'à la taille, ikaliso, puis une robe semblable à celle des autres qu'elle peine à enfiler.

Elles traversent en file silencieuse le patio arboré pour se rendre au réfectoire. Le ciel a été lavé par l'orage de la nuit dernière et offre à son visage tendu une caresse bienveillante de soleil matinal.

Ce matin la faim est revenue. La bouillie est brûlante mais il faut la boire en vitesse, ici point de cousine attentionnée pour la refroidir pour elle en la transvasant patiemment d'une cruche à l'autre.

Le départ pour l'école se fait encore en file, deux à deux, elle marche devant, la main dans celle de sa marraine qui lui explique en chemin qu'elle va bientôt partir pour l'école normale chez les Benebikira, une autre sorte de sœurs, noires celles-ci, où elle apprendra comment devenir institutrice. Déjà une nouvelle séparation annoncée. Elle se souvient de ce proverbe qu'utilisait souvent le grand-père « ah'umutindi yanitse ntiriva », le soleil ne brille jamais sur le séchoir du malchanceux.

Astrida a entendu parler de l'école ishuli, que certains cousins fréquentent à la mission et d'où ils reviennent avec une ardoise ibarata et un stylet itoushi avec lequel ils tracent des signes incompréhensibles comme ceux au dos des assiettes et des gobelets du réfectoire.

Ils lui ont dit qu'on y restait de longues heures assis à écouter l'instituteur et à apprendre des choses nouvelles. « Foutaises ! Toutes ces choses qu'on leur enseigne en feront-elles des hommes plus sages ou plus généreux que leurs ancêtres ? » s'emportait le grand-père qui regardait d'un mauvais œil toutes les choses apportées par les Blancs, mis à part elle évidemment, l'enfant-accident née de cette collision inenvisagée, sa Consolée à la peau dorée. « Ce savoir ne leur a pas permis de prévenir ni d'arrêter Ruzagayura, la grande famine qui a dépeuplé le Rwanda juste avant ta naissance, hon ! »

Sur le terre-plein devant le long bâtiment en brique de l'école, une centaine d'enfants noirs joue, pleins d'exclamations et de rires. Quand ceux de l'institut des mulâtres arrivent, tous les regards se tournent vers eux, avec une curiosité mêlée d'animosité.

Astrida entend pour la première fois le mot de « rusatsi » lancé à Consolée comme une flèche venimeuse. La grande fille continue d'avancer, tête haute, épaules droites, sans presser le pas.

Avant de la quitter devant la classe des petits, elle dit à Astrida dont elle a senti l'inquiétude : « La plupart nous appellent ainsi, "gros cheveux, sales cheveux" parce qu'on n'est pas comme eux, mais tu verras, d'autres sont gentils et accepteront de te faire une place sur un banc. Je te retrouve à la pause. Ouvre bien tes oreilles et tes yeux, l'école est notre seul salut. »

« Pourquoi ont-elles toutes le crane rasé, les filles noires ? » s'enquiert la petite avant que l'autre ne s'en aille.

« C'est pour éviter les poux. Nous avons la chance de pouvoir garder les nôtres, peut-être qu'ils sont jaloux. Ou c'est parce qu'ils nous savent sans père ni mère, sans racine nulle part. Oublie ça et apprends le français. C'est la langue de nos pères, l'unique chose que nous pourrons jamais recevoir d'eux. »

C'est une sœur blanche qui fait l'école. Elles ordonne aux enfants de s'asseoir serrés sur les bancs en silence. Les mulâtres se sont regroupés sur ceux de gauche, reconstituant une grappe qui semble les rassurer. Astrida les rejoint, hésitante pourtant.

Il faut choisir un camp.

Quant la sœur lui demande son prénom, elle répond, résignée : « Astrida. »

17.

Ramata – 2019

Nous avons rejoint notre père en France en 1975. Dès le début, il a laissé à Amy, notre mère, le soin de gérer toutes les affaires de la maison ainsi que celles afférentes à l'éducation des enfants. Il pourvoyait à notre survie matérielle, au prix d'un travail harassant à l'usine Ford de Blanquefort, où il avait eu la chance de trouver un poste à son ouverture.

Une aubaine, un hasard. Il était arrivé avec deux sous en poche, une expérience de sept ans comme mécanicien au garage de la base aérienne de Dakar Ouakam et l'adresse d'un cousin éloigné installé à Bordeaux depuis quelques années. C'était juste avant la première crise pétrolière, à partir de laquelle la France arrêta officiellement l'embauche de main-d'œuvre étrangère et mit à l'agenda le retour de celle-ci dans ses pays d'origine. Le contrat qui lui avait été promis avant de partir, et qui lui avait permis d'obtenir son billet et ses papiers s'était évaporé le temps qu'il se présente devant la biscuiterie Wehbé. Heureusement le bouche-à-oreille avait fonctionné dans la petite communauté africaine, et très vite on lui avait dit de se présenter à l'usine Ford : là-bas on embauchait.

Deux ans après, sa femme et nous, ses enfants, le rejoignions. J'avais six ans, Ibou trois. C'était l'été et nous avions la tête pleine des récits enthousiastes sur « *Lafrance* » que portaient les rares lettres de mon père envoyées à ma mère durant son absence. Nous le connaissions à peine. C'était notre héros.

Papa fabriquait des voitures. Mais pas n'importe lesquelles. Il fabriquait – et quand je disais ça avec une pointe de fierté à mes camarades de jeu de la cité Asegna de Ouakam à Dakar, on eût dit qu'il le faisait tout seul, du premier boulon jusqu'à la pose de l'ovale bleu en lettres liées de la marque américaine, tous les jours dans sa grande usine de *Lafrance* – la même voiture que celle du docteur blanc, une Ford d'un bleu métallisé rutilant que nous suivions en courant, malgré la poussière et le vrombissement puissant du moteur, quand il passait devant notre concession.

Mon père était une idole pour notre groupe d'enfants, un magicien mécanicien qui allait venir nous chercher, sans doute au volant d'un bolide de sa fabrication, capable de voler par-dessus l'océan pour nous amener dans une nouvelle cité, plus grande plus belle que celle où il nous avait laissés, aux pieds des deux collines volcaniques surnommées *les mamelles* par tous les Dakarois.

Nous sommes partis seuls un petit matin brumeux, à moitié endormis, étouffés par les embrassades larmoyantes et les bénédictions de la famille qui restait là. Le voyage nous a semblé durer une éternité.

À notre arrivée c'est son cousin Malik qui est venu nous accueillir. Notre père travaillait ce jour-là, on le verrait le soir quand il rentrerait. La déception a vite été balayée par toute la nouveauté à intégrer, le temps de poser les valises chez nous. Un petit appartement au dernier étage d'un immeuble vétuste du vieux Bordeaux, près du port. C'était sombre et humide, *Lafrance*. Après une sieste et un repas frugal Malik nous a emmenés voir la ville. À la gare, les trains faisaient trembler le sol et palpiter mon cœur. Sur les boulevards il me semblait qu'il y avait ici mille fois plus d'automobiles qu'à Dakar, des dizaines de sortes différentes, dont l'oncle nous donnait les noms comme on présente des amis : Pijo, Rino, Simca. Dehors c'était chaud, bruyant et moderne. C'est le mot français que n'arrêtait pas de prononcer, Malik : *Lafrance* était un pays *moderne*. Pas de charrette tirée par des chevaux, ici, pas de poussière qui rougit les pieds. Notre mère nous serrait la main, pour ne pas nous perdre dans cette cohue, pour conjurer sa peur. Les gens marchaient vite et parlaient tous le français.

Quand notre père est rentré le soir, nous nous étions de nouveau endormis, épuisés par tant d'émotions. Amy nous a réveillés. Dans le brouillard d'un demi-sommeil, j'ai deviné l'étreinte d'un homme grand et maigre portant des lunettes cerclées de métal. Il avait une voix aiguë qui contrastait étrangement avec celle, ample et grave de notre mère. Elle m'agressait, cette voix, tout comme les bruits alentour et la lumière blanche du plafonnier. Ce n'est pas ainsi que j'avais rêvé notre vie là-bas.

Nous sommes restés plus de trois ans dans cet immeuble sans confort, peuplé quasi exclusivement d'hommes noirs seuls, venus travailler à Bordeaux en laissant derrière eux femmes et enfants ou avant même d'avoir fondé un foyer. Une autre famille, malienne, vivait au rez-de-chaussée. Notre mère tenta de nouer des liens avec l'épouse mais celle-ci ne parlait pas le français. Pour nous les enfants, nul besoin de mots pour se comprendre, nous eûmes vite fait de partager nos jeux dans l'escalier branlant et, avec de plus en plus de témérité, sur le trottoir défoncé. Nous voyions souvent des rats passer d'une cave à l'autre, sans se presser, fouillant les poubelles éventrées qui répendaient leur puanteur aux alentours.

Dès septembre, notre mère, qui avait elle-même eu la chance d'être instruite, allait nous inscrire à l'école communale du quartier, nous ses enfants et ceux de sa voisine guinéenne illettrée. Bientôt nos premiers mots de français agrémenteraient nos jeux, en même temps que nous tentions d'apprivoiser le froid.

Les premiers hivers furent éprouvants, le logement étant terriblement mal isolé, le choc pétrolier avait fait monter le prix du fioul, nous grelottions. L'oncle Malik, qui travaillait comme docker au port de Bacalan, ne manquait heureusement pas de ressources pour nous dégotter des vêtements chauds et notre père rentrait tous les soirs avec de la soupe qu'il nous apprit à boire brûlante afin de nous réchauffer. Pour réconforter Amy, qui bien que ne faisant aucun reproche à son mari, commençait à sombrer dans une mélancolie silencieuse, notre père nous assura avoir fait une demande d'*achélém*. « Nous aurons bientôt un grand appartement de Blancs, tout confort, vous verrez. »

C'est lors de notre déménagement vers une H.L.M. que je m'enhardis, forte de ma fréquentation de l'école depuis bientôt trois ans, à lui poser des questions.

Notre père partait tôt le matin avant notre réveil et rentrait tard, bien après notre coucher, sauf le lundi où on le trouvait à la maison assoupi sur l'unique fauteuil que comptait la pièce principale, et le vendredi où il se rendait à la salle de prière, puis, une fois qu'elle eut été construite à la place d'une ancienne usine à chaussures, à la mosquée des Capucins. Le week-end, il partait travailler en fin d'après-midi et dormait toute la matinée. Nous le voyions à peine. Amy nous demandait le plus souvent d'aller jouer dehors lorsqu'il était réveillé et que le temps le permettait, « votre père est fatigué, il travaille beaucoup ». Ce n'est pas qu'il nous fuyait, il nous prenait parfois sur ses genoux pour nous demander comment ça allait à l'école, pour vérifier notre bon apprentissage du français qu'il ne maîtrisait pourtant que peu, ayant quitté l'école avant sa femme. Souvent il déposait des sucreries pour nous sur la table en rentrant du travail, que notre mère nous laissait manger au réveil. Mais l'usine semblait vouloir le dévorer tout entier, matin comme nuit, ne nous laissant que des miettes de lui.

Il ne parlait jamais d'elle, alors que je ne rêvais que de cela, qu'il me raconte les engins, la chaîne de montage, la magie de la fabrication d'une automobile. À l'école, j'étais assise à côté d'une fille de mécanicien de chez Ford, Nour, qui parlait avec fierté de la fois où son père avait faillit avoir la jambe écrasée par un essieu. Mon père courrait-il un pareil danger chaque matin, dès l'aube, en quittant l'appartement sur la pointe des pieds ?

J'avais tenté quelques questions à Amy : Que faisait-il exactement chez Ford ? Est-ce qu'il travaillait plutôt à la fabrication des sièges de cuir ? Ou des pneus en caoutchouc ? Elle me renvoyait à chaque fois à mes cahiers « ce n'est pas ton problème ». Nour pourrait peut-être m'éclairer. « Ton papa ne t'a pas dit ? Ils font pas toute la voiture dans cette usine, seulement un boîte pour aller de plus en plus vite. Après ça part dans une autre usine et là-bas ils mettent les différents morceaux ensemble. » Elle se servait des bâtons, de petites pierres ramassées dans la cour de l'école pour illustrer son explication. Alors papa ne fabriquait pas des Ford bleu métallisé comme celle du médecin blanc de notre quartier au pays, mais juste un petit bout ? C'était décevant. Cependant, ça restait suffisant pour alimenter encore ma fierté dakaroise.

Vint le jour où j'accompagnai Nour chez elle, pour une vague histoire que j'ai oubliée aujourd'hui. Son père était là, il venait de rentrer de l'usine. Le même regard d'épuisement que celui du mien, un vague geste pour saluer sa fille, il ne semblait pas apprécier ma présence, mais ne dit rien. Je restai sur le pas de la porte à l'observer, timidement, pendant que mon amie cherchait à l'intérieur ce qui nous avait amenées. Mes yeux passaient des mains épaisses du père de Nour, les paumes d'une couleur sombre qu'aucun savon ne semblait jamais pouvoir « ravoir », à son bleu taché des chevilles aux poignets. « Qu'est-ce qu'elle regarde la négresse ? » J'ai détourné le regard, a-t-il vraiment dit ça ou est-ce moi qui l'ai imaginé, plus tard ? Sans doute avait-il dit quelque chose en arabe, en me regardant d'un air suspicieux, quelque chose que j'avais compris avant de m'éloigner de la maison, le cœur battant la chamade, sans attendre Nour. J'ignorais encore qu'entre métèques aussi il y avait des hiérarchies, que les Français méprisaient les Italiens qui méprisaient les Arabes qui méprisaient les Noirs. Je n'en avais cure à ce moment-là. Mon cœur allait lâcher, je le tenais au bout d'une mince ficelle, le souffle court, les jambes à toute allure vers notre rue pourrie, dans notre escalier pourri jusqu'à mon lit pourri.

J'ai jeté par la fenêtre mon cœur noué avant de m'effondrer en larmes sur les draps. Mon père n'était pas ouvrier, c'était un menteur. S'il n'avait jamais les mains couvertes de cambouis, c'est qu'il ne fabriquait même pas un bout de l'auto. Nous avions quitté mon quartier, mes amis, la chaleur au bord de la mer, les gens comme nous pour venir vivre une vie pourrie chez des gens qui nous méprisaient, pour habiter un mensonge glacé. Pour rien.

Nous avons déménagé peu de temps après. Un appartement tout neuf dans le quartier du Grand Parc. Huitième étage. Il n'y avait pas de parc, juste quelques tours et de jeunes arbres fraîchement plantés. Mais il y avait un ascenseur dont Ibou devint fou. Des murs immaculés qui ne suintaient pas, une vraie cuisine pour Amy, une chambre pour chacun. Mon père m'a prise par la main pour m'amener jusqu'au balcon admirer la vue.

– Baay. C'est quoi ton travail ? Tu ne fabriques pas de voiture à l'usine Ford, hein ? Je le sais. C'est quoi que tu fais réellement tous les jours et toutes les nuits ? Pourquoi tu sens la nourriture des Blancs quand tu rentres au lieu d'avoir des bras musclés et les doigts tachés comme le père de Nour ? Pourquoi tu ne portes pas une salopette bleue pleine de cambouis comme les autres ?

Il a lâché ma main. Soupiré. Ça n'était pas de la honte, ni du dépit. Un agacement. L'enfant là, tu lui offres un vrai appartement de *Lafrance* et elle te pose encore des questions impertinentes. Ma mère m'avait entendue, elle n'osait bouger, figée au milieu du salon vide où nos voix résonnaient démesurément. Mon père est sorti en lui disant « parle à ta fille ».

– Comment oses-tu ? Tu es ingrate et irrespectueuse.

Elle ne m'a jamais frappée, Amy. Elle ne portait jamais la main sur nous. Elle nous tenait avec son terrible regard de désapprobation suivi d'un interminable silence glacial. Pour la première et la dernière fois j'ai soutenu ce regard, têtue, blessée.

Elle a dû comprendre, s'est assise en tailleur à mes côtés, à même le sol en linoléum gris. Depuis une des chambres nous parvenait le bruit des pieds de mon frère qui découvrait la possibilité d'avoir de l'espace, de courir à l'intérieur d'une pièce sans se heurter aux murs, aux lits, aux gens.

– Ton père a deux boulots, Ramata. À Ford, il est cuisinier et le soir il travaille dans un restaurant. Il lave les assiettes et le sol. C'est tout ce qu'il a trouvé en arrivant. Il n'y a pas de métier honteux ma fille, il fait ça pour toi et ton frère, pour que vous puissiez avoir une bonne vie, aller à l'école plus longtemps que lui. Cuisinier c'est aussi bien payé qu'ouvrier tu sais et en plus c'est moins dangereux. Moi je préfère qu'il fasse un travail de femme plutôt qu'il perde une main dans une machine.

J'ai cru voir des larmes dans ses yeux avant que la désapprobation n'y refasse surface, telle un cadavre de noyé. Elle s'est levée et nous a demandé de sortir.

Nous n'en avons plus jamais reparlé. Ni avec mon Baay, ni avec Amy.

Il allait me falloir de nombreuses années avant d'accepter cette première supercherie de la vie. Mon père avait été un grand mécanicien qui conduisait souvent les voitures de son patron dans Dakar, qui faisait l'admiration de sa famille, la mienne surtout. Désormais il lavait le sol, épluchait des patates et ne conduisait plus rien d'autre que des serpillières et des éponges. Pour quoi ? Pour une vie dans le froid et la pluie, au milieu des rats ? Pour une école où la plupart des autres enfants me traitaient avec dédain ou hostilité ? Ceux qui me laissaient de côté pour les jeux, ceux qui me criaient « retourne dans ta brousse boule de suif ! » valaient-ils la peine de tant d'efforts, d'un si long voyage loin de soi ? J'avais essayé de me faire toute petite, je m'étais tue pour qu'on ne me remarque pas mais les autres ne voyaient que moi, tiraient sur mes nattes, me bousculaient. Bien sûr, toutes les filles n'étaient pas ainsi mais c'était la meute qui décidait toujours, à la fin. Les trois premières années avaient été terribles. Sans la présence de Nour, elle aussi en butte aux rejets, quoique moins différente d'eux que moi par sa peau, par ses cheveux, je me serais effondrée. C'était pour cette vie-là que nous avions abandonné le soleil et les mangues si juteuses de notre concession à Ouakam ? Pendant plusieurs hivers je suis restée immobile sur le banc, muette de peur et de rage. Les institutrices, même les plus libérales et conciliantes ne sont pas parvenues à me faire dire un seul mot. Pourtant, à la récréation avec mon amie marocaine ou avec les voisins maliens une fois rentrée j'étais celle qui faisait la leçon de prononciation et de grammaire à tout le monde. Mes résultats étaient bons car j'excellais à l'écrit et les remarques dans le bulletin n'alertèrent jamais ma mère qui pensait que la réserve et la retenue étaient les principales qualités d'une petite immigrée. « Tais-toi et écoute surtout ne te fais pas remarquer, on n'est pas chez nous ici. »

Notre nouvelle vie allait commencer dans la cité du Grand Parc, à l'écart des murs de pierre noire du vieux Bordeaux. Là-bas, il y avait plus d'enfants venus d'Afrique, de Turquie, mais aussi des Français pauvres comme nous dont les immeubles du centre avaient été détruits pour construire les nouvelles tours de Mériadeck. La plupart des autres Sénégalais travaillant à Ford avaient été envoyés dans les cités H.L.M. de Lormont, mais, sans doute du fait de son emploi au restaurant, notre père était parvenu à nous garder dans Bordeaux. L'arrivée de notre petite sœur Maty finit de me sortir de mon cocon de regrets. Je devins bavarde, le français en étendard, au grand plaisir de mes maîtres et maîtresses qui me citaient en exemple et complimentaient ma mère. Elle s'inquiéta un peu – il ne fallait surtout pas que je sorte de ma réserve –, me sermonna puis céda quand je rentrai avec un premier prix de lecture, des livres à la tranche dorée, sous les bras. Elle les rangea sur la commode du salon, bien en évidence, comme un trophée, une preuve matérielle de notre future réussite en France. Ces livres, qu'elle avait pris soin de poser avec la tranche vers l'extérieur, ignorant tout du rangement normal d'une bibliothèque, c'était comme les ors de la République en notre humble demeure.

Baay ne nous voyait pas grandir, il travaillait toujours autant. Il cuisinait toute la journée de la nourriture de Blancs mais ne grossissait pas comme eux. Nous fûmes rejoints dans la cité par d'autres familles sénégalaises et les femmes taquinaient parfois Amy sur le manque de gras manifeste de son poulet yassa « tu le fais avec de vieilles poules waï ? » qui aurait expliqué la minceur de son mari. L'hiver fut apprivoisé et, une fois que ma mère eût trouvé à s'approvisionner en épices du pays, je pus me consoler de l'absence de soleil avec ses plats savoureux. Elle et ses amies rivalisaient de talents aux grandes fêtes qu'on célébrait désormais en commun, la Tabaski chez les uns, le Korité chez les autres.

Les succès de l'école et la capacité de nos mères à ressusciter le pays par un simple plat finirent par me réconcilier avec *Lafrance*.

Quatre décennies plus tard je dois faire le bilan de cette confiance absolue que j'ai mis dans mon second pays. L'ascenseur social a fonctionné pour moi, il m'a mené jusqu'à la réussite professionnelle que mes parents espéraient pour leurs enfants. J'ai longtemps gardé mon regard fixé sur cette chance, dont je mesurais d'autant plus la valeur que la plupart de mes petits voisins de H.L.M. n'avaient jamais quitté le Grand Parc ou la vie de cité. Aujourd'hui je considère avec plus de lucidité le prix que j'ai dû payer pour en arriver là, les renoncements et les mensonges. Et surtout, je ne parviens pas à avoir pour mes enfants les mêmes espoirs que nos parents autrefois. J'ai perdu mon aînée en cours de route, après avoir tenté, durant l'enfance de l'élever avec les mêmes injonctions que ma mère : effacement et excellence. Elle m'a échappé un jour sans aucun signe avant-coureur et je me demande si sa défection n'est pas aussi pour quelque chose dans mon effondrement.

C'est à dix-huit ans qu'Ines a adopté le hidjab. Ça m'est tombé dessus comme un coup de massue. Mon enfant presque parfaite qui avait passé son bac à seize ans, mention très bien, jamais un mot plus haut que l'autre, un modèle de discrétion qui aurait fait la fierté de sa grand-mère, a décidé du jour au lendemain de cacher sa tête, ses jolies tresses sous un hideux foulard.

C'était un samedi. Nous prenions le petit déjeuner, pensant qu'elle faisait la grasse matinée, quand elle a passé sa tête subitement voilée par la porte de la cuisine pour nous dire, l'air de rien, de sa voix fluette qui lui donnait encore un air de gamine, qu'elle partait réviser chez son amie Cloé.

Khalil a vu, a levé les sourcils mais n'a rien dit. Le temps que je réalise, elle était déjà à la porte d'entrée, je me suis précipitée, pour vérifier que je n'avais pas rêvé, pour la retenir.

– C'est quoi ça ?

Sa voix douce, un murmure, mais assurée. Elle n'a même pas tenté le « quoi ? » pour gagner du temps.

– Ça c'est un voile musulman et désormais je vais le porter chaque fois que je sortirai.

J'ai dû crier, ou peut-être pleurer je ne sais plus je me souviens juste de mes mains tentant de le lui retirer de force et elle, qui, fermement, me retient, appelant son père pour qu'il vienne : « Retiens ta femme elle m'embarrasse. » Elle n'était pas rentrée de la journée, prétextant une khôlle de latin à préparer pour le lundi suivant.

Khalil et moi avons passé beaucoup de temps à essayer de comprendre, moi braquée, lui plus lucide.

Tu l'as vu arriver ? C'est quoi, c'est un truc que vous avez discuté ensemble ? C'est ton fichu imam qui lui a mis ça dans la tête ?

– Laisse l'imam hors de ça, tu sais bien que ça n'est pas son genre. Et non, elle ne m'avait rien dit.

– Khalil, je t'ai laissé monter ta boîte sans rien dire, parce que c'était important pour toi de te réaliser enfin, et parce que je savais que cela ne te changerait en rien, que tu ne me demanderais jamais, pour l'image de ton commerce, de me mettre à porter un voile. Mais alors quoi ? Ta fille ? MA fille ?

– Je n'y suis pour rien Rama, je te le jure. C'est son choix. Et elle est majeure, nous devons le respecter. Plutôt que de crier, nous devons lui offrir la possibilité de parler, de nous expliquer.

Je suis restée sidérée un long moment, pendant que mon mari rangeait la cuisine, et soudain j'ai compris.

Un mois plus tôt, les attentats contre Charlie Hebdo nous avaient tous choqués. C'est en famille que le soir-même, nous étions descendus dans la rue avec des milliers d'autres Français pour dire notre condamnation sans faille de la monstruosité commise par les terroristes islamistes. Et les jours suivants, à quatre toujours sur le Parvis des Droits de l'Homme nous étions restés présents avec des pancartes *Je suis Charlie*, comme tout le monde. Khalil et moi avions bien sûr parlé entre nous de l'inquiétude des musulmans, de l'augmentation dès le lendemain, d'actes islamophobes partout dans le pays, mais en prenant bien soin de ne rien en dire aux enfants, comme nous l'avions toujours fait. Ça ne devait pas devenir leur problème.

Notre fils Djibril vivait dans sa bulle de collégien passionné de hockey, il passait sa vie à la patinoire de Mériadeck et ne s'intéressait à l'actualité que quand nous lui en parlions. Mais Ines a vu des reportages, des interviews diffusés sur les réseaux sociaux, où des personnalités réclamaient que les musulmans de France se désolidarisent publiquement de ces actes barbares, en tant que musulmans, qu'ils réitèrent haut et fort leur attachement à la société française.

Peut-être qu'un autre élève de sa Khâgne lui avait fait une remarque, nous ne l'avons jamais su. Ines était assez discrète et secrète jusqu'alors, ne nous racontait pas grand-chose de sa vie scolaire. Mais pour la première fois nous l'avons entendue commenter l'actualité, visiblement affolée par une image qui s'imposait à elle brutalement.

– Je ne comprends pas, on nous demande de nous désolidariser comme si nous étions tous des terroristes en puissance ? Est-ce qu'on demande à tous les hommes de se désolidariser des hommes quand une femme est violée ? Non ! Pourquoi est-ce qu'on ne parle des musulmans que quand ils font quelque chose de mal ? Pourquoi est-ce qu'ils ne voient pas tous les autres qui, comme nous, font tout pour être des bons citoyens ?

Est-ce qu'il faut que je mette un voile et que j'aille faire du bien de façon ostentatoire dans la rue pour qu'ils nous voient, qu'ils changent d'avis ?

Khalil lui avait parlé, elle avait semblé s'apaiser, quelques semaines étaient passées.

Quand elle est rentrée de chez Cloé, ce premier samedi voilé, j'ai essayé de discuter avec elle. J'ai commencé par lui demander pardon pour la tentative de dévoilement du matin, reconnaissant que j'avais fait un vrai truc de colon.

– Explique-moi. S'il te plaît.

– Petite fille j'ai tout fait pour être transparente, mais ça ne marchait pas et toi tu ne voulais pas l'entendre tu te souviens quand je te disais untel a dis que ma bouche était trop grosse ou que je puais, tu essayais toujours de me faire croire que ça n'avait rien à voir avec le fait que j'étais africaine, cette obstination que tu avais à m'imposer ton aveuglement tu me disais juste de mieux travailler, d'être irréprochable, je n'avais pas le droit de dire de gros mots, de tacher mes vêtements, d'oublier les règlements une seconde.

– Et ?

– Et ça n'a servi à rien. Il suffit qu'une bande de connards sanguinaires massacrent des gens pour que tous mes efforts, tous nos efforts soient réduits à néant. On s'est effacés, grappillant des succès dans l'ombre mais ce n'est que quand le mal vient de l'un d'entre nous – j'en reviens pas que je dise ce genre de trucs, je n'ai rien à voir avec les Kouachi, de quel « nous » je parle ? – pour que là on nous braque un projecteur dessus.

– Tu sais qu'en te voilant, tu ne vas t'attirer que plus de regards méfiants encore et de remarques. On va plus que jamais t'associer à eux, on va croire que tu revendiques le lien, que tu affiches ton soutien.

– Ou pas.

– Je ne comprends pas.

Elle avait levé les épaules d'un air déçu, à moins que ça n'ait été du mépris pour moi, mon incapacité à voir spontanément les choses comme elle, puis m'avait laissée seule dans le salon.

Pensait-elle vraiment pouvoir, avec sa vertu et son ridicule foulard changer la donne ? C'était si naïf. Mais je n'ai rien dit de plus. Quelque part j'étais rassurée de savoir que ma fille n'avait pas été récupérée par les barbus. J'ai pensé à tort que c'était une lubie de jeunesse qui ne durerait que quelques semaines, trois mois tout au plus, avant qu'elle revienne à la raison, qu'elle comprenne que ça ne marchait pas comme ça. Je comptais sur la réalité, le quotidien brutal de la vie pour lui remettre du plomb dans la tête.

18.

Astrida – 1954-1957

Petite tête fait oui oui oui
Petit doigt fait cui cui cui
Une par-là, une par-ci
Un petit tour
Et c'est ainsi

Le français rentre, les comptines rentrent, les mots, les chiffres font irruption, la graphie, plein, délié, tout se déverse dans Astrida en un courant ininterrompu.

Dans ses rêves la nuit, l'enfant s'appelle encore Consolée, mais déjà le son de la voix du grand-père, les gestes précis de la cousine, l'odeur de la mère quand elle rentrait des champs, les souvenirs de la vie d'avant quand on l'appelait encore ainsi, tout s'efface progressivement pour faire de la place à l'apprentissage de l'institut de Save. Ses songes ont pris la teinte ocre de la poussière du chemin qui mène à cette cour dont elle ignore désormais l'emplacement exact. Souvent elle pense à s'enfuir pour retrouver sa maison, elle tente de rappeler à sa mémoire la durée du trajet qui l'a conduite jusqu'ici. Ses oncles étaient-ils venus la chercher un matin ou un midi ? Ont-ils marché longtemps ? Le soleil ne disparaissait-il pas à l'horizon quand ils l'ont abandonnée à Save ? Elle est comme ces fourmis qui n'avaient rien connu d'autre que leur termitière et qu'elle s'amusait autrefois à déplacer à l'autre bout de la cour ou à perdre au pied du ficus qui bordait l'enclos. Incapable de rentrer.

À l'école on lui apprend les heures. Le soleil se lève à 6 h et se couche à 18 h. Elle sait compter jusqu'à 365. Depuis combien de jours est-elle ici ? Sa marraine Consolée dit onze mois. La nuit venue, elle regarde la lune. Le grand-père, lui, mesurait le temps en lunes. Là-bas, le jour se levait avec le soleil. Les oiseaux commençaient à chanter avant les premières lueurs de l'aube. Ici c'est la sœur Assumpta qui sonne la cloche pour les extirper du sommeil. Des enfants pleurent pendant la nuit. Au matin les lits mouillés sont sanctionnés par le cauchemar de la chicotte. Consolée a appris à Astrida l'astuce pour éviter les fautes. Ne pas boire d'eau au repas du soir.

Parfois l'enfant est réveillée avant les oiseaux, taraudée par la soif et une inquiétude sourde. Si elle les oublie, c'est qu'eux aussi sont en train de la laisser disparaître dans leur cœur. Les siens n'ont plus voulu d'elle. Elle les hait. Ils lui manquent cruellement.

Elle tente de fuguer un matin très tôt avant la messe. Passe le portail, atteint le champ de maïs, croit reconnaître le grand ficus qui marquait l'entrée de l'enclos au loin, *igiti cy'umumuvu*, celui dont le grand-père lui avait dit qu'il offrait vêtements et outils à son peuple depuis le premier matin du monde, mais une main blanche et sèche la ramène à l'institut comme un bétail égaré.

Elle oublie le chemin, leurs visages, le grain de leurs voix.

Elle apprend les comptines sans rechigner, se remplit de sons pour ne pas se trouver vide comme une calebasse oubliée. Tout sauf être oblitérée.

Petite tête fait oui oui oui
Petit doigt fait cui cui cui

Dans sa robe de cotonnade bleue aux manches bouffantes, identique à celle de plusieurs autres petites, elle imite à merveille les gestes de l'index rejoignant le pouce, tourne sur elle-même le bras levé au-dessus de la tête, tape des mains, entraînée dans un cercle autour de la sœur supérieure, la Mameya mukuru, qui exceptionnellement a délaissé le couvent voisin pour venir passer du temps avec les petits de l'institut.

Certains dimanches, on leur enjoint ainsi de mettre leurs beaux vêtements, de porter leurs souliers et de coiffer leurs cheveux avec soin, en ajoutant un beau ruban en tissu pour les filles.

C'est qu'il va y avoir des visiteurs. Parfois ce sont les dames blanches d'Astrida ou de Kigali qui leur apportent des affaires dont elles n'ont plus besoin, des tricots, des jouets, parfois aussi c'est un abbé, ou une personne importante de Belgique.

Tout est lavé à grande eau. Il faut faire bonne figure. La Mameya mukulu rassemble les petits autour d'elle et entonne la comptine avec entrain. Astrida ne se fait pas prier, elle veut plaire à la sœur dont dépend son destin. Si les siens ont pu l'abandonner, cela peut recommencer. Elle avait dû commettre une faute contre les oncles, un péché entachant toute la famille, pour qu'on l'emmène si loin de la cour où elle était née qu'elle ne peut plus retrouver son chemin. Peut-être parce que c'est elle qui a tué la grand-mère, qui sait ? Ici elle espère rester sans heurts et pour cela elle doit se montrer irréprochable.

Les autres enfants sont sa nouvelle famille. Les sœurs blanches disent qu'ils sont des mulâtres. Astrida, qui est inquiète, guette les conversations de la Mameya quand elle s'entretient avec les visiteurs. Pour s'assurer qu'ils n'ourdissent pas un nouveau plan d'abandon. Dans leurs conversations, ce mot de *mulâtre* revient sans cesse.

Marraine Consolée dit « nous les *mulâtresses* » même quand, une fois rentrées de l'école à la mission, elles parlent kinyarwanda entre elles. Il n'y a pas de mot dans la langue de leurs mères pour dire ce qu'elles sont. Les enfants noirs de l'école les appellent *rusatsi*, le préfixe « ru » est très péjoratif. *Mulâtre* semble plus joli, il commence avec un « m » comme *Mama*. C'est un mot mystérieux qu'Astrida s'emploie à habiter. Celui-ci, on ne risque pas de le lui changer, car elle le partage déjà avec des dizaines d'autres enfants ici.

C'est le nom qui les regroupe tous et toutes dans cette grande maison où les teints divers, les cheveux châtains bouclés ou noirs crépus, les peaux plus sombres ou plus claires, tout l'éventail des possibles entre le rose de leurs pères et le marron de leurs mères constitue une étrange volière d'oiseaux bigarrés.

Petit doigt fait cui cui cui
Une par-là, une par-ci

Leurs mains imitent le bec de poussins qui picorent. Astrida annone et chante dans cette nouvelle langue dont on la gave.

Toutes les leçons sont en français sauf la religion. Pour parler à l'âme des mulâtres, la sœur institutrice se fait aider par une des grandes filles de l'institut qui parle le kinyarwanda et qui a fait l'école normale. Pour guérir leurs cœurs du paganisme des Noirs, elles donnent un nouveau sens aux mots des Noirs. Astrida connaît déjà *Imana* dont son grand-père lui a appris la bonté infinie et le pouvoir absolu sur le monde des vivants et des morts. Maintenant on lui explique qu'*Imana* s'appelle Jésus, qu'il vient d'un endroit nommé Galilée à l'autre bout du monde mais qu'il vit aussi dans le cœur de chacune. On lui montre l'image d'une homme blanc et elle interroge son cœur, perplexe. Le Dieu du Rwanda, *Imana*, est donc belge comme les sœurs, comme leurs pères, comme tous les Blancs ? Sœur Assumpta habite-t-elle aussi le cœur des enfants malgré sa chicotte et ses mains sèches ?

Une par-là, une par-ci

Après la classe à la mission, elles rentrent manger et dormir.

Il y a un réfectoire pour les filles et un autre pour les garçons, tout comme les dortoirs. Les enfants mangent sous la surveillance de la sœur, aidée de deux grandes filles. Astrida commence à déchiffrer les lettres inscrites au dos de sa gamelle. Elle mange avec des couverts une nourriture qui n'est pas si différente de celle que leur cuisinait la cousine : des haricots rouges, des ignames et des courges. Quand une grande fête survient, après la messe du dimanche, il y a exceptionnellement un peu de viande. La sœur Assumpta, aidée des ouvriers, a tué un cochon.

L'enfant fait des rêves de lait caillé comme celui que sa mère battait longuement dans l'*inkongoro* en bois de ficus.

Le dimanche, il arrive que des mères noires viennent visiter leur enfant. Elles leur ramènent des petits présents, des bananes ou du miel. Quand la mère de Consolée est venue la voir, sa marraine lui a partagé quelques douceurs. La mère d'Astrida n'est toujours pas revenue. Elle le lui avait pourtant promis. L'enfant se dit qu'elle ne viendra jamais.

L'après-midi, les plus âgées occupent les petites. Elles leur apprennent à balayer et, pour les plus dégourdies, les initient à la couture. Astrida regarde les fils et l'aiguille avec envie. Elle se souvient des trésors de paniers que confectionnaient sa mère et sa cousine avec les fils de sisal et leurs alênes sans chas.

Elle interroge les Blancs qui habitent désormais dans son cœur : peut-elle apprendre cette nouvelle danse de doigts sans trahir les araignées qu'elle a laissées à la maison ? Qui les défend désormais du balai de la cousine, de la langue des geckos ?

Dans la cour, un bâtiment est en construction. Une école pour les mulâtres est érigée au sein même de l'institut. Il n'y aura bientôt plus de mélange avec les enfants noirs.

Les vacances arrivent. Sa marraine Consolée lui dit qu'elle partira dès la rentrée à l'École normale des sœurs Bénébikira. Astrida a peur qu'elle ne revienne pas, qu'elle l'abandonne ici, elle aussi. Je rentrerai tous les soirs ne t'inquiète pas.

Un soir, sœur Assumpta leur annonce que le lendemain un camion va venir les chercher pour les emmener en excursion à Astrida. Consolée explique à l'enfant interrogative qu'à chaque période de grandes vacances il y a une sortie d'une ou plusieurs journées pour aller découvrir le pays. Astrida ne ferme par l'œil de la nuit, prise d'une soudaine angoisse. Et si c'était justement demain le jour choisi par sa mère pour venir la voir, finalement ? Et si cette ville dont elle porte le nom décidait de la garder, de l'avaler comme on reprend son bien ? Si la sœur Assumpta avait justement prévu de l'y abandonner ? Depuis son arrivée, elle a vu plusieurs filles partir sans retour. Anne a été emportée par une famille blanche pour s'occuper de leur enfant, Maria, Jeannette et Madeleine ne sont jamais rentrées de l'école de Bruxelles qu'elles ont rejointe il y a plus de cinq mois. Au petit matin elle est prise de tremblements nerveux et transpire comme si elle avait de la fièvre. Les autres enfants se lèvent avec une excitation mal contenue, en prévision de l'excursion. Astrida refuse de sortir du lit. On la conduit à l'infirmerie. Le camion partira sans elle. Sa mère ne vient pas la visiter ce jour-là non plus.

À la rentrée, la nouvelle école est prête. Les mulâtres ne vont plus à la mission que le dimanche, pour la messe de la fin de matinée et l'office du Salut à seize heures. Plus de contact avec les enfants noirs.

Astrida parle désormais bien le français. Elle a apprivoisé les Blancs qui habitent en elle, Jésus, Marie et toute leur famille aux cheveux raides, et leur offre toutes ses prières quotidiennes. Le vendredi après-midi néanmoins, les grandes filles leur imposent un cours de grammaire en kinyarwanda. Rien n'est plus difficile que ces règles à n'en plus finir. *Gusesengura, inshoberamahanga*, elle tente de se souvenir des poèmes pastoraux qui coulaient de la bouche du grand-père comme une fontaine cristalline pour ne pas se faire emporter par la rocaille de cette logique rigide, mais n'y parvient pas. Elle se dit qu'un jour elle partira d'ici et se fera un devoir de réenchanter le kinyarwanda.

Depuis qu'elle est à l'École normale, sa marraine Consolée ne dort plus dans le dortoir mais en chambre avec trois autres grandes. Petit à petit Astrida se fait des amies de son âge. Monique est sa préférée, la plus vive et joyeuse de toutes. La plus débrouillarde aussi. Elle a deux petites sœurs sur lesquelles elle veille comme une grande, bien que seulement deux et trois ans les séparent. Leur mère, qui vit en ménage avec leur père belge, vient les voir une fois par an. Quand Monique parvient à chaparder des fruits au verger, elle en garde toujours un pour Astrida, comme un gage d'amitié. Les mois passent, rythmés par les leçons de mathématiques, de français et de politesse, heurtés par les fessées qu'administre sœur Assumpta avec son fouet à lanières en peau de vache, à ceux qui tentent de chaparder un peu de nourriture, quand elle oublie de fermer la réserve à clé. Certaines pratiquent la délation, d'autres apprennent l'art de la flagornerie pour gagner un sourire, une attention. Les fruits du verger sont à portée de main, comme une tentation de chaque saison. Astrida n'a plus essayé de fuguer. Un jour Consolée la surprend disant avec un dédain de mimétisme que les Noirs sont des incapables. « Comment peux-tu dire ça ? s'emporte sa marraine. Nos mères ne sont pas ce qu'en disent les sœurs, surtout n'oublie pas que nous sommes aussi des Noires, nous le seront toujours aux yeux des Belges. Cesse de répéter tout ce que tu entends sans réfléchir » lui lance-t-elle visiblement déçue.

« Je n'oublie pas. C'est ma mère qui m'a oubliée. »

En sortant de l'office du dimanche à la mission, elle a entendu des femmes noires dire des enfants de l'institut que c'étaient des « abazungu bapfubye », des Blancs gâchés. Elle préfère être une Blanche gâchée qu'une Noire arriérée. Même si les araignées ses amies ont cette couleur qu'autrefois elle chérissait.

Quand les mulâtres sortent de l'enceinte de l'orphelinat de Save, les paysans les regardent passer en murmurant : « Voilà les enfants des sœurs. » Elle sait bien que les religieuses n'ont pas le droit d'enfanter. « Nous sommes une chose qui ne peut exister » se dit souvent Astrida. Une distance s'est instaurée entre les mulâtres et le reste des enfants sur les collines, une méfiance respective faite de mépris et d'envie de ceux qui marchent chaussés, vêtus de vêtements de Blancs, et ceux qui habitent encore dans de simples cases en pisé, vont pieds nus, des « indigènes » comme dit régulièrement sœur Assumpta.

Les filles aînées en charge d'encadrer les plus jeunes suivent souvent l'exemple de la religieuse blanche et corrigent aussi les petits. Pour justifier les châtiments qu'elles reproduisent à leur tour, elles répètent l'adage préféré d'Assumpta : « Qui aime bien châtie bien. »

Les grandes vacances sont de nouveau là. Cette-fois, Astrida ne se fait pas prier pour monter dans la camionnette à destination de la forêt de Nyungwe. Sœur Assumpta leur fait une petite leçon de géographie dès leur arrivée. Elle dit que c'est une forêt primaire peuplée de nombreux primates et de plusieurs centaines d'espèces différentes d'oiseaux. Sous la canopée d'un vert émeraude, la cohorte d'enfants avance les yeux levés suivant le doigt de la religieuse qui leur indique ce qu'il faut regarder. Les singes ont des noms étranges, souvent liés à l'apparence de leur pelage : les singes dorés, les singes à queue rouge, les mangabey à joues grises. Astrida se dit que chez les bêtes aussi la couleur doit compter, qu'elles se distinguent d'abord les unes des autres par cela. Beaucoup sont cependant bicolores. Le colobe d'Angola, par exemple, dont ils observent longuement un groupe sauter de branche en branche, bien que noir du museau jusqu'au bout de sa longue queue, a tout le contour du visage et les épaulettes d'un blanc immaculé. Sœur Assumpta leur explique qu'à la naissance, cette espèce est complètement blanche. Cela fascine Astrida qui se demande si cela pourrait également arriver aux mulâtres un jour. Se pourrait-il que les enfants à la peau couleur sable deviennent parfaitement noirs avec certaines parties du corps absolument blanches ? Cela serait-il préférable ?

« Ces singes ont-ils un parent blanc et un autre noir ? » ose-t-elle demander. La sœur éclate d'une rire chevalin. « Pauvre sotte, chez les primates, les espèces ne se mélangent pas comme les humains, Dieu merci. Tiens regarde là, c'est une maman et son petit sur le dos, tu vois bien ! » L'enfant observe longuement la femelle prudente qui s'est figée sur un arbre en entendant les voix. La voyant faire, Assumpta lui lance : « Tu ne trouves pas que cette maman singe a un petit air de quelqu'un que tu as connu sur la colline, avant d'arriver chez nous ? »

Certains enfants ricanent, d'autres regardent leurs pieds en attendant que l'orage passe. Fort heureusement, plus loin, les attend une famille de singes bleus aux yeux oranges pleins de fantaisie. En vérité leur poil est gris et l'enfant Astrida se console en pensant que cette histoire de couleur est une blague inventée par des explorateurs presque aussi malvoyants que son grand-père. Quand ils arrivent devant une chute d'eau, le bruit recouvre toute possible raillerie et le groupe s'abîme dans une contemplation muette.

Quelques jours après l'excursion, Astrida est appelée au portail de l'institut. Quand elle s'y présente, fredonnant une nouvelle chanson qu'elle était en train de répéter avec sa voisine de dortoir, elle est loin d'imaginer que sa mère l'attend, assise sur une souche d'arbre, un bébé au sein.

Un bébé noir. La mère semble bouleversée de la voir. Astrida rebrousse chemin immédiatement, avant même que la femme n'ait eu le temps de se lever. Astrida court, la vue brouillée par une émotion qui menace de la faire ruisseler.

Elle tambourine à la porte de Consolée. Quand celle-ci ouvre, aucun son ne sort de la bouche d'Astrida, la vanne a cédé, elle plonge ses sanglots dans l'épaule de sa marraine.

Il faudra de longues minutes de persuasion et de gestes d'apaisement pour que l'enfant accepte de retourner dehors, saluer sa mère et jouer le jeu de la visite apaisée. Les retrouvailles sont trouées de balbutiements inquiets.

– Comme tu as changé ! Tu es grande maintenant, tu es devenue une Blanche. Tu es bien ici, on dirait, mais tu as un peu maigri.

– Oui.

Le bébé s'est endormi au sein, la mère le lui pose sur les genoux, emmitouflé dans son *ingobyi*, qui sert pour le portage au dos.

– Voici ta petite sœur. Regarde, même noire elle te ressemble un peu, non ?

– Mmm.

Astrida ne demande pas comment elle s'appelle, ni son âge. Le paquet dans lequel se trouve « sa petite sœur » dégage une âcre odeur de transpiration. Elle a un haut-le-cœur, se contente de le tenir pour qu'il ne tombe pas, sans le regarder.

– Pourquoi est-ce que tu ne dis rien ? Tu as oublié notre langue ?

– Tu as mis si longtemps avant de venir me voir.

– Je suis venue une fois mais la sœur blanche m'a chassée, elle m'a dit que ça n'était pas le bon jour, qu'il fallait venir seulement le jour de Dieu. Comment aurais-je pu le savoir ? J'avais fait une journée de marche pour rien, j'ai pleuré, supplié, je vous entendais jouer derrière le mur, mais elle m'a chassée comme une hyène.

– Ça fait presque trois ans que je suis ici.

– Quand je me suis présentée la première fois et que j'ai demandé Consolée on m'a dit que tu avais changé de nom. Qu'ici désormais tu étais Astrida.

Comme si le fait d'avoir été rebaptisée effaçait toute trace d'elle. Tenterait-elle de se défausser de son absence pour une simple histoire de nom ? Les bêtes retrouvent leurs petits à l'odeur, les oiseaux au son des piaillements. Une mère peut toujours retrouver son enfant, même humaine, blanche ou noire peu importe le pelage.

Astrida répète, butée :

– Ça fait presque trois ans que je suis ici. Tu n'es pas revenue.

– J'ai été mariée, j'habite maintenant plus loin qu'avant et puis j'ai eu des enfants, ça n'était pas facile. Tu vas à l'école ?

– Oui. Comment va le grand-père ?

– La cousine te salue, elle aurait voulu venir te visiter aussi mais elle est restée à la maison avec mon fils aîné qui est encore petit.

L'enfant ne pleure pas en apprenant la disparition du grand-père. À dix ans la mort est encore vague, des gens sortent de votre quotidien mais qui dit qu'ils ne réapparaîtront pas un jour à l'improviste comme la mère cette après-midi ? Et puis le grand-père ne lui avait-il pas dit qu'il resterait en lien avec elle par l'entremise de *Sakabaka*, le milan noir ? La mère ne le sait peut-être pas mais elle, Astrida, continue de guetter le ciel de Save pour le saluer quand il passe. Il vient souvent la voir lui, contrairement à cette femme désormais mère d'autres enfants. Un jour, il a même laissé tomber dans le patio de l'institut, au pied de l'*umuko,* l'arbre aux fleurs de feu, une longue plume brune qu'elle garde précieusement dans son casier.

– Je t'ai apporté du lait et des fruits.

L'enfant boit lentement en observant les auréoles sur le tissu qui recouvre les seins de sa mère, là où tantôt sa petite sœur tétait. Puis elle remercie. Les fruits sont rangés dans un panier de sa confection.

Astrida pense lui raconter la broderie, le crochet, toutes ces choses nouvelles qu'elle a apprises ici mais il lui manque les mots.

Elle voudrait lui parler des petits cadeaux qu'elles reçoivent avec les autres petites filles, les bonbons délicieux ou le carré de chocolat pour la Saint-Nicolas, la corde à sauter qu'elle a eue, enveloppée dans un papier rouge, ou les poupées qui disparaissent quelques jours avant Noël et qu'elles retrouvent devant la crèche le vingt-cinq au matin, parées de nouveaux vêtements chaque année.

Le bébé de la mère s'est réveillé et commence à pleurer.

– Je dois reprendre la route, qui est longue, pour ne pas me retrouver face à une bête sauvage une fois la nuit tombée.

Astrida se lève et salue, avec un détachement qui la surprend, qui surprendrait quiconque se souvient de la scène de leur première séparation, près de trois ans auparavant. Elle sait qu'elle ne peut plus rentrer à la maison. Sa maison désormais est ici, avec les autres mulâtresses, les jolies robes en cotonnade et la peur des châtiments corporels.

Et pourtant au moment de l'accolade d'adieu, quand la mère la serre contre elle à l'en étouffer, elle ne peut s'empêcher de lui demander, d'une voix minuscule : « Tu reviendras dis ? *Ese uzagaruka ?* »

« Oui je te le promets. Je reviendrai mon enfant, un dimanche, te visiter. J'ai appris le temps des Blancs pour ne plus être chassée loin de ta maison. »

En la regardant s'éloigner, Astrida ressent un soulagement mêlé de crainte qu'elle ne peut s'expliquer.

Une par-ci, une par-là
Un petit tour
Et puis s'en va.

19.

Ramata – 2019

J'étais déjà rendue à ma troisième semaine de stage et l'enquête sur madame Astrida avançait lentement. Ce lundi-là j'ai été accueillie aux Oiseaux par un air triste, inconnu, que répétait le groupe de la chorale des résidents. Léa l'animatrice m'a fait signe de la rejoindre dans le bureau de transmission en me voyant passer devant la salle où s'époumonaient M. Amalric, le seul homme, entouré de huit femmes.

« Mme Gomez est morte samedi. Son enterrement est prévu demain. Elle a fait un arrêt cardiaque dans l'ascenseur. Elle est partie comme elle a vécu ici, en essayant de s'envoyer en l'air. »

Léa a rit de sa mauvaise blague, tout en vérifiant que personne ne l'ait entendue. C'était le genre de considérations pour lesquelles la directrice pouvait lui coller un avertissement.

– Vous allez y aller ?

– Les résidents de la chorale l'ont demandé et en principe ça devrait se faire. C'est pour ça qu'ils répètent des chants de messe.

J'ai compris pourquoi je n'avais pas identifié cette musique-là, d'habitude j'avais une meilleure connaissance de leur répertoire, entre Maurice Chevalier et Mirelle Mathieu, sans oublier les classiques du *Diapason rouge*. Je connaissais ce dernier sur le bout des doigts, car enfant, ma mère avait inscrit notre fratrie aux Éclaireurs de France, sur incitation de l'animatrice du centre social, pour accélérer notre bonne intégration. Nous étions les rares Africains du groupe, et on nous collait toujours à l'animation de la partie musicale. Mais quoi que l'on fasse, il nous manquerait toujours les repères du catholicisme encore prégnant dans notre pays laïc.

Léa a haussé les épaules : « Mais bon tu sais comment est notre dirlo, tout frais supplémentaire la fait hurler. Elle doit réserver un minibus et je ne suis pas sûre qu'elle acceptera de desserrer les cordons de la bourse pour nous le louer. »

Je suis passée voir madame Astrida, vérifier qu'elle n'était pas perturbée par le décès de sa voisine de chambre. Je ne les avais jamais vues en conversation, mais j'avais quelquefois observé de minuscules gestes de connivence, des sourires discrets échangés quand la vieille Rwandaise passait à petits pas devant l'ascenseur où officiait l'autre. Elle ne semblait pas intriguée par le manège de Mme Gomez qui appuyait frénétiquement sur les boutons comme on appelle au secours. Mais j'avais pu constater depuis mon arrivée que son humeur variait peu et qu'elle ne se départait jamais de son air calme, non pas résigné car elle portait encore la tête haute, sur son grand corps mince, mais une tranquillité naturelle, de celles qu'affichent les juges et les ermites.

J'avais à plusieurs reprises tenté d'engager la conversation avec elle, durant les deux dernières semaines, m'asseyant à ses côtés sur le banc de pierre du patio ou dans la salle de la télévision. Cette dernière était pour moi l'endroit le plus triste de l'Ehpad, tant en raison de la relative pénombre qui y régnait, contrastant avec les autres pièces très lumineuses, que parce que les résidents, corps avachis, paupières roses somnolentes, y paraissaient dans une sorte d'antichambre électrisée de la mort. Astrida restait immobile sous un plaid, le dos bien droit, fixant l'écran d'un regard indifférent. La plupart du temps sans ses lunettes, ce qui laissait penser qu'elle ne voyait rien de plus qu'un carré de lumière bleutée diffusant musiques et mots sans répit.

Je tirais une chaise pour être dans son champ périphérique, posais ma main sur son bras et attendais qu'elle réagisse. Une ou deux fois elle avait à son tour mis la main de son autre bras sur la mienne, dans un geste que j'interprétais comme un

« bienvenue, tu peux rester avec moi » ou juste l'expression du plaisir de toucher. Ses mains étaient très ridées, mais, contrairement aux autres résidents plus pâles, elles n'étaient pas parsemées des taches brunes que mon mari appelait « fleurs de cimetière ». Il m'avait raconté comment, durant sa formation de conseiller funéraire, on leur avait appris à proposer aux familles que le thanatopracteur maquille les mains des défunts de façon à masquer ces marques de vieillissement. La main d'Astrida se retirait assez vite de la mienne pour se reposer sur ses cuisses, où elle les tenait généralement serrées, dans une prière muette vers un Dieu dont j'ignorais tout. Ce jour-là quand elle a senti ma présence, elle a tourné la tête, a souri à ma silhouette. Une conversation incertaine a éclos, à mots comptés :

– Comment allez-vous aujourd'hui, madame Papailiaki ?

– Oui. Astrida.

– Pardon, Madame Astrida. Ça va ?

– Ça va, oui.

– Je suis Ramata, on s'est déjà vues l'autre jour dans la salle d'activité, quand on avait regardé les photos, et puis aussi dans le patio sur le banc.

Je ne me serais pas hasardée à un « vous vous souvenez ? ». C'était une question que j'avais très vite effacée de mon répertoire aux Oiseaux, tant elle semblait nier la réalité de ce peuple échoué sur une plage d'où le souvenir récent se retirait constamment, ce littoral d'amnésie. Ses lunettes étaient dans une pochette en laine qu'elle portait au cou. Je les lui ai mises délicatement puis ai répété mon nom et appuyé mon regard d'un sourire que j'espérais unique pour que mon visage s'imprime quelque part, dans un coin de son cerveau épargné par la mort neuronale. Certains résidents me demandaient dix fois d'affilée « comment tu t'appelles ? » et il fallait sans cesse renouveler la réponse ; d'autres avaient déjà perdu les mots et s'époumonaient dans des borborygmes plein d'accents toniques désespérés, dentier oublié, joues creuses rougies par l'effort de la communication. J'essayais de deviner. Mais toujours le toucher, les mains, le bras qui aide à marcher, l'embrassade quand elle est réclamée pour apaiser une angoisse profonde, toujours le toucher parvenait à donncr corps aux mots faillis, à dire les émotions resserrées à l'essentiel : la douleur, la douceur, la perte, la confiance et parfois quelques débris de joie pure, une étincelle de chanson qui illumine et donne envie de danser encore une fois. Le regard et le sourire aussi, tous les indispensables de la communication non-verbale, plus chronophages et que le personnel en sous-effectif, ne trouvait guère le temps d'accomplir.

D'autres comme Mme Berry ou Mme Chavagnac, avaient leurs capacités langagières préservées, elles pouvaient encore lire, blaguer, participer à toutes les activités sans grand problème. Pour l'une, c'est le corps qui avait lâché en premier, pour l'autre l'esprit jouait au chat et à la souris avec les règles, au point de voler les dentiers des voisines pour aller les entasser dans sa boîte à bijoux.

– Je te… je te

– Reconnais ? Vous me reconnaissez ?

Lorsqu'elle ne s'abandonnait pas dans sa langue africaine, madame Astrida manifestait souvent un trouble de l'accès au lexique français. Il fallait lui suggérer la première syllabe d'un mot souvent à deviner. Loupé, j'avais dit le mot entier à sa place, par manque de pratique.

– Oui je te connais.

Elle avait soulevé ma main et y avait déposé un baiser. Avant de s'assoupir, sans aucune transition.

Je suis allée retrouver Léa dans le bureau de transmission de l'équipe. J'étais à peine arrivée qu'une des aides-soignantes est rentrée dans la pièce, l'air épuisée. Elle s'est affalée sur un fauteuil, le regard sombre.

– J'en ai plein le dos, les guibolles en vrac, je n'en peux plus de cette merde. Au sens propre comme au sens figuré. Et le sens propre est pour le coup celui qui consiste vraiment à changer six couches par heure.

Elle a vu mes sourcils levés, a ricané. « Héé oui, Madame l'artiste, nous on n'a pas tout notre temps pour faire de jolis dessins avec ces messieurs-dames, non, nous on bosse comme des nègres ici. »

J'avais senti dès le premier jour qu'elle n'appréciait pas ma présence, ma tenue de cadre sur un corps qui n'aurait jamais dû quitter les champs de cacao. Elle ne comprenait pas pourquoi c'était elle qui devait faire le « sale boulot », ignorant que j'intervenais à titre gratuit dans l'établissement. À moins que, le sachant, elle m'ait considérée comme une profiteuse qui se la coulait douce sur le dos d'un système qui me permettait de faire une formation futile payée avec les deniers du contribuable.

Je n'ai pas réagi à son attaque, elle était déjà partie dans une tirade sur « cette saloperie de système » qui l'exploitait elle et maltraitait les vieux.

– C'est pas possible de nous donner seulement quelques minutes pour faire la toilette de corps couverts d'escarres et d'excréments, c'est inhumain ! Et les médicaments à leur faire avaler au pas de course ! Faut pas s'étonner que certains arrivent à en mettre de côté pour pouvoir se suicider tranquillement la nuit, j'ai à peine le temps de les compter. Léa, j'ai encore trouvé Mme Berry en larmes, tu crois que j'ai pu prendre le temps de la consoler ? Quelle misère. »

Une stagiaire est entrée dans la pièce. L'aide-soignante lui a fait signe de fermer la porte derrière elle, elle tenait à garder son auditoire captif, tout en évitant les oreilles inquisitrices de Mme Moussilac, la directrice.

– Ils font croire aux familles que les gens seront mieux traités en choisissant une maison de retraite privée, et ils leur cachent que c'est justement dans celles-là que le personnel est le plus faible. Ils se font appeler « Ehpad privé », et font oublier que ça veut surtout dire « à but lucratif ». Ça dit bien son nom pourtant té ! Leur seul et unique objectif c'est de faire gagner le maximum de pognon aux actionnaires sur le dos des vieux, et le notre au passage. Point barre. Alors ils investissent à fond dans la communication, vendent du rêve de prestations de haut standing aux gens qui peuvent se permettre de débourser plusieurs milliers d'euros de plus que dans le public. Ah ça pour faire des portraits photoshopés, ne t'inquiète pas qu'elle les ouvre les cordons de la bourse la boss !

Elle ne s'adressait visiblement qu'à Léa et à la jeune stagiaire, moi elle semblait m'avoir oubliée. Les autres l'écoutaient prudemment et j'ignorais ce qui les inquiétait le plus : le risque que la directrice ne surprenne cette conversation, ou la réalité que leur décrivait la collègue.

Elle a bu une longue gorgée d'eau. Léa a commencé à bouger, s'est dirigée vers la porte d'un air désolé, mais l'aide-soignante – je crois qu'elle s'appelait Jeanne ou Jade – a repris sa diatribe tout en écrasant sa bouteille en plastique entre les mains.

On eût dit qu'elle y voyait le business de la *silver economy* à démonter.

« La vieillesse, je vous dis les filles, c'est la nouvelle ruée vers l'or.

Le problème c'est qu'ici, ils investissent surtout dans la façade. À force, les fleurs dans le vase à l'entrée seront changées plus souvent que les protections des résidents. Ils te font plein de photos de rêve pour attirer le client mais nous on bosse comme des esclaves.

Tu as vu ce qu'ils ont fait à cette pauvre Paola ? Tu peux plus payer, tu dégages ! Et les photos d'elle sur la plaquette de l'Ehpad, ils les lui ont payées peut-être ? Que dalle !

On bosse pour des multinationales cotées en bourse, des fonds de pension qui vendent et achètent les lits comme du blé. Pour eux il n'y a pas des gens ici, juste des lits. Tu vois l'image ? Des biens meublés… »

Elle m'a jeté un regard entendu, presque complice.

Mes jeunes collègues semblaient ennuyées. La logorrhée de Jade (ou Jeanne) les gênait, elles n'avaient pas envie d'écouter cela, encore moins de l'entendre, leur temps ici était compté, elles pensaient bien pouvoir bientôt partir, trouver une place mieux payée, moins pénible ailleurs, même si Léa m'avait dit elle-même que c'était souvent pire ailleurs. On pouvait voir une pointe de mépris dans leur œil qui glissait sur les rides de l'oratrice, sur son corps lourd et fatigué. Peut-être se disaient-elles qu'elle était faible, déjà trop grosse, trop vieille, incapable de rebondir, de s'en sortir seule, obligée de se consoler avec une vague idée de lutte collective et de justice sociale quand elles se savaient pleines d'ambition individuelle. *You can become what you want.* Elles avaient été biberonnées aux séries américaines qui prêchaient le mythe de la *self-made powerful girl.*

Jeanne (ou Jade) s'est péniblement extirpée de son siège et s'est dirigée lentement vers la porte. Léa l'a ouverte, s'est engouffrée dehors, mais avant que la jeune stagiaire ait pu lui emboîter le pas, l'aide-soignante s'est retournée pour une dernière tirade, et cette fois-ci c'est moi qu'elle regardait :

« Quand on demande que les malades ou les gens en congé soient remplacés elle nous dit quoi la directrice ?

Qu'il n'y a pas d'argent. Pendant ce temps là leur tas d'or gonfle à la vitesse grand V dans un paradis fiscal. Elle est là la vérité les filles.

Tenez, vous l'artiste, j'ai entendu dire que vous vous intéressiez à madame Astrida. Hé bien elle, concrètement, depuis que l'aide-soignante qui l'a accueillie a été arrêtée, il n'y a plus grand monde qui la suit. Il nous en a fallu du temps avant qu'on réalise qu'elle ne parlait presque plus français. On n'a plus le temps de leur parler à nos mamies. Et ils osent nous faire chier avec leurs tableaux inutiles de démarche qualité. La belle affaire ! »

J'avais hoché la tête d'une air convaincu en écoutant ses derniers mots et cela a semblé la satisfaire. On n'avait pas vu la stagiaire sortir discrètement, vers la fin de son monologue. Jeanne-Jade avait fini par comprendre que la seule dans cette pièce capable de la soutenir dans sa colère était une art-thérapeute noire.

Elle est partie après m'avoir fait un clin d'œil étrange, comme une grimace qui se serait transformée en sourire en cours de route.

Quelques mois auparavant, j'avais traîné mon mari, Khalil, au concert de soutien aux salariés de Ford. Ce n'était pas mon genre de musique mais j'avais eu, sans doute trop tard, envie de me manifester aux côtés de ceux qui luttaient encore dans cette usine où mon père avait peiné trente-cinq ans durant, sans jamais revendiquer quoi que ce soit. Khalil m'avait un peu raillée : « Tu deviens militante ? Maintenant que tu n'es plus la cheffe de personne tu bascules du côté des opprimés ? N'oublie quand même pas que ton mari est un patron, un tout petit patron, musulman certes, mais un patron quand même. Va falloir choisir ton camp camarade. »

Khalil avait sur les luttes de notre époque un regard lucide, teinté d'une nostalgie sans amertume. Il savait qu'en son temps il avait essayé, qu'il y avait cru follement mais qu'aucune des promesses n'avaient été tenues. Quand notre fille, Ines, nous parlait des enjeux de l'antiracisme français, pleine de fougue et d'impératifs, il était toujours celui qui prenait le temps de l'écouter attentivement et de situer ses combats à elle dans une perspective historique plus large, pour les relier aux siens. Il ne lui faisait pas la leçon, ne prétendait pas « être déjà passé par là » avec l'assurance écrasante que dégagent si souvent les vieux militants aigris. Il n'y a que moi qu'il s'autorisait à taquiner, parce qu'il savait plus que personne combien mon cheminement pour coller au rêve méritocratique avait été lent et douloureux, sans doute pour alléger tout cela.

Alors il était venu avec moi au Grand Parc écouter Cali et les Hurlements d'Léo, dans ce quartier populaire où nous avions tous les deux grandi et où nous nous étions aimés contre l'avis de tous.

Revenir là, entourée de ceux de Ford, m'avait bouleversée plus que je ne me le serais imaginée. Tout était remonté en une vague immense, charroyant la honte que mon père ne soit pas un vrai ouvrier, puis plus tard quand j'étais entrée en prépa au lycée Montaigne, la honte de ce père qui finalement de l'extérieur n'était vu que comme un ouvrier, un Noir, un musulman. Je n'avais cessé de porter en moi cette relation ambiguë qu'il avait toujours eue avec l'usine. Il fréquentait plusieurs autres Sénégalais qui travaillaient eux à la chaîne, logés dans des cités H.L.M. de la rive droite, à Lormont surtout. On les voyait lors des fêtes religieuses, des mariages ou des deuils. Ils le taquinaient gentiment sur sa fonction qui lui donnait un peu l'air d'un planqué, celui qui faisait les bouillons quand les autres allaient au charbon. Il souriait, acceptant les blagues avec la même résignation que celle avec laquelle il endurait les heures supplémentaires comme plongeur dans un grand restaurant de la place, mal payé, peu considéré. Son patron ne s'était jamais donné la peine de retenir son nom, il l'appelait « Senghor » en référence au premier président de la République du Sénégal, dans une attitude paternaliste qui disait à la fois qu'il s'intéressait suffisamment à l'Afrique pour connaître ce genre de choses (son grand-père avait travaillé dans la coloniale, infirmier ou enseignant de l'A.O.F.) mais qu'en même temps, chef de l'État agrégé de lettres classiques ou laveur d'assiettes, un Noir devait rester un Noir, à son service.

Baay ne se plaignait jamais de rien, il racontait les histoires du travail en riant, comme des anecdotes cocasses, et lorsque en grandissant mon frère et moi commençâmes à essayer des « c'est pas juste ! » que nous glanions dans la cour d'école, sa réaction fut catégorique : « Nous ne sommes pas ici chez nous. Hors de question de se faire remarquer ou d'aller grossir les rangs des protestataires de quelque rang que ce soit. » Nous devions garder la tête basse et gravir un à un les échelons de *Lafrance* jusqu'au plus haut qui nous soit permis, sans prétendre à une quelconque égalité de traitement ou de liberté.

Quand ce que les médias avaient appelé « la marche des beurs » avait fait irruption sur l'écran de notre poste de télévision, mes parents nous avaient fait comprendre, par un silence entrecoupé de tchips appuyés pour Amy et quelques remarques sans équivoque pour Baay, qu'ils désapprouvaient vivement cette jeunesse revendicatrice. Je me gardai bien de leur dire que les frères de mon amie Aaliyah, Khalil et Djibril, avaient rejoint le mouvement et que nous suivions les étapes de la marche, le cœur battant. Après la mort d'Amy, les épaules de notre père s'étaient affaissées et son grand corps maigre avait plus que jamais porté cette volonté d'effacement et de soumission et ça n'était pas sa nouvelle épouse qui aurait pu changer cela.

Au début des années 2000, lorsque l'usine à l'ovale bleu avait opéré son premier plan social, loin de rejoindre les piquets de grève pour lutter avec les autres travailleurs pour la sauvegarde des emplois, mon père avait rasé les murs et attendu patiemment que la tempête passe. Il s'était retrouvé dans le wagon des retraites anticipées, sans doute quelque peu soulagé de ce dénouement sans heurts, et avait continué à regarder les mobilisations de loin, d'un air sceptique, à la télévision. Quand je lui demandais ce qu'il en pensait, il avait toujours un proverbe peul pour signifier que ce combat n'était pas pour lui, pas pour des gens comme nous. Laisse les Blancs se battre entre eux, nous serons toujours des intrus à leurs yeux. Aujourd'hui le frère riche écrase le frère pauvre mais sache que si demain un étranger rentre dans la danse, les anciens ennemis sauront s'unir contre lui. Le colon a su semer la zizanie entre nous pendant des siècles, exploitants avec succès les vieilles velléités entre les Peuls, Wolofs et les Sérères mais jamais il ne laissera un Noir participer à ses propres disputes familiales. »

Il est mort peu après le début de cette retraite si chèrement gagnée. Il est mort comme il avait vécu, discrètement, sans faire de vagues ni rien demander. Parfois je me dis même qu'il est mort de trop de discrétion, comme tant d'autres, celles et ceux qui travaillaient dans l'ombre, pour bâtir une société glorieuse qui ne leur est pas destinée. Sans doute est-il parti avec le secret espoir que nous, ses enfants, bardés de diplômes, portés par une langue que nous maîtrisions sans accent, allions parvenir à y avoir une existence digne, et des emplois où les gens pourraient nous appeler par nos vrais noms.

Après Claude, j'avais petit à petit invité les autres membres de l'équipe des Oiseaux à m'appeler « Ramata » sauf la Moussillac qui devait encore me donner du « Madame Berry ». J'apprivoisais lentement ma nouvelle identité, non compartimentée.

Pour la première fois de mon existence, j'ai invité une collègue à la maison. Un dimanche midi, Claude et son mari sont venus déjeuner. Voyant mon stress quant au choix du menu, Khalil avait proposé de faire un barbecue car les beaux jours étaient déjà là.

« N'essaie pas de trop en faire, tu as laissé cette Rama-là derrière toi, d'accord ? »

Le mari de Claude était un grand gaillard franc et affable qui s'avéra partager la même passion que mon fils. Il avait dû arrêter le hockey à son retour du Québec, suite à une blessure mais ne manquait jamais un match des Boxers. Les deux ont passé le repas dans leur bulle et j'ai compris en les regardant que j'avais peut-être privé les miens de belles rencontres, ces vingt-cinq dernières années. Ce que la peur nous empêche de faire.

Khalil nous a interrogées à propos de notre enquête sur la mystérieuse Mme Papailiaki. Nous avons raconté, volubiles et enthousiastes nos hypothèses, les pistes que nous suivions.

Claude lui a expliqué, ce que j'avais omis de faire, sans doute pour ne pas l'inquiéter quant à notre propre fin de vie, le problème de la perte du français chez un nombre croissant d'immigrés atteints d'Alzheimer. Il n'a rien dit mais j'ai remarqué chez lui une légère crispation des lèvres quant il s'est levé pour aller chercher le dessert.

Ines, toujours voilée à vingt-deux ans, sans doute pour des raisons différentes qu'auparavant, et qui, quoique souriante, n'avait pas parlé depuis l'arrivée de nos invités mais avait tout écouté attentivement a interpellé Claude :

– C'est une bombe cette histoire, je n'en avais pas entendu parler, même si notre grand-mère a eu un peu un truc du genre à la fin de sa vie, je croyais que c'était très très rare. Vous pensez vraiment que ce que vous faites avec cette vieille dame va pouvoir être proposé dans d'autres Ehpad ? Qu'on va tenir compte des origines des gens pour mieux les soigner ?

Claude se voulait positive : « Pourquoi pas ? Il faut bien commencer quelque part, non ? »

Ines s'est lancée dans un long monologue destiné à dessiller cette Canadienne sur les réalités hexagonales :

– Je ne sais pas si vous avez suivi les histoires de lutte contre les séparatismes ici mais en vrai aujourd'hui en France, tous ceux qui, depuis les marges, les banlieues, les lieux de relégation du récit national monolithique – je ne m'habituais pas à ce genre de jargon universitaire que ma fille avait adopté à la fac – toutes celles et tous ceux qui demandent à être traités comme les autres, donc réclament ni plus ni moins que l'égalité, sont accusés de vouloir diviser, de faire du séparatisme. Je ne parle pas des terroristes, eux sont des monstres indéfendables – j'étais toujours soulagée de l'entendre dissiper publiquement tout malentendu. Non, je pense aux féministes et à des gens comme nous qui même deux ou trois générations après l'exil des parents sont considérés comme étrangers. C'est le truc le plus hypocrite qu'on puisse imaginer : on reproche à ceux qui veulent en être de ne pas vouloir y appartenir et le plus fou c'est que tout un tas de gens y croient… Alors là, si les darons de nos darons qui ont passé leur vie entière à raser les murs, à tenter de rentrer dans le décor sans rien demander, qui ont balayé, déblayé, cimenté sans jamais rien dire, se mettent maintenant à divaguer dans leurs langues barbares dans des structures collectives, j'en connais qui vont carrément crier à l'invasion ! Ça va être d'une violence...

Je retenais mon souffle, craignant que la diatribe de ma fille ne nous catalogue aux yeux de ma nouvelle amie, mais sans pour autant oser la faire taire.

Claude semblait comprendre voire partager son avis.

– Je sais, même si ça ne doit toucher qu'un petit pourcentage des personnes accueillies dans les institutions, cette réalité risque de bouleverser fondamentalement notre travail. En même temps, tu vois bien que les Français pur beurre désertent de plus en plus les métiers du soin aux personnes âgées. Ça ne paie pas assez, c'est trop dur, alors c'est peut-être aussi une chance que les nouveaux professionnels soient eux-mêmes immigrés. Non ? Dans d'autres pays européens déjà, en Belgique et aux Pays-Bas par exemple, les associations Alzheimer ont lancé des initiatives qui permettent de recourir à des personnes ressources de même langue et de même culture que les personnes malades ou leur famille. Alors je suppose que les gens comme ta mère et moi devons un peu être des sortes de pionnières.

Claude a levé les bras en montrant ses muscles dans une tentative de la dérider. « Si on parvient à résoudre le *cas Astrida Papailiaki*, on pourra montrer la voie aux collègues qui sont encore dans l'ignorance ou le déni.

Le reste du repas s'est passé ainsi, et peut-être pour la première fois depuis longtemps, j'ai vu le regard de ma fille se teinter d'admiration quand elle m'écoutait parler de notre travail aux Oiseaux, de ma volonté de sortir la vieille femme au teint cuivré du silence.

Quand nous avons raccompagné nos invités, ravis les uns comme les autres de la simplicité de la joie partagée, moi enfin rassurée comme après un examen réussi, Claude m'a dit à voix basse : « Votre famille est si belle ! J'espère que nous parviendrons à en avoir une pareille. » Elle a hésité six secondes, mesurant sans doute l'intimité supplémentaire qu'elle m'imposait, « ça y est on a décidé qu'on était prêts à avoir un enfant. » J'ai souri, fait en sorte qu'elle ne voie pas combien sa confession m'embarrassait. Fallait-il la féliciter pour la simple décision ? N'était-ce pas, normalement, après être tombée enceinte qu'on partageait ce genre d'information ? C'est dans des instants comme ceux-là que je réalisais que j'étais une bien jeune thérapeute, qu'il me faudrait encore pratiquer beaucoup cet art si délicat d'accueillir les cœurs que les gens vous posaient sans ménagement dans ma main, nus et palpitants.

Allais-je en être capable ? Étais-je prête ?

J'ai serré Claude dans mes bras et lui ai dit « que tout se passe bien » avec assez de chaleur dans la voix pour qu'elle en soit émue. Il faudrait plus tard, quand l'enfant sera là, que je la mette en garde contre les chagrins de la maternité, les enfants qui grandissent et vous rejettent sans ménagement.

Après leur départ, Ines est venue s'asseoir dans le canapé avec moi, visiblement désireuse de poursuivre la conversation. Il y avait si longtemps que cela n'était pas arrivé.

– C'est bien ce que tu fais là-bas pour cette résidente. Tu as vraiment changé. Tu avais toujours nié l'histoire de nos peuples avant, les humiliations, les déportations, les spoliations…

J'ai sursauté. Pourquoi me parlait-elle de ça à propos d'Astrida ?

– De quoi parles-tu ? Écoute peut-être que Mme Papailiaki est un produit de la colonisation, mais je ne suis pas d'accord avec cette mode de tout ramener au passé lointain. Il faut apprendre à tourner la page, Ines ! Et puis ne va pas confondre notre parcours avec celui de cette femme, ni même avec celui de nos parents.

Tes grands-pères sont venus dans ce pays de leur plein gré, c'étaient des hommes libres et décolonisés qui ont quitté l'Algérie et le Sénégal pour chercher une meilleure vie. On leur a donné leur chance ici, non ? Ils ont pu travailler jusqu'à la fin de leur vie et tous leurs enfants ont été scolarisés gratuitement, tu m'entends, gratuitement grâce à l'école publique française. Mes sœurs, mon frère et moi avons tous minimum un bac + 5. *Lafrance* – et en disant cela je réalisais que resurgissait le mot de mon enfance, comme une prière ou une comptine qui serait restée tapie dans ma mémoire toutes ces années – nous a donné notre chance. On a tous réussi, bien mieux que si nos pères étaient restés au bled. Tes histoires de colonisation et d'esclavage, c'est du passé, il faut pardonner sinon on ne va jamais avancer. Il faut tourner la page.

Elle m'a laissé parler avec un petit air moqueur, comme on considère les raisonnements immatures d'un enfant.

– Tourner une page, je veux bien mais après l'avoir écrite. Elle est blanche ta page, il n'y a rien dessus ou si peu ou si mal. L'histoire des vainqueurs, les Lumières, la découverte de terres sauvages par des aventuriers, les bienfaits de la colonisation blablabla… La religion de l'amnésie, c'est bien ton truc ça. Vous avez tous réussi votre vie, c'est clair ! C'est pour ça que tu as pété un câble à ton boulot, que tu as dû te faire licencier pour inaptitude. Toi inapte ? Toi le bourreau de travail qui faisait passer tes dossiers avant ta famille, qui a tant sacrifié – tes cheveux, ton sommeil, ton identité – pour gagner la respectabilité de ces gens qui à la première faille t'ont mise au placard puis à la poubelle ? Wééé, elle me fait pas envie ta réussite, maman, ta *Lafrance* là c'est un beau mirage. Les tata l'ont bien compris, elles se sont cassées bien loin pour accomplir leur destin. Et tonton lui c'est comme papa, ils savent tous les deux que le seul créneau vraiment viable est dans la niche communautaire ! Professeur islamologiste et pompe funambuliste pour macchabées musulmans. Ils ne prennent la place de personne, on leur fout la paix parce qu'ils ne sont pas barbus, et voilà ! Mais toi, tu as voulu faire comme si de rien n'était, en mode abracadabra ma couleur n'est pas là ! Ben voilà où ça t'a menée. Ils ont fait de toi une bouffonne, maman ! Je croyais que tu avais compris ça depuis que tu t'occupais de la vieille dame à l'Ehpad.

Mes parents ne nous auraient jamais laissé leur parler ainsi. Un regard de notre mère, un froncement de sourcil de Baay et nous nous taisions systématiquement, gardant la protestation derrière nos lèvres closes. Mais Khalil et moi avions voulu élever nos enfants comme ceux d'ici, même liberté d'expression, mais parfois, comme ce soir-là, je voyais bien que cela se faisait au détriment du respect.

– Oui j'ai fait une dépression, et j'ai été malmenée au travail, mais ça n'est pas forcément lié au fait que je sois d'origine africaine. Ça arrive à plein de gens, tout un tas de femmes blanches font des burn out.

Ines n'a pas poussé plus loin l'argumentation. Je voyais bien qu'elle m'avait conservé une certaine affection, accrue depuis ma maladie ; elle me savait fragile et espérait sans doute que cette faiblesse finirait pas m'ouvrir à ses arguments. De mon côté, j'avais fini pas abandonner toute velléité de lui faire retirer son foulard, non que j'approuve son choix mais que j'en reconnaisse la sincérité.

Nous nous sommes dit « bonne nuit » sur la pointe des pieds, comme on marche sur des œufs, désireuses de ne pas laisser nos différends nous séparer de nouveau.

20.

Astrida – 2019

Tantôt il y a eu de l'agitation dans le couloir de la résidence. Astrida a passé la tête par la porte, elle a vu Mme Berry et M. Amalric qui se dirigeaient vers la sortie, suivis de près par une Léa habillée tout de noir. Y avait-il une sortie aujourd'hui ? Peut-être qu'elle avait oublié. Elle oubliait de plus en plus, c'était la maladie qui voulait ça. Il n'y avait rien à faire. De toute façon, elle n'avait plus trop le goût aux promenades depuis la disparition de Paola. Elle avait peur de ces moments où sa langue la trahissait, des regards incrédules que lui lançaient les gens, comme si elle était une curiosité. Pourtant des gens qui ne tenaient plus la route ça n'est pas ce qui manquait ici. Un mouroir pour vieux déglingués. Mais elle se sentait la plus différente. Ce regard, elle avait trop souvent dû l'affronter, en Afrique comme en Europe. Mieux valait donc rester dans sa chambre, solitaire mais sans spectateurs malaisants. Elle est allée prendre son album photo dans son armoire et s'est assise devant sa fenêtre pour le feuilleter tranquillement. Elle ne le sortait que quand elle se savait seule, n'avait jamais eu l'envie de raconter sa vie aux gens d'ici. Qu'y auraient-ils compris ?

Au loin on entendait la cloche de l'église sonner, bientôt l'heure des médicaments, l'aide-soignante n'allait pas tarder. Quand elle est arrivée, Astrida a juste posé un napperon sur l'album. L'aide-soignante l'a informée du but de la sortie de l'après-midi. « La chorale de l'Ehpad est allée à l'enterrement de Mme Gomez. Ils ne vous ont pas proposé d'y aller ? Vous l'aimiez bien pourtant, votre voisine. Remarquez, peut-être qu'il n'y avait pas assez de places dans le véhicule, ils ont eu quelque chose de plus petit que ce qu'ils avaient demandé. C'est dommage parce qu'il ne risque pas d'y avoir grand monde à cet enterrement. Vous savez, Mme Gomez elle avait eu un seul enfant, un fils qui s'était noyé paraît-il à l'âge de dix ans. Quelle horreur, pauvre femme. Je crois que je deviendrais folle si ça m'arrivait. En tout cas, elle, après ça, son mariage avait éclaté et elle n'avait plus jamais eu de famille. Voilààà, tout est bon pour moi, je file terminer ma distribution de pilules. Allez à plus tard. »

Astrida aime quand les employées de l'Ehpad prennent le temps de lui raconter quelques bribes de la vie des autres ou de la leur. Quelque chose de triste ou de gai peu importe, mais quelque chose de vrai, qui lui rappelle l'effervescence du monde, dehors, avant. Elle aime qu'on lui parle même quand elle sait qu'elle ne pourra offrir qu'un sourire muet en retour. Les paroles offertes sont devenues si rares ces derniers mois. Tout le monde semble courir après le temps et une ambiance de panique silencieuse s'est abattue sur les Oiseaux.

Pourtant, l'histoire d'aujourd'hui a ravivé en elle un chagrin bien enfoui dont elle ne s'attendait pas à ce qu'il refasse brusquement surface, si longtemps après.

À la première page de l'album, elle a retrouvé la photo de groupe. Un petit cliché en noir et blanc, au liseré blanc dentelé comme on en faisait autrefois.

C'est Monique qui la lui avait donnée quand elles s'étaient retrouvées à Bruxelles.

Était-ce en 1965, en 1966 ? En tout cas un peu avant mon mariage avec Georges.

Monique qui voulait tant réunir tous les anciens pensionnaires de Save. Qui disait pensionnaires, pas orphelins, « même s'ils nous ont présentés ainsi, nous n'étions pas des orphelins. » Qui avait commencé le projet d'une association des mulâtres de l'époque coloniale belge, menant une enquête discrète mais têtue pour savoir qui, de leur groupe, était où et sous quel nom. Une sacrée femme, Monique. Astrida s'est demandé si elle avait encore son adresse quelque part dans la boîte en carton qu'on l'avait autorisée à prendre lors de son déménagement express pour l'Ehpad.

Peut-être pourrai-je demander à quelqu'un ici de m'aider à lui envoyer un petit mot ? La psychologue tiens, elle me pose tellement de questions sur mon passé, celle-là. Ou la femme noire qui nous fait faire de l'art. Je pourrai peut-être lui parler de Monique, si je n'oublie pas d'ici demain.

Cela faisait des mois qu'elle se disait : « Je vais écrire à Monique pour l'informer de mon déménagement » mais à chaque fois elle oubliait ou finissait par se convaincre qu'elle le ferait une fois rentrée chez elle. Astrida a voulu écrire une note de rappel à poser sur son guéridon, comme la psychologue le lui avait appris, mais elle a réalisé qu'elle avait laissé son stylo sur la table de nuit. Pas le courage de se lever pour aller jusque-là, juste envie de contempler cette photo, ces années d'enfance à Save.

Mon Dieu que la vie passe vite. C'était hier.

Un groupe d'une vingtaine d'enfants debout dans l'herbe. Les plus petits devant, surtout des garçons en barboteuse. C'est vrai que les garçons ne pouvaient rester à Save que jusqu'à leurs onze ans. Après ils étaient envoyés chez les frères maristes à Byimana. De quand date cette photo ? Ah c'est écrit juste en dessous : 1957. *Je venais de terminer l'école primaire. Je suis au troisième rang, entre Monique et Élise. Et juste derrière moi, d'ailleurs elle a la main posée sur mon épaule, ma marraine, Consolée. Elle avait les cheveux au carré, lissés, avec une raie à droite. On aurait presque pu la prendre pour une Indienne, elle, ou une Arabe. Elle sourit à la jeune femme noire à ses côtés. Ça devait être l'aide-ménagère qui s'occupait du linge et de la cuisine. Une indigène portant cette coupe de cheveux typique des filles rwandaises, amasunzu, des arabesques élaborées au rasoir traditionnel. Cheveux très crépus, comme la cousine. Les autres enfants… je ne me souviens plus de leurs noms. Que sont-ils devenus ?*

Astrida a laissé un long moment son esprit divaguer dans les couches de la mémoire étonnamment vive de ses primes années. Elle avait l'impression qu'il suffisait d'allonger le bras pour entrer dans la photo, retrouver l'atmosphère de Save. L'image était en noir et blanc mais elle s'est souvenue des couleurs, des tissus de cotonnade claire, vichy bleu, de l'odeur des jeunes corps au soleil. La poussière ocre qui recouvrait leurs pieds nus.

Qui est cette sœur blanche portant une longue robe et un voile immaculés aux côtés des enfants ? Un si grand sourire ne peut venir de la sœur Assumpta et sans lunettes ça ne peut non plus être Mameya mukuru, la directrice de l'institut, sœur Lutgardis-Marie. Étrange… si j'avais le numéro de Monique sous la main je lui passerais bien un coup de fil, elle se souvient de tout elle. Mais oui bien sûr, c'est cette religieuse qui n'est restée que quelques mois, si différente d'Assumpta que nous nous étions tenues sur nos gardes à son arrivée. Comment s'appelait-elle déjà ?… Élisabeth.

Élisabeth de la Trinité ou de la Charité. Elle n'était pas belge je crois. Elle ne nous battait pas, elle. Elle nous parlait longuement, nous demandait comment nous allions. Consolée, trop habituée à la rigueur hollandaise de sœur Assumpta se méfiait de tant de gentillesse. Élisabeth avait organisé des petites causeries avec les plus grandes filles sur des sujets comme la sincérité, l'amitié, la famille. Nous lui avions parlé de nos pères blancs que nous n'avions pour la plupart jamais vus. Nous ignorions jusqu'à leurs noms ou leur nationalité. Elle nous consolait de petits mots encourageants et de prières imprimées derrière des images pieuses.

C'est elle aussi qui nous a accompagnés lors de la deuxième excursion à Nyungwe. Cette fois-ci aucune remarque sur les singes. Elle était passionnée d'oiseaux, comme Georges. Elle avait des jumelles et nous nous bousculions pour pouvoir, chacune à notre tour, y plonger nos yeux émerveillés. C'est elle qui m'a montré la première cette espèce de passereau dont le nom se rapproche du mien, l'Astrild à tête noire. J'avais longtemps suivi des yeux le couple de piafs au cou cendré et aux cuisses vermeilles qui voltigeait autour d'une termitière géante, pendant que mes camarades s'extasiaient devant la dizaine d'orchidées accrochées à un arbre centenaire. J'ai gardé cette rencontre au cœur, comme un instantané joyeux de ces mois passés dans la relative légèreté apportée par sœur Élisabeth. Visiblement, ses méthodes avaient dû être jugées trop laxistes, elle avait été mutée ailleurs, au bout de quelques mois.

Exceptionnellement cette année-là, nous avons eu droit à une deuxième sortie durant les vacances. L'été fatidique des dix-neuf ans de ma marraine. Elle était si heureuse de ce voyage au lac Kivu. Sur la route, nous nous étions arrêtés à l'école de Byimana où travaillait son fiancé, mulâtre comme elle, avec lequel elle devait se marier quelques mois plus tard. Elle rêvait de quitter l'existence cloîtrée de Save pour vivre sa vie de femme. Elle rêvait d'avoir des enfants et avait même convenu avec sa propre mère, une des rares à nous rendre des visites très régulières, qu'elle irait s'installer avec eux pour l'aider dans son ménage.

Je ne comprenais pas cet engouement de rejoindre un homme mais partageais néanmoins son enthousiasme. La séparation ne me gênait pas dès lors que je devais moi-même, à la rentrée suivante, aller vivre à Nyanza pour faire l'École moyenne ménagère. Mais Consolée, hoo, quelle destinée…

Le paysage du lac était à couper le souffle, vu d'en haut. Le minibus qui nous transportait s'était arrêté à un virage, sur la crête d'une colline, juste avant la descente vers la résidence de l'évêché où nous allions être hébergées pour deux nuits. Le ciel était couvert et la crête des collines environnantes disparaissait dans une mer de nuages, semblable à une vapeur uniforme montant du lac. Les flancs des collines plantés de bananiers plongeaient leur vert pâle dans l'émeraude immobile de l'eau, en contrebas. Pris entre la nébulosité du haut et le glacis du lac, notre petit groupe sorti du véhicule pour admirer le paysage était comme un insecte figé dans les pétales d'une plante carnivore, prête à nous dévorer. La première journée s'est passée dans une effervescence contemplative, la plupart des enfants n'étaient jamais venus là, une carte postale paradisiaque s'offrait à nous, où que porte notre regard. Nous avions dîné du poisson pêché le matin depuis les grandes pirogues en bois éparpillées sur le lac que nous avions pu admirer de loin. Aucun de nous ne savait nager. Pourquoi et comment Consolée s'est-elle trouvée à l'eau ? Personne ne me l'a dit. Quand les cris ont retenti sur les berges, son corps trempé et sans vie arrivait déjà sur la barza de la résidence, porté par les pêcheurs. À douze ans j'avais compris que la mort ne rendait jamais ceux qu'elle avait pris et ce fut là mon premier vrai deuil. Nous l'avons enterrée le lendemain, non loin de la petite église en brique construite par les premiers missionnaires belges qui avaient vu dans cet endroit un éden terrestre au cœur de l'Afrique. Jusqu'à mon départ précipité du Rwanda, deux ans après, j'ai refusé de participer aux excursions proposées par les sœurs.

Astrida est tirée de sa réminiscence par des bruits venant du couloir. Sans doute est-ce la petite troupe de la chorale qui revient de l'enterrement de Mme Gomez. La sonnerie annonçant le souper ne va pas tarder à retentir. Il lui reste quelques minutes pour retourner là-bas.

Une deuxième photo, elle aussi retrouvée par Monique au terme d'une enquête minutieuse dans les archives coloniales et religieuses entre Bruxelles, Namur et Anvers. Elle lui en avait envoyé une bonne copie par la poste, peu de temps avant son déménagement pour le Sud-Ouest de la France, quand Georges avait dû prendre sa retraite.

Un autre groupe, de toutes jeunes filles, leur deuxième année à l'École moyenne ménagère de Nyanza. Elles étaient deux mulâtresses au milieu d'une classe d'indigènes. Les Noires étaient pour la plupart issues de familles de chefs et sous-chefs, on devine dans leur port altier une aisance du parler, l'assurance d'un futur distingué. Elles avaient quatorze ou quinze ans, apprenaient auprès des sœurs blanches de Notre-Dame d'Afrique à tenir les comptes d'un ménage, à coudre, repasser et broder, à devenir des épouses évoluées. Les compagnes de la future élite de ce pays modèle pour la chrétienté noire. Sous les robes sages descendant sous le genoux, des combinaisons qui masquaient difficilement les poitrines nubiles.

Sur la photo, Monique et Astrida ont les bras croisés, un sourire timide, leurs rêves le sont tout autant. Une fois la troisième année passée, elles retourneront à l'institut de Save, s'occuper des plus jeunes en attendant d'intégrer les ordres ou de se marier. Aux vacances, elles retrouvent leur maison, apprennent des unes ou des autres qu'Unetelle est partie au bras d'un jeune mulâtre de Byimana ou de Nyangezi, congolais, burundais ou rwandais peu importe. Celui-là est menuisier, l'autre a appris le métier d'imprimeur ou travaille à l'Union minière de Kolwezi. Parfois, c'est un vieux blanc qui vient acquérir une épouse. Il suffit qu'il se dise bon chrétien et que la fille accepte, pour l'emporter, après des fiançailles de convenance. Quand les hommes se présentent pour chercher une fille à marier, les sœurs alignent toutes celles qui ont plus de quinze ans dans le salon des visiteurs, comme du bétail, afin qu'ils fassent leur choix. Il arrive paraît-il que les actes de notoriété soient faussés pour respecter l'âge minimum légal. L'époux doit fournir la toilette de la mariée, qui emporte dans sa malle le trousseau offert par les religieuses : du linge, quelques pièces de vaisselle, un crucifix, un livre de prière.

Quelques filles sont entrées chez les sœurs noires, les Benebikira. Mais au bout de quelques années, deux ont quitté les ordres, les relations avec les autres étaient mauvaises. Quand la grande Marthe a demandé à intégrer la congrégation des sœurs blanches de Notre-Dame d'Afrique, on lui a répondu que les enfants du péché ne pouvaient y être admises.

La mère d'Astrida était revenue la voir deux fois, toujours encombrée d'un nouveau nourrisson. L'enfant peu à peu s'était éloignée de cette femme qui en venait presque à lui faire honte. Elle ne pensait plus à retourner sur la colline, la vie simple dans la petite cour plantée d'un citronnier lui semblait désormais misérable. Le vêtement traditionnel de la mère, la peau de bête tannée dans laquelle elle portait son bébé et sa couronne de maternité en tige de sorgho, *urugoli*, son accoutrement tout entier lui paraissait terriblement arriéré, à elle qui portait désormais robes en tissus de Belgique et souliers de cuir et qui ne sortait jamais sans avoir noué ses cheveux avec un ruban de viscose ou de velours. Elle aurait un avenir différent, à Astrida, Kigali ou Usumbura, ou au-delà, dans la grande ville de Kinshassa s'il le fallait, mais rien qui ressemble de près ou de loin à la vie indigène de sa mère. C'est ce que les sœurs voulaient pour elle, c'est ainsi qu'elle l'avait appris et intégré.

Astrida a tourné la page de son album en marmonnant « pauvre Mama ». Une mère doit sentir tout ça, son enfant qui la méprise, quelle honte. Elle avait fait tous ces kilomètres à pieds pour retrouver une gamine ingrate. Son mari noir savait-il qu'elle venait à Save pour voir sa petite bâtarde blanche ? Peut-être pas. Astrida ne lui avait jamais posé de question sur sa nouvelle vie à elle. La mère lui donnait le nom de ses petits frères et sœurs sans qu'elle les demande. Yohanni, Madalena, Karoli, Radegonda…

Son mari, peut-être qu'il était gentil ? Peut-être qu'il la battait ? Je n'en ai rien su, rien, je ne m'intéressais plus à elle. Elle ne m'a fait aucun reproche. Elle s'était résignée à la décision de mon père de m'envoyer à l'orphelinat, à ce que les oncles exécutent cet ordre, à ce que les sœurs me mettent dans la tête que les Noirs étaient inférieurs à nous, à ce que je disparaisse sans laisser de trace. Une vie de résignation.

Astrida a posé les yeux sur la troisième photo. Ses parents adoptifs. M. et Mme Janssens. Elle n'avait pas de photo de sa mère mais d'eux, si. Qu'a-t-elle ressenti en regardant ces visages austères ? Cette photo avait dû être prise peu après son arrivée en Belgique. La femme est assise dans un fauteuil à dossier droit, un collier de perles autour du cou, une main posée sur la cuisse, l'autre tenant fermement le poignet d'Astrida. Son mari est debout, trapu, il affiche un air martial, moustache en brosse, jambes raides. Sa main gauche tient fermement le pommeau d'une canne. Ils regardent le photographe avec fierté, exhibant leur petite mulâtresse comme un trésor exotique. L'enfant est sage, les cheveux coupés courts, plus de ruban de velours pour égayer de couleur son afro d'autrefois, juste un halo noir comme un casque sans sangles. Son regard est voilé par une inquiétude que l'on devine aussi dans la raideur de ses membres. Les vêtements épais et sombres laissent imaginer l'hiver dehors, une neige blanche qui tombe dru et silencieuse. Le silence de cette grande maison dans laquelle elle était arrivée à quatorze ans, après quelques semaines – à moins que ça n'ait été des mois – passées dans le bruit incessant de l'orphelinat de Schoten près d'Anvers.

Le départ de Save s'était fait dans la précipitation. Un jour, sœur Lutgardis-Marie avait rassemblé tout le monde au réfectoire pour expliquer que les enfants allaient partir en Belgique dans des avions militaires. Astrida ne peut pas oublier ce tourbillon affolant : un petit paquetage avec les vêtements les plus chauds uniquement, des chaussures fermées sont essayées à la va-vite, le voyage en camion jusqu'à Usumbura au Burundi, le tarmac plein de la fureur des pales d'avion, le vol de nuit effrayant et au petit matin, l'arrivée grelottante à l'aéroport de Zaventem de Bruxelles. Des femmes flamandes qui distribuent des couvertures et des boissons chaudes, les enfants en grappe apeurés qui regardent les grêlons s'abattre sur les immenses baies vitrées. L'appel dans une cacophonie linguistique, noms écorchés, identités essorées. Bienvenue en Belgique.

Combien de temps était-elle restée hébétée, suivant les ordres gesticulés pour monter dans l'autocar, descendre de l'autocar, entrer dans l'orphelinat, se dévêtir malgré le froid pour se laver malgré le froid se coucher dans des draps froids, être réveillée en sursaut par la buée blanche qui s'échappait de son corps comme pour l'âme d'une mourante ? Dans l'orphelinat, qui portait le nom de *Bambino*, ils avaient trouvé des bébés et des enfants blancs. Ceux-ci les regardaient avec une crainte mêlée de curiosité.

Les mulâtres vivaient en grappe, pour ne pas se perdre, pour garder un peu de la chaleur de là-bas.

Des familles avaient commencé à venir chercher les enfants. Monique et Élise étaient parties en pleurant parce qu'on les avait séparées de leurs petites sœurs. M. et Mme Janssens s'étaient présentés peu après. L'homme parlait en néerlandais avec le directeur de Bambino mais la femme s'était adressée à Astrida en français.

Il était infirme. Elle lui avait souri.

On lui avait dit : « Voici maintenant ton papa et ta maman. »

21.

Ramata – 2019

J'avais commis une erreur de débutante avec mon premier atelier aux Oiseaux. Le debriefing quelques jours plus tard avec ma maîtresse de stage me fit réaliser que j'avais voulu trop en faire. Toutes ces photos du photolangage, choisies en lien avec l'histoire intime des résidents, ce groupe trop important : j'avais quelque peu surestimé nos capacités respectives à en gérer les tenants et aboutissants. L'intrusion du passé indochinois de Mlle Berry n'avait pas plu à sa famille et depuis la première séance, M. Labat s'était enfermé d'une façon inquiétante dans ses années de guerre d'Algérie. Quant à la réaction d'Astrida, son « Mamamata », que je n'étais pas encore parvenue à interpréter, me poussait à reconsidérer mon approche.

« Votre formation n'est pourtant pas d'orientation psychanalytique, Ramata, c'est en général plutôt déconseillé pour une novice comme vous d'amener tout de suite les patients vers ce qui les fait souffrir. » Ma responsable de stage n'avait pas tort. Il allait me falloir reprendre un chemin plus apaisant, humble et réaliste.

La professionnelle que j'avais été autrefois aurait mal vécu cette remise en question. Mais j'avais depuis appris à trébucher sans tomber, et chaque détour, chaque impasse étaient désormais accueillis avec la patience de celles et ceux qui ont dû réapprendre à marcher après s'être laissés complètement consumer. Plus de perfectionnisme, juste une envie de trouver, ensemble, la mesure du beau, du bien et du bon, même dans des existences rapiécées, même à la lisière de la vie.

Je m'en remis aussi à Claude Mouret, sous la supervision de laquelle je devais intervenir dans l'Ehpad. Notre intérêt partagé pour l'histoire de madame Astrida nous avait amenées à nous voir en dehors des deux jours qu'elle passait chaque semaine dans l'établissement. Après le barbecue dominical, nous avions organisé une sortie à la patinoire pour assister avec nos familles à un match de l'équipe de Djibril, suivie d'un restaurant.

Concernant mes interventions à l'Ehpad, Claude convint qu'une approche plus progressive serait souhaitable, avec notamment des ateliers en groupes très restreints, voire la possibilité d'accompagnements individuels. Ceux-ci devaient cependant être resserrés dans le temps car je n'allais pas rester longtemps aux Oiseaux. Cette option allait par ailleurs, nous en étions toutes les deux conscientes, me permettre de passer plus de temps avec la mystérieuse vieille au teint cuivré dont le livret de famille disait qu'elle venait du Ruanda-Urundi.

La troisième semaine de mon stage, je proposai donc un atelier contemplatif d'une grande simplicité que j'avais vu réaliser avec fascination par une de nos professeures. Je réunis trois résidentes seulement (deux dont je savais qu'elles avaient les capacités de participer activement, dotées encore d'une parole déliée, ainsi que madame Astrida), dans une pièce claire à larges fenêtres, plus petite que celle de la fois d'avant, de façon à ce que les patientes puissent se sentir proches, contenues sans être confinées. Trois grands vases en verre transparents les attendaient sur une table blanche, remplis d'eau. Chacune avait également devant elle un plateau avec plusieurs petites bouteilles d'encre de Chine ou d'encres de couleur : du vert foncé, du rouge carmin et du bleu outremer.

Les dames entrèrent dans les lieux à petits pas, la claudication de l'âge, corps perclus de douleurs.

Elles se montraient méfiantes face à cette nouvelle proposition qui chamboulait leurs rituels.

Après les avoir accueillies et avoir expliqué les consignes, je lançai la sonate pour deux pianos en Ré majeur K448 de Mozart, réputée pour développer les raisonnements abstraits grâce à un accroissement, à son écoute, de connexions entre plusieurs parties du cerveau. J'avais lu en préparant l'atelier que les scientifiques considéraient que la musique de Mozart, et cette sonate en particulier, pouvaient réduire les symptômes de la maladie d'Alzheimer, en faisant un lien entre la stimulation sensorielle de l'écoute musicale, qui provoquait un sentiment joyeux, et une augmentation de l'activité du cerveau. N'ayant jamais eu d'éducation particulière à la musique classique, que l'on considérait dans ma famille comme un « truc de Blancs », j'étais un peu sceptique avant de l'écouter moi-même dans le train qui me conduisait chaque matin à l'Ehpad et de me laisser apprivoiser par sa beauté universelle.

Choisissez une couleur, celle qui vous correspond le plus ou celle qui évoque pour vous la chose la plus agréable et prélevez-en, avec la pipette, une grosse goutte que vous ferez ensuite tomber dans le vase d'eau.

J'aidai Mme Berry, dont les mains, déformées par l'arthrose, les doigts raidis mais tremblants du fait de sa maladie de Parkinson, ne parvenaient plus à exécuter le geste précis du pincement. Elle avait pris de l'encre de Chine noire, sans hésiter.

Madame Astrida, elle, après avoir sélectionné la petite bouteille rouge, avait finalement opté pour le vert. Je m'étais assurée qu'elle avait bien ce matin ses lunettes de vue, retrouvées la veille dans l'armoire à trésor de Calamity Jane, la pie voleuse de l'Ehpad, Mme Chavagnac.

Cette dernière avait, du même geste sûr que lorsqu'elle fabriquait ses petites fleurs en papier crépon à longueur de journée, versé plusieurs gouttes de bleu outremer dans l'eau claire.

Maintenant, je vous invite à regarder attentivement le chemin de cette encre dans le vase. Laissez-vous emporter par les volutes qui apparaissent, contemplez les arabesques qui vont se former, lentement, dans l'eau, et accueillez cette image sans trop y penser.

La musique les berçait, je voyais Mme Chavagnac marquer la cadence du piano avec ses doigts posés sur ses larges cuisses au repos. Son nouvel appareil auditif semblait fonctionner à merveille.

Astrida, elle, paraissait hypnotisée par la lente descente de la traînée émeraude dans son vase. Épaules détendues, bras relâchés le long du buste, elle se tenait immobile, et sa respiration soulevait doucement sa poitrine et son ventre, sans troubler l'air autour d'elle. Je l'observais, rassurée de penser que « l'effet Mozart » fonctionnait sur elle comme sur ses voisines. Une fois arrivée au fond, et malgré la gravité, l'encre commençait à remonter le long des parois de verre, tout en s'éclaircissant dans l'eau. À la fin du deuxième mouvement de la sonate, l'*andante* au rythme lent, l'eau et l'encre se trouvaient presque parfaitement mélangées et le vase de chacune était désormais légèrement teinté, de la couleur qu'elles avaient regardée lentement se diluer, dans une danse légère qu'accompagnaient harmonieusement les notes de piano.

J'ai attendu que s'achève le dernier mouvement, *molto allegro*, pour les tirer de leur méditation et les inviter à partager leurs pensées ou sentiments, suite à cet exercice. En tant qu'art-thérapeute, mon rôle n'était pas d'analyser leur production, ici très éphémère, mais de les accompagner dans la compréhension symbolique qu'elles pouvaient en avoir.

Mme Berry évoqua le cycle de la vie.

C'est beau mais trop court. Dans la vie, au début on est un concentré de passion et d'envie, comme l'encre noire, et pffui, la vie dilue tout, on abandonne tous les rêves, et à la fin, pffui qu'est-ce qui reste ? On est très mélangé et gris comme cette eau. Au début il y a du mouvement, l'encre se promène dans tous les coins du vase, puis plus rien, l'eau est immobile. Je suis immobile et grise. On abandonne nos rêves pfffui et puis plus rien. Plus d'envie, plus de passion, la douleur partout dans le corps et on est toute grise, toute grise. Pffui tout dilué, comme l'eau avec l'encre. Trop court. La vie est trop courte… mais elle est belle, avec les passions, les envies… qui se diluent après dans l'eau… On abandonne nos rêves et il ne reste rien à la fin.

Elle tentait de contenir son émotion tout en empêchant, de sa main droite, le tremblement du bras gauche. La psychologue m'avait fait part de son inquiétude à son égard, craignant qu'elle ne tente de nouveau de se tuer, comme elle l'avait fait quelques semaines avant mon arrivée. Mme Berry avait toujours été très active, sportive et l'arrivée de la maladie, dont elle savait l'issue inéluctable, avait provoqué chez elle des idéations suicidaires. Elle avait caché des médicaments dans sa boîte à bijoux, jour après jour, pour « partir vite avant de mourir par morceaux », comme elle disait souvent pour évoquer la perte de l'usage successif de chacun de ses membres, jusqu'à devenir complètement dépendante, ce qu'elle redoutait le plus. Elle n'était pas consciente des pertes cognitives, de ses dédales de paroles répétées en boucle, à moins que le lourd chagrin qui semblait s'abattre sur ses épaules à la fin de chaque logorrhée, la tassant dans son siège, en ait été un aveu indicible.

Pour Jeanne Chavagnac, le bleu choisi faisait référence aux volets de la maison dans laquelle elle avait grandi, quelque part dans le Sud Gironde, une maison entourée de pins, dans cette lande de Gascogne au parler chiche et rocailleux.

Il s'y est passé des choses étranges derrière ces volets-là, que nous gardions fermés l'été pour rester au frais. Dans la pénombre des secrets de famille, j'ai eu une enfance craintive de Dieu et des hommes. Ma grand-mère nous foutait la frousse avec des histoires d'esprits et de superstitions. Je faisais beaucoup de cauchemars la nuit et pipi au lit, alors pour me guérir elle m'avait traînée à une source miraculeuse et forcée à boire de son eau. Avant de partir, nous avions attaché, sur les branches de l'arbre au-dessus de la source, un bout de mon drap, du même bleu, pour que le mal y reste et ne puisse passer les volets de la maison, la nuit. On croyait à tout ça à l'époque, et ça rassurait les vieux, ces grigris et ces rites. Si je pouvais encore me déplacer tiens, j'irais bien y faire un tour moi à la source de mon enfance !

Astrida les avait écoutées attentivement, pleinement présente et visiblement intéressée. Quand je l'interrogeai à son tour, elle poussa un long soupir comme on prend son élan avant de réaliser un saut périlleux. Elle se mit à nous parler dans un français qui coulait lentement, laborieusement. On eût dit que chaque mot sortait d'un alambic, langue évaporée dont seules les essences survivaient temporairement. Elle expliqua avoir choisi le vert parce qu'il lui rappelait des endroits où elle avait vécu en Afrique. Des endroits plantés d'arbres habités par des oiseaux plus mélodieux les uns que les autres. Elle dit que la musique l'avait transportée auprès de ces arbres et de ces volatiles chamarrés.

Il y en avait un qui avait presque le même nom que moi, il s'appelait... il s'appelait... je ne me souviens pas.

Je cherchai vite sur mon téléphone et lui demandai s'il s'agissait de l'astrild à tête noire, une sorte de passereau.

Oui oui, c'est ça un oiseau avec une tête noire, un cou gris clair et de petite cuisses rouges comme cette encre ici dans la bouteille que j'ai failli choisir au début.

Je n'osai pas l'interrompre pour lui demander où étaient ces forêts, évoquer le Rwanda, ce pays sur lequel j'avais tout juste commencé à me documenter.

C'est elle qui le prononça. Nous comprîmes dans sa circonvolution de mots sauvés qu'elle avait retrouvé ces oiseaux-là partout où son mari et elle avaient vécu, au Rwanda, au Zaïre, au Burundi, au Cameroun, à Madagascar et même contre toute attente au Sénégal, bien que là-bas ça soit déjà un peu le Sahel. Elle mit ses mains à contribution pour nous raconter les forêts du Cameroun qui étaient immenses, du vert à perte de vue, avec des arbres centenaires, une grande forêt primaire d'où s'échappait parfois une fine fumée, ce qui voulait dire qu'il y avait des chasseurs quelque part qui avaient attrapé du gibier et le faisaient rôtir.

Mme Berry l'écoutait en hochant la tête, sans doute ces descriptions lui rappelaient-elles les excursions dans la jungle indochinoise que lui racontait son père, durant l'enfance. Mme Chavagnac, elle, somnolait, visiblement fatiguée par l'évocation de sa grand-mère gasconne.

Elle conclut en enserrant le vase de ses deux mains. Un instant elle se tut et je craignis que nous l'ayons perdue, retournée en pensées en Afrique. Mais elle reprit son récit, moins hachuré, presque assuré. Et je pus y saisir l'essentiel :

Quand elle avait regardé l'encre se dissiper dans l'eau elle avait pensé à bien des choses, tristes ou heureuses, mais à la fin, lorsque tout avait été bien mélangé, elle avait réalisé que c'était aussi simple et irréversible que son histoire.

Je suis métisse moi, maman noire, papa blanc. Chez nous au pays avant, c'était interdit. Interdit. C'était très très triste.

Les uns lui disaient « tu es blanche » les autres l'avaient traitée de négresse, ils la voyaient comme un enfant du péché, mais en réalité elle était comme l'eau vert clair du vase, une troisième chose, un mélange fini où l'on ne peut plus séparer les éléments de départ, le produit d'une dilution irréversible.

Astrida poussa de nouveau un long soupir, leva les mains en coupe vers le ciel, épaules soulevées en signe d'impuissance, puis les relâcha en nous offrant le plus doux sourire qui soit. Je crus voir dans ses yeux noisette un reflet vert, lointaine réminiscence sans doute des collines de son enfance.

Je raccompagnai les trois résidentes dans leurs chambres en devisant avec chacune tranquillement et je pus constater sur leurs visages où toute crispation s'était dissipée, que mon atelier, cette fois-ci, avait atteint son but.

Les jours suivants, j'ai pu répéter la proposition auprès d'autres résidents, en petits groupes, certes avec moins de grâce, mais toujours j'observais combien la musique provoquait une réaction immédiate d'apaisement, permettant ensuite à la parole partagée, même chiche, de tisser une certaine dynamique relationnelle. La contemplation de l'encre dans les vases, sans les sur-solliciter, leur offrait un rare moment d'expression individuelle, l'occasion d'extérioriser leur vie intérieure, par un geste, une lueur dans leur regard qui me permettait à mon tour de décoder leur état émotionnel là où, pour certains, la parole perdue ou désorganisée avait tout emporté.

Dès que je le pouvais, j'allais proposer une séance individuelle à l'une ou l'autre des résidentes dont j'avais senti, lors de l'atelier collectif, le besoin d'aller plus loin.

La semaine suivante, je proposai des ateliers modelage, avec de la glaise molle. Certaines pensionnaires se montrèrent réticentes et refusèrent de venir, au début. J'installai le même dispositif, avec de la musique – toujours Mozart, une autre sonate pour piano – et une grande table blanche sur laquelle je disposai une boule de terre devant chaque résidente.

On m'avait expliqué en formation que la stimulation sensorielle par le toucher, le malaxage, réduisait efficacement l'anxiété et pouvait même soulager certaines souffrances en réactivant la motricité des mains. La plupart des patientes n'avaient pas pétri de terre depuis la petite enfance et avancèrent des doigts hésitants vers la glaise, sans grande conviction. Et puis très vite, le plaisir du contact ressuscite des joies de pâte brisée dans la cuisine au côté d'une mère ou une tante et avec elles des souvenirs de mûres cueillies sur les haies, de pommes coupées en fines lamelles, de sucre léché sur des doigts poisseux et surtout le besoin immense de toucher et d'être touché, malgré les sens racornis, la peau froide et sèche, les douleurs articulaires. Chacune pouvait modeler ce qu'elle voulait, certaines disaient je vais faire ci, d'autres gardaient leur projet derrière des lèvres fines dont le tressautement se perdait dans leurs rides, on eût dit l'onde d'un galet jeté dans l'eau, les sourcils froncés. Tout effort coûtait désormais. Je les voyais regarder la terre se craqueler, leur proposais d'ajouter un peu d'eau, je les observais commencer tout doucement à donner forme à un objet, un corps, un songe venu de loin et qu'elles avaient porté en elles des décennies durant. Bien sûr, elles devaient admettre le décalage entre la forme imaginée et la réalité obtenue, comme on fait le deuil d'une vie fantasmée, mais le refus de capituler devant la résistance de la glaise, les doigts continuant leur ouvrage disaient le désir encore présent de maîtrise. J'espérais que cet exercice, plutôt que de creuser les souffrances des patientes, leur révèle leurs ressources de création et leur permette de s'émerveiller et se surprendre.

Astrida eut du mal à aller jusqu'au bout de son œuvre, bien que ses mains à elle ne soient pas trop mangées par l'arthrose. Je la voyais hésiter, elle changea visiblement plusieurs fois d'objet, je tentais de deviner à chaque fois. Une main ? Une fleur, une lampe ?

Quand finalement je demandai à chacune ce qu'elle avait représenté, Astrida souffla, comme à regret « l'oiseau de mon grand-père », et tout de suite après, semblant s'excuser du peu de ressemblance avec l'animal réel « j'ai essayé un très vieux d'abord, puis un très jeune, mais... » Elle laissa sa phrase en suspend, leva les mains mais, contrairement à l'atelier précédent, je pus voir que ses épaules gardaient une raideur d'insatisfaction. Elle pensait qu'on jugeait son ouvrage peu réussi. Je lui demandai quel genre d'oiseau c'était, évoquant l'astrild de l'atelier précédent, en citant une liste d'autres grâce à quelques clics rapides sur mon téléphone portable.

Elle secouait la tête à chaque suggestion, apparemment irritée par son incapacité à retrouver le mot qu'elle avait pourtant sur le bout de la langue.

Elle se renferma, le regard perdu dans le vide et n'ouvrit plus la bouche du reste de la journée.

Le lendemain, Claude et moi nous sommes de nouveau retrouvées au café proche de l'Ehpad pour faire le point sur ce que nous appelions très sérieusement « notre enquête ».

– Alors c'est quoi cette histoire d'oiseaux ? Tu m'as dit que tu avais une hypothèse. Ça a un rapport avec le Rwanda ?

– En réalité je n'en sais trop rien. C'est une intuition. Juste que je l'ai souvent vue assisse dans le patio seule, de la fin du printemps jusqu'au début de l'automne, à scruter le ciel comme si elle attendait que quelque chose lui soit livré par cigogne. Un jour que j'avais exceptionnellement un peu de temps, une réunion annulée ou une histoire du genre, je me suis assise à ses côtés, suffisamment longtemps pour qu'elle se sente en confiance. Je lui ai demandé ce qu'elle regardait et elle a répondu par cette question : « Il n'y a pas beaucoup d'oiseaux ici non ? » Effectivement, seul un gros merle venait parfois tapoter la terre pour attirer à la surface les vers vivant sous les buissons de genet. J'ai insisté : « Vous espérez un oiseau en particulier ? Vous aimez les oiseaux ? » « J'attends *Sakabaka*, il apporte un message de mon grand-père. » Je n'avais rien pu lui tirer d'autre.

Le lendemain, j'ai imprimé des photos d'oiseaux de toutes sortes que je lui ai proposé d'afficher dans sa chambre, comme un décor de cage immense, elle a dit oui mais les A.S.M. que j'ai interrogées ensuite m'ont dit qu'elle les regardait à peine. Elle a fini par les enlever.

Suite à ce premier échec, j'ai cherché sur Internet, en tapant « oiseau rwanda sakabaka » et… bingo ! J'ai trouvé que c'est une sorte de rapace, milan ou épervier, visiblement les gens ne sont pas d'accord et, tiens-toi bien, c'est l'oiseau totem d'un des clans traditionnels du Rwanda.

Voilà, je crois qu'elle attend un signe de son animal totem. Je ne sais pas si en Afrique c'est comme pour certaines premières nations chez nous, mais sa fixation sur cet oiseau doit revêtir un sens presque mystique et je me dis qu'on pourra mieux l'approcher si on connaît aussi ses croyances.

Claude affichait moins de confiance qu'à son accoutumée, attendant certainement que je lui vienne en aide. Je lui ai raconté les deux séances précédentes, l'astrild à tête noire dans le vase d'eau verdie et l'oiseau, qui était donc un milan maladroitement modelé dans la glaise, ce dernier venant conforter sa piste.

– Il nous faut une personne qui connaît le Rwanda.

Cette fois-ci c'est moi qui ai ménagé le suspens avant de lui dire que j'avais avancé sur le sujet. Ma meilleure amie, Claire, une métisse belgo-congolaise, avait justement dans ses connaissances une congolaise-rwandaise, qui accepterait sans doute de nous aider. Elle était infirmière à l'hôpital psychiatrique de Cadillac, dans le Sud Gironde et n'aurait pas beaucoup de chemin à faire pour venir aux Oiseaux, rencontrer Astrida. J'ai aussi expliqué à Claude que mon amie Claire, en m'entendant lui exposer les quelques éléments biographiques que nous avions recueillis sur Astrida m'avait dit qu'il était fort probable que la vieille femme soit un des enfants dit mulâtres emmenés en Belgique à la veille des indépendances, enlevés à leurs mères noires par les Blancs. Une de ces terribles histoires coloniales qui resurgissent aujourd'hui. Elle allait m'envoyer des articles sur le sujet, qui était très médiatisé en Belgique depuis quelques mois.

Nous nous sommes quittées, ma collègue et moi, sur un sentiment mêlé d'excitation – notre enquête progressait bien – et de crainte – qu'allions-nous retrouver tapi dans la mémoire embuée de la vieille pensionnaire belgo-rwandaise ?

22.

Astrida – 2019

Tantôt la femme de ménage a passé de la cire sur le buffet en chêne de l'entrée. C'est une nouvelle, elle a pris son temps, sans doute dans une démarche consciencieuse qui ne fera pas long feu ici, en dépit de sa bonne volonté. En revenant du réfectoire, Astrida a été percutée par l'odeur jusqu'alors inexistante en ce lieu. Elle l'a suivie, nez levé, tel un chat attiré par un fumet gourmand. Les fauteuils rouges du hall d'accueil étaient vides, la vieille femme s'est assise délicatement, y posant son grand corps fatigué sans bruit, pour ne pas déranger la forme vague qui s'activait avec un chiffon sur le grand meuble installé là par une direction qui souhaitait donner une impression bourgeoise, de « comme à la maison » aux visiteurs. Sans ses lunettes, Astrida ne pouvait distinguer le visage de la femme en tablier, et cela importait peu car l'autre ne l'avait pas remarquée. Et puis c'était uniquement pour l'odeur qu'elle s'était approchée, pour ce parfum puissant de sève de pin qui avait charrié une armée de fantômes et les avait plantés là, au milieu de l'hospice, dans son cœur fatigué.

Nul besoin de lunettes pour regarder en soi, là où sa mémoire rétrécie avait caché dans des renfoncements insoupçonnés quelques pièces du puzzle de son passé. Il a suffi d'un parfum brut comme celui-là pour la ramener dans la grande maison qu'elle avait fui, délivrée par un mari, son chevalier Georges comme elle aimait à l'appeler.

Pourtant sa « maman » belge n'avait rien d'un dragon qu'il eût fallu terrasser. C'était une bonne femme grassouillette qui récurait son intérieur du soir au matin, avec une frénésie qui avait fait craindre à Astrida qu'elle veuille un jour la nettoyer elle aussi, qu'elle attaque sa peau avec une éponge en paille de fer et frotte jusqu'à l'os, jusqu'à la rendre blanche. Mais maman ne s'acharnait que sur les surfaces en bois, sur le carrelage, les vitres et la fonte de la baignoire.

« Tu vas être mon apprentie, ma jolie » avait-elle dit à l'adolescente dans l'auto qui les ramenait vers leur maison de Bruxelles, au sortir de l'orphelinat Bambino.

Elle lui avait déjà cousu un tablier, réplique exacte du sien à grandes fleurs rouges avec bords en dentelle anglaise. Pendant huit ans, la jeune fille allait se soumettre à un ballet de chiffons, torchons, loques et wassingues, obéissant à sa mère adoptive qui chassait d'un même élan les salissures de leur foyer et toute trace en elle de ce qu'elle appelait « l'accent indigène » de sa langue importée d'Afrique.

Elle n'en fit pas une cendrillon comme Astrida aurait pu le craindre, non, elle frottait deux fois plus qu'elle et ne lui imposait pas trop de reproches lorsque le travail de l'élève faisait mentir l'excellence de la maîtresse. Sans doute voulait-elle la transformer en une vraie bonne femme d'intérieur, irréprochable de propreté et de diction comme elle, capable de faire oublier par toutes ces qualités ses origines nègres, son pedigree de bâtarde. L'enfant avait été à bonne école avec la sœur Assumpta. Ici au moins on ne la frappait jamais. Elle se montra obéissante et travailleuse, aussi longtemps qu'elle eut peur de se voir une fois de plus abandonnée.

La peur enfantine n'allait pas la quitter avec l'adolescence ni même à la fin de celle-ci, elle resterait tapie en elle, tapissant son âme, en obstruant les fenêtres et annihilant toute velléité de légèreté.

Une fois par mois, maman tenait à cirer les meubles en bois. Elle préparait elle-même le mélange de térébenthine et de cire d'abeille rapée que lui fournissait son cousin apiculteur. C'était tout un cérémonial, celui du dernier samedi du mois, après le repas du midi qu'elle avait préparé pendant que l'enfant était sagement assise sur les bancs de l'école. Le signal de départ était donné par le bruit de la porte se refermant sur papa qui allait faire sa sieste quotidienne. Les pas devaient se faire plus feutrés, pieds glissant sur des patins, paroles chuchotées : un silence cotonneux envahissait la maison dans le sillage de cette senteur de sève de pin.

Quand papa se réveillait de sa lecture – il ne disait jamais « je vais dormir », cela eût sonné comme un aveu de faiblesse, mais « je vais lire un peu dans la chambre » – la maison entière avait été cirée. L'odeur imprégnait les murs et les vêtements. Il pensait complimenter sa femme et sa fille en remarquant, invariablement, que l'odeur de forêt était si forte qu'elle recouvrait celle de la sueur perlant sur leur front.

Papa aimait voir les gens travailler. Il avait lui-même été, avant son accident, un dur à la tâche comme il ne manquait jamais de le glisser, dans quelque conversation que ce soit. Mais en fait de conversation, papa entretenait surtout l'art du monologue interminable. L'arrivée d'Astrida avait symbolisé pour lui, outre le sauvetage chrétien d'une indigène à civiliser, le doublement et le rajeunissement instantané de son auditoire. Contrairement aux autres papas de la ville, il ne partait pas travailler chaque matin, laissant son épouse orchestrer seule sa journée de ménagère, entre reprisage et fourneaux. Papa était invalide. C'est le mot qu'il donna très vite à la jeune fille à son arrivée chez eux, dès qu'il vit son regard s'égarer du côté de sa jambe raide, qu'il traînait derrière lui comme une longue bûche récalcitrante. « Je l'ai perdue chez toi petite, sur une de vos misérables pistes, trop de pluie, trop de potopoto. » Et d'un geste de la main, qu'on devinait mille fois répété devant tous ceux qu'il avait pu prendre dans les rets de son soliloque, il mimait le véhicule qui glisse sur la boue et se retourne, les quatre roues en l'air.

« Une Ford coupé presque neuve que j'avais expédiée de Belgique par bateau depuis Anvers avant de prendre mon deuxième terme au Ruanda. J'étais allé la chercher au port de Matadi et je ne sais pas si tu imagines fifille parce que tu n'as jamais rien vu d'autre que ton confetti de pays, mais moi j'avais traversé tout le Congo, plus de 3 000 kilomètres de route pour la ramener jusqu'à Astrida. Tintin et sa Ford T à côté c'était un safari pour mémés !

Il se lançait généralement dans une description détaillée de son périple d'ouest en est, s'attardant selon les jours sur les rencontres insolite faites à Kikwit ou Kabinda, sur les crevaisons et les passages bloqués par la chute d'un arbre ou un imprévu forcément terriblement exotique.

« Alors tu vois, après un voyage pareil, après avoir fait trente fois la route entre Usumbura et Astrida, on peut dire que j'étais devenu un sacré chauffeur, non ? Hé bien, c'était sans compter avec le potopoto de la grande saison des pluies. Les tiens me donnaient trop de soucis avec leurs histoires tribales, j'ai été inattentif une seconde et vuiiiz. »

La main mimait, l'enfant la suivait des yeux, rongée par la culpabilité. C'étaient les siens qui avaient tué la jambe de papa. Pourrait-il lui pardonner ? Maman et papa avaient vécu à Astrida durant cinq ans et demi. Un terme et demi comme administrateur territorial assistant principal au Ruanda-Urundi, de 1952 à 1957. Elle ne parlait jamais de là-bas alors que lui ramenait toute sa vie à ce séjour, somme toute assez bref. Pas une demi-journée sans qu'il ne commence une phrase par « c'est comme nous à Astrida ». La ville était si présente dans sa tête qu'il n'envisagea jamais d'utiliser ce même nom pour désigner l'enfant adopté. Au début, il l'appela « petite » puis très vite passa à « fifille », l'affection venant, un surnom qu'il allait lui imposer jusqu'à sa mort.

Le matin, quand les autres papas partaient à l'usine ou au chantier, lui s'enfermait dans son bureau pour classer ses papiers ou écrire du courrier. À l'heure du déjeuner, il les inondait de considérations géopolitiques sur l'état du monde en pleine décolonisation, sur les enjeux de la perte des empires avec l'air grave d'un chef d'entreprise qui voit arriver la faillite et ne sait comment l'empêcher. Maman et Astrida ne disaient rien, parfois un hochement de tête quand il interpellait l'une ou l'autre d'un « pas vrai ? » qui servait juste à rythmer son discours. L'après-midi, après la sieste, il s'absentait souvent pour des affaires dont elles ignoraient l'objet précis. Il partait d'un air résolu, sa canne à pommeau d'ivoire frappant le sol avec la détermination d'un conquérant et rentrait généralement l'air sombre, traînant sa jambe avec rage et elles l'entendaient entrer dans son bureau en maugréant des « tous des incapables, didjoss ». Il en ressortait apaisé un quart d'heure après pour faire faire ses devoirs à la petite. Il y mettait un point d'honneur.

Astrida allait être son grand projet civilisationnel. Sans doute avait-il cette idée en tête quand il avait proposé à sa femme d'adopter un des mulâtres qui venaient de débarquer en Belgique et dont l'histoire du sauvetage d'un Ruanda au bord de l'indépendance circulait dans le petit milieu des anciens coloniaux.

Leur infertilité ne lui avait pas causé de soucis tant qu'il avait été en poste, en Belgique d'abord comme agent d'assurance, puis après une faillite et une formation sur le tard à l'institut universitaire des Territoires d'outre-mer, comme agent colonial. Il était occupé à travailler. Dur à la tâche. Elle se morfondait, et priait la Vierge qu'elle la délivre de sa solitude en lui envoyant un bébé bien joufflu comme les angelots en porcelaine dont elle couvrait ses étagères.

L'enfant ne venant pas, elle avait comblé son absence par une chasse effrénée à la saleté. En suivant son mari dans les colonies, elle se découvrit une mission auprès des enfants des autres, les petits Nègres du dispensaire où elle parvint vite à se rendre indispensable, en tant qu'épouse de l'administrateur territorial assistant principal Janssens. Elle tricotait des pulls pour les enfants de l'institut des mulâtres de Save, que l'épouse d'un autre A.T.A.P. lui avait fait visiter à son arrivée, et leur cousait aussi parfois des vêtements. Elle attendait et priait. L'enfant ne vint jamais. Elle avait des domestiques pour nettoyer la maison, couper l'herbe, cuisiner, alors elle réalisa une montagne de tricots pour oublier ce qui la faisait frissonner de solitude.

Papa était sur le point d'obtenir un avancement en grade quand le potopoto et les problèmes tribaux des indigènes lui prirent sa jambe. L'amertume de cette promotion ratée affleurait dans sa voix quand il faisait réviser à Astrida les insignes des différents grades de la coloniale :

« Administrateur territorial assistant à titre provisoire : trois barrettes dorées ; administrateur territorial assistant à titre définitif : trois barrettes dorées et une barrette argentée ; administrateur de territoire : quatre barrettes dorées – ici sa voix changeait d'intonation devenant sourde comme un bourdonnement continu – ; commissaire de district assistant : une grosse barrette dorée et une barrette argentée ; commissaire de district : deux grosses barrettes dorées ; gouverneur de province ; gouverneur général... » Astrida ne parvenait jamais jusqu'à eux sans commettre d'erreur.

Lorsqu'il fallut rentrer en Belgique, après quelques semaines de soins à l'hôpital J. Rodhain d'Usumbura, papa et maman se retrouvèrent seuls, enfermés dans une vie d'invalide et de femme sans enfant, dans un huit clos où leurs échecs respectifs se faisaient écho du matin au soir. Maman se remit à frotter les surfaces, papa se donna pour quête de continuer à servir la Belgique depuis son bureau. Convaincu d'avoir mieux que quiconque compris le peuple ruandais à la maturation politique avortée, il se mit en tête de conseiller ses anciens collègues, en envoyant chaque semaine de longs mémos dactylographiés au ministère des Colonies. Il finit par lasser tout le monde, refusant de comprendre que ceux du terrain l'avaient oublié dès son départ, et que ces analyses n'intéressaient plus personne.

L'arrivée des enfants de Save lui apporta sa dernière planche de salut. Il allait du même coup offrir une consolation à sa femme et prouver à tous ses qualités d'instructeur-éclairé pour le peuple noir. Cet enfant serait le Ruanda à lui tout seul et lui allait représenter la mère Belgique, dans un cheminement au terme duquel il triompherait des ténèbres là où l'Empire était en train d'échouer.

Maman n'ignorait pas que les mulâtres de Save étaient les accidents nés d'une sexualité fautive entre des hommes blancs – belges, grecs, italiens, etc. – et des femmes indigènes. Quand son mari lui proposa d'aller chercher un fils à l'orphelinat Bambino de Schoten, elle fut prise d'un doute : et s'il l'avait conçu là-bas, avec une de ces négresses au corps si fertile dès la puberté ? Et s'il le lui avait caché, et cherchait aujourd'hui, par l'adoption, à lui imposer son enfant à lui, sa chair, son sang, même souillé de noir ? Elle commença par refuser. Vit sa déception, finit par reconnaître qu'elle crevait de l'envie d'être mère. Puisque le seul enfant qu'on lui offrait devait venir de là-bas, elle allait s'assurer que ça ne soit pas celui de son mari, son sang, sa chair. Elle accepta donc mais à une seule condition : qu'il lui laissa seule choisir l'enfant qu'elle souhaitait. Comme il avait parlé d'aller chercher *un fils*, elle sélectionna une fille. Et assez grande pour s'assurer que les traits de son visage seraient déjà formés. Elle choisit ainsi Astrida dont le front haut, le corps élancé, les mains longilignes ne pouvaient en aucun cas être le fruit des entrailles de son Robert, trapu et bas de front qu'il était. Papa ne saurait jamais rien de ce soupçon. Il accepta la décision de maman sans rechigner. Ça serait une fifille. Et c'est ainsi qu'Astrida fut adoptée quand les autres filles, comme elle trop âgées, étaient placées comme bonnes dans des familles belges ou, pour les plus chanceuses, envoyées en pension religieuse.

Les Janssens investirent chacun dans l'adolescente une dose de leur désespoir, en prenant soin de le recouvrir de toute l'affection que l'éducation catholique et austère qu'ils avaient eux-mêmes reçue, enfants, leur permettait d'imaginer.

Astrida n'eut ni faim, ni froid et ne fut jamais maltraitée physiquement. Elle grandit pieuse et reconnaissante. Travailleuse surtout. Chaque fin de journée, papa s'assurait qu'elle connaissait ses leçons sur le bout des doigts. Puis il lui racontait tout ce qu'il avait fait pour les siens durant ses mandats à Astrida : la supervision des cultures pour éviter qu'une autre famine comme la terrible Ruzagayura ne sévisse ; la vérification de la bonne qualité du café, culture destinée à l'exportation ; le suivi des travaux de creusement de fossés anti-érosifs. Ah ce que les Noirs pouvaient rechigner à la tâche quand on leur demandait ces travaux non rémunérés par la Tutelle ! Alors que c'était pour leur bien, n'est-ce pas ? Les Ruandais étaient aussi de vils menteurs, mais lui, Robert Janssens savait les démasquer. Les faux vieillards tentant d'être exemptés d'impôts n'allaient pas bien loin avec lui, il leur faisait ouvrir la bouche et savait immédiatement trancher, en jaugeant l'état de leur dentition. De même lors de la pesée du café, quand de petits malins remplissaient leurs paniers de grains humides, donc plus lourds, pour tricher, il avait la main pour débusquer les filouteries.

« Finalement c'était comme nos mômes difficiles ici qui tentent de louvoyer pour travailler moins ou gagner plus, sans effort. Ton peuple, fifille, aurait pu beaucoup mieux s'en sortir si nous étions restés une dizaine d'années de plus à vos côtés. Je leur ai dit moi au gouverneur Harroy et au résident Dessaint qu'au train où on allait, l'indépendance arriverait trop tôt. Et même après mon départ je n'ai pas ménagé mes efforts pour partager mes analyses avec le résident Prud'homme et le colonel Logiest. J'ai senti le truc arriver avant tout le monde, ils n'étaient pas prêts les Noirs, pas d'éducation suffisante, pas d'infrastructure autonome, mais ils voulaient déjà jouer aux grands, ils voulaient tout tout de suite, la belle affaire ! Des adolescents à peine pubères, oui. Mais bon, tu sais, personne ne m'a écouté et voilà le résultat. Ils se sont entretués comme des sauvages et bientôt ils viendront quémander de l'aide à l'ancienne tutelle pour pouvoir nourrir leurs enfants. Bon toi maintenant tu es ici hein, et quand tu auras fini tes études d'ingénieur tu pourras retourner les aider, ma fifille, tu iras terminer sur place le travail de ton petit papa. »

Il lui avait narré un nombre incalculable de fois comment il avait été en charge de la réfection des soixante-quinze kilomètres de route que devait emprunter le jeune roi Baudoin lors de sa visite de juin 1955. Il gardait dans une pochette de cuir les photos de la visite royale, dont une où on le voyait près de Baudoin l'uniforme impeccable, les yeux luisants de fierté. « J'ai fait repeindre les façades des maisons sur l'itinéraire que devait emprunter Sa Majesté, dresser des arcs de triomphe en bois d'eucalyptus tous les cinq kilomètres avec des messages chaleureux disant l'amour que lui portaient ses sujets d'Afrique. J'avais fait remeubler entièrement l'appartement à l'institut scientifique d'Afrique centrale, basé à Rubona, où il a passé une nuit. C'était plus sûr qu'Astrida tu comprends, nous devions lui assurer la sécurité maximale ! » Astrida imitait son froncement de sourcil mettant mille soins à paraître intéressée par le récit de papa, pour ne pas le décevoir, surtout ne pas le décevoir.

Parfois, il s'emportait, se laissant aller à dire quelques mots en kinyarwanda, cette langue dont il avait appris l'essentiel du vocabulaire administratif, agricole et policier, mais se reprenait aussitôt, soucieux de ne pas provoquer quelque nostalgie dans le cœur de l'enfant. Il espérait qu'elle y retournerait parfaitement belge, pour réécrire son aventure avec la même neutralité, le même humanisme qui l'avaient habité, pensait-il, au moment de son départ pour l'Afrique.

Astrida travaillait dur et jusqu'à la rétho, la dernière année du secondaire, elle parvint à ramener à papa des notes excellentes. Elle serrait les dents quand les enfants dans la cour de l'école lui tiraient les cheveux en l'appelant « Lumumba » et en imitant des cris de singe, elle ne se fit aucune amie de confiance. La solitude, ses parents s'y étaient lentement enfoncés aussi, non tant en raison du handicap de papa que de sa conversation monomaniaque et envahissante. À trois, ils apprirent à faire famille, envers et contre tous. Parfois Astrida rêvait de ses amies de Save, plus rarement elle pensait à la mère, à la cousine, à sa famille noire en se demandant si elles savaient qu'elle avait pris un grand oiseau de métal pour partir de l'autre côté du monde, si elle leur manquait un peu. Elle n'osait pas demander à papa et maman s'il y avait un moyen de joindre la mère. Aucun des deux ne mentionnait l'institut des mulâtres ni ne semblait se souvenir du fait que l'enfant avait eu d'autres parents avant eux. Astrida, en entendant papa parler des tueries qui avaient lieu au pays ne pouvait s'empêcher de sentir une pointe d'inquiétude la traverser. Une fois, alors qu'elle faisait le ménage dans son bureau, il la surprit en train de lire un journal qui parlait de massacres de Tutsi dans le sud du pays. C'était juste avant la Noël 1963, il parut très contrarié, lui retira le journal des mains en grondant « faut pas occuper ton cerveau avec ses bêtises, fifille, ça va gâter tes études dis, allez file, va donc me chercher un café à la cuisine. » Elle réalisa ce jour-là qu'elle n'était pas certaine de savoir si sa mère était hutu ou tutsi. C'était une question qui ne se posait jamais à l'orphelinat, tout entier consacré à la différence visible, criante de leurs peaux trop claires. Les histoires de taille de cou ou de forme de nez censées distinguer les Hutu et les Tutsi à côté étaient trop subtiles. De toute façon, les nez des enfants devaient tous être considérés comme déjà trop « nègres » en comparaison de ceux des sœurs. Quelques mois avant son départ pour la Belgique, au retour des vacances de la Toussaint 1959, Monique et Astrida avaient trouvé les rangs de l'École ménagère de Nyanza très clairsemés. Il se murmurait dans les couloirs que beaucoup de filles de chefs et sous-chefs tutsi avaient dû fuir le pays après que leurs parents eurent été tués ou blessés par des Hutu. Un vent mauvais soufflait sur tout le pays. Mais les jeunes métisses s'étaient entendu dire par la mère supérieure : « Vous n'avez rien à craindre vous, ce sont des histoires de Noirs. » C'est pourtant en raison de ce que les religieuses appelaient étrangement « les troubles », comme pour en éloigner la violence de leurs prières, que les enfants de Save allaient être peu après envoyés en grande hâte à Bruxelles, sans dire au revoir à leurs mères. Astrida ignorait si la mère, son mari et leurs nombreux enfants avaient été touchés d'une façon ou d'une autre par « les troubles », si comme pour de nombreux Tutsi peu fortunés, on avait brûlé leurs maisons, tué leur bétail. La dernière visite de la mère datait de l'été 1958. Plus rarement encore, Astrida pensait à son père. Celui qu'elle n'avait jamais connu, sur qui elle était parvenue non sans peine à arracher quelques informations, justement lors de l'ultime visite de la mère à Save. Un nom et une nationalité. Son père n'était pas belge comme ceux de la plupart des autres enfants mulâtres, mais grec. *Gereki* en kinyarwanda. Cela semblait moins ridicule à prononcer que *biligi* (belge). Mais plus inaccessible. Qu'était-il venu faire au Rwanda ? Comment l'avait-elle connu ? Savait-elle où il était aujourd'hui ? La mère avait refusé de répondre à toute autre question et elles s'étaient quittées tendues, séparées par cet homme absent, par ce père qui n'avait pas voulu d'elles. Tout cela était loin, désormais Astrida était la fille des Janssens et elle ne devait plus se préoccuper de rien d'autre que de devenir ingénieure.

Son admission à l'École polytechnique de Louvain fut la dernière fierté qu'elle put offrir à papa. À partir de là, tout irait en se délitant.

D'abord il y eut la fatigue : Maman ayant exigé qu'elle fasse chaque jour l'aller-retour en train – tu es trop jeune pour aller vivre seule loin de nous. Puis le regard des hommes auquel elle n'avait jamais réellement fait face durant sa scolarité catholique non-mixte. Elles n'étaient qu'une poignée d'étudiantes dans sa promotion. Dans les couloirs de Polytechnique, leur insistance à la dévisager comme un objet dans une vitrine la perturbait grandement. Parfois certains allaient jusqu'à lui glisser quelques mots rudes à l'oreille, à la frôler dans les couloirs, ramassis de fantasmes puceaux sur une Africaine forcément moite, forcément sauvage et aux mœurs débridées. Lorsqu'elle rentrait dans la maison aux meubles lustrés par l'incessant ménage de maman, elle passait de longues minutes à se laver, frottant son corps jusqu'au sang, jusqu'à en éloigner toute trace de leur avidité poisseuse. Mais au-delà de tout, ce furent, à vingt ans, les retrouvailles avec Monique, son amie d'enfance de Save, qui finirent de la faire basculer. Un soir que son train était arrivé en retard à la gare centrale, alors qu'elle s'engouffrait en courant dans le couloir menant vers les arrêts de bus elle s'entendit héler avec force. Une femme se jeta dans ses bras avant même qu'elle ait eu le temps de voir son visage. Mais cette voix ! Ces cheveux ! Une vague immense la submergea et il fallut que son amie la retienne pour ne pas qu'elle s'effondre.

Elles n'allaient plus se quitter. Astrida commença à sécher les cours pour rattraper le temps perdu.

Monique avait fugué de sa famille d'accueil belge : « Des monstres qui ont voulu faire de moi leur bonne à tout faire, garder les cinq enfants, faire le ménage du matin au soir, la lessive, le repassage, trimer pour un bout de pain et une cuillère de confiture de rhubarbe. » De foyer en foyer, de rejet en rejet, elle était cependant parvenue à terminer un apprentissage de boulangère et vivait désormais complètement indépendante. Elle avait échoué à retrouver ses petites sœurs, sans doute adoptées par une famille flamande, mais à force d'enquêter, elle avait découvert la trace de plusieurs anciennes de l'institut des mulâtres, aux destins globalement assez erratiques depuis leur arrivée en Belgique. « On est ensemble maintenant, tu vas pouvoir redevenir toi-même. »

Astrida commença à regarder papa et maman d'un autre œil, réalisa leur enfermement, leurs étranges projections sur sa vie. Ses notes en baisse créèrent entre eux des tensions jusqu'alors inconnues. Il y eut des fâcheries, maman pleurait, papa tonnait, Astrida se réfugiait chez son amie, dans son studio d'Ixelles, ou, quand elle n'était pas disponible, allait errer dans les couloirs du musée royal de l'Afrique centrale, à Tervuren. Là-bas elle avait l'impression de retrouver un peu du pays, surtout celui, colonial et blanc, des sœurs de Save.

À l'automne éclata une crise linguistique qui allait diviser la Belgique, et dont son université de Louvain serait le nœud gordien. Plusieurs dizaines de milliers de nationalistes flamands défilèrent dans les rues pour réclamer le départ des étudiants francophones de la faculté au nom du droit du sol et de l'unilinguisme régional : « *Walen buiten!* Les Wallons dehors ! » scandaient-ils dans leur langue qu'Astrida avait apprise vaillamment, en plus du grec et du latin.

La jeune femme eut le sentiment que le pays tout entier se mettait au diapason de son drame familial. Avant que la scission ne soit consommée, elle prit son envol à bord du premier oiseau capable de la ramener chez elle. Georges était un ingénieur français d'origine grecque, de treize ans son aîné. Elle l'avait rencontré au musée de Tervuren, un matin d'orage, devant une fresque murale glorifiant le roi Léopold Ier, le jour où, précisait l'écriteau, il avait fait don du Congo au peuple belge.

Georges était venu préparer sa future expatriation au Rwanda en se documentant sur son histoire et ses mœurs. C'est elle qui lui adressa la parole en premier, après avoir longuement observé cet homme visiblement dérouté au milieu des animaux empaillés. Il se révéla être aussi doux que le son de sa voix grave, et particulièrement cultivé. Voyant la méconnaissance dans laquelle ses parents adoptifs l'avaient maintenue au sujet de son pays d'origine, il se proposa de lui partager ce qu'il avait déjà lu et de la guider dans les méandres du système muséographique colonial. Elle lui signalait pour sa part les erreurs de traduction sous certaines pièces du

Ruanda-Urundi. Lui valorisait sa maîtrise de cette langue dont elle avait redécouvert la musicalité et les secrets en retrouvant ses camarades de Save. Entre Georges et Astrida, une complicité se tissa immédiatement, l'évidence d'une belle amitié dans laquelle l'un comme l'autre comprirent qu'ils pourraient exister loin des carcans et des faux-semblants. Le futur coopérant et l'ancienne orpheline virent en l'autre une promesse de liberté jusqu'alors impensable.

Astrida abandonna ses études. Une fois passée la déception, papa bénit leurs fiançailles hâtives en se consolant avec le gendre, lui aussi ingénieur, qui allait pouvoir lui donner des nouvelles de la route par lui restaurée douze ans auparavant. Maman aux anges ne dit rien mais elle préférait mille fois que sa fille devienne une bonne ménagère et lui donne quelques petits-enfants plutôt que de suivre les rêves fous de papa. Les hommes et les femmes ne pouvaient avoir des rêves mêlés. Dans le paquetage qu'elle lui confia à la veille de leur départ pour le Rwanda, elle prit soin de glisser une bouteille de térébenthine et un morceau de cire d'abeille.

23.

Ramata – 2019

La santé d'Astrida s'est dégradée soudainement, peu de temps après l'atelier modelage. Un matin elle n'a plus eu la force de se lever. Ses gestes étaient d'une immense lenteur. Elle qui avait toujours fait sa toilette sans l'aide de personne, qui s'habillait et se coiffait avec attention, a semblé se détacher totalement de son enveloppe corporelle. Sans se départir de son simple sourire, devenu au fil des mois un peu énigmatique à force de silences entrecoupés d'incontinences verbales dans sa langue d'enfance, elle a abandonné toute velléité d'activité, d'existence vivable. Il fallait la lever, la laver, l'habiller telle une poupée et, une fois debout, elle marchait comme on recule, visiblement perdue dans l'espace pourtant exigu de la chambre de l'unité protégée où elle avait été transférée, dans l'aile gauche de l'Ehpad.

Le médecin a pensé qu'elle avait refait une petite attaque cérébrale, passée jusqu'alors inaperçue. Il a fait réaliser un scanner qui a confirmé qu'il y avait de petites lésions nouvelles. Claude, voyant sa désorientation, a demandé à une aide-soignante de scotcher sur les murs et les portes de petites affiches indiquant le nom de l'endroit, de l'objet, avec des flèches vers les toilettes, le couloir, la salle de bain, le réfectoire. Mais ces indications se sont vite révélées inefficaces quand nous nous sommes rendu compte qu'Astrida souffrait désormais d'une attrition totale de sa seconde langue. Sa parole avait définitivement quitté le champ du français pour s'enfouir dans ce qu'on pensait être du rwandais. Certes elle ne disait que quelques mots, et « dire » était bien optimiste, elle marmonnait plus qu'autre chose, mais désormais dans un idiome qu'aucune d'entre nous ne pouvait décoder. Il me restait moins d'une semaine de stage à passer aux Oiseaux. Je me suis laissé gagner par la panique. Il fallait accélérer l'enquête, aller plus vite que la maladie qui était en train d'effacer la vie d'une femme, toute la mémoire d'une histoire dont elle était peut-être la dernière dépositaire, la seule survivante.

J'ai laissé trois messages successifs, en l'espace de quatre heures à Malaïka, l'amie rwandaise de ma copine Claire. Elle était infirmière, sortait d'une garde compliquée à l'hôpital psychiatrique de Cadillac, et bien que ce dernier ne soit qu'à une quarantaine de kilomètres de l'Ehpad, bien qu'elle ne puisse ignorer l'urgence d'une situation que je tentais de lui décrire avec le plus de persuasion possible, elle n'a consenti à venir rencontrer Astrida que le lendemain en fin de journée.

Incapable de me concentrer sur quoi que ce soit d'autre, j'ai décidé de reporter au vendredi mon dernier atelier d'art-thérapie initialement prévu le jour de mon appel à Malaïka, basé sur l'art de lacérer les affiches, que je peaufinais depuis des semaines, pour rester aux côtés de la vieille femme à la peau cuivrée. Nous avons traversé une interminable matinée silencieuse, rythmée par ses endormissements inopinés et les soupirs qui soulevaient sa poitrine d'un chagrin que j'imaginais incommensurable. Après le déjeuner, j'ai commencé à lui parler, d'une voix qui se voulait rassurante. Je ne supportais pas le silence, l'immobilité quasi cadavérique de son visage parcheminé. J'avais l'impression de revivre les derniers jours de ma belle-mère, quand je m'étais retrouvée seule avec elle à l'hôpital, attendant sa mort comme on espère la fin de son tour de garde, au petit matin, durant une guerre hivernale. J'ai décidé à ce moment-là que je n'allais pas commettre les mêmes erreurs, que je n'allais pas laisser le silence m'ensevelir dans le sillage de cette fin de vie solitaire. J'ai parlé à Astrida de la première fois où je l'avais aperçue assise sur le petit banc sous le mimosa en fleur du patio, de son regard qui dardait sur le ciel et qui m'avait intriguée. J'ai parlé tant et tant que ma voix s'est faite chanson, incantation, puis mélopée. J'ai dit le mal-être qui m'avait projetée hors de moi au moment de mon burn out, évoqué la Ramata modèle d'autrefois, le pur produit de l'intégration que mes parents m'avaient imposé pour ne pas décevoir *Lafrance*, pour devenir « quelqu'un ». J'ai évoqué les humiliations acceptées par mon père sans faire de vague, la reconnaissance chevillée au corps, quoi qu'il en coûte à ce corps corvéable, quoi qu'il faille abandonner pour se faire oublier. La constante contradiction dans leurs injonctions, s'effacer et exister, ne plus avoir été et devenir. J'ai dit les doutes et la prise de conscience, la honte de l'exilée et celle de l'enfant du « même pas ouvrier à la chaîne ». J'ai raconté Amy partie prématurément, ma fratrie aujourd'hui éparpillée de par le monde et mon mari, Khalil, qui m'avait toujours soutenue, qui m'avait ancrée à Bordeaux quand tous les autres partaient. J'ai dit mon Baay mort trop tôt sans avoir pu se reposer. Parti sans voir grandir ses petits-enfants. Je lui ai parlé de Djibril, né juste avant que le père ne nous quitte et d'Ines, son aînée de sept ans. Je me suis attardée à décrire les boucles sur le front de mon fils, la fougue dans le regard de ma fille, elle qui avait fait le choix contre mon avis, de cacher ses cheveux sous un foulard islamique. Les enfants sont une bénédiction et une grande source d'inquiétude. J'avais entendu cette phrase tant de fois dans la bouche de vieilles femmes, visiblement fières d'avoir surmonté toutes les préoccupations de la maternité. Je savais par Claude qu'Astrida n'avait pas eu d'enfant, du moins pas d'après son livret de famille. Généralement j'évitais de parler de mon fils ou de ma fille aux femmes qui n'avaient jamais enfanté, supposant d'office que cela ne découlait pas d'un choix de leur part, leur imaginant un manque, la douleur sociale d'être une femme incomplète. Les générations qui m'avaient précédée étaient parvenues à me convaincre qu'il n'y avait qu'une belle et bonne façon d'habiter sa féminité, et j'avais tenté sans doute inconsciemment de transmettre cette croyance à Ines qui me l'avait très tôt renvoyée à la figure. Elle me l'avait recrachée dans un radical hoquet d'autodéfense. « Je ne serai pas comme toi maman ! » À seize ans, ma fille avait déjà lu Beauvoir et Despentes, hooks, Lorde et El Saadawi. Elle ne pouvait accepter « l'insupportable ordre des choses » sans protester. Elle avait décidé assez vite qu'elle n'aurait pas d'enfant, le prophétisait telle une prêtresse du nouvel ordre égalitaire du monde. J'étais si occupée à être une parfaite directrice des ressources humaines dans une grande collectivité française que je n'avais alors pas voulu analyser ses propos, je ne m'étais pas laissé perturber. Tant qu'elle réussissait au lycée, je me disais que ces affirmations, son attitude, n'étaient rien de plus que l'accoutrement d'une adolescente qui se cherchait. Une petite-fille d'immigrés si bien acclimatée à *Lafrance* qu'elle pouvait s'offrir une crise d'adolescence comme tous les autres enfants d'ici. Mes sœurs et moi ne savions même pas qu'il était possible de dire « non » à ses parents, dans les années quatre-vingt. Il s'agissait de survivre alors, en tant que famille, en tant qu'îlot fragile plus vraiment de là-bas, par encore non plus d'ici. Une fois devenus parents, Khalil et moi avons tout fait pour éloigner de nos enfants ce sentiment fondamental de fragilité qui avait miné nos propres enfances et adolescences. Ines et Djibril n'auraient rien à prouver, rien à cacher, ils seraient libérés de tout le poids de notre illégitimité. Nous avions acquis pour eux les règles, la langue, les connaissances nécessaires, le capital culturel et matériel de base pour être français. J'avais voulu le croire, je m'étais accrochée longtemps à cette conviction, même quand Khalil me disait : « Arrête, c'est ridicule, tu vois bien que même après la quatrième génération on leur dira toujours qu'ils sont des immigrés. Le plafond mélanique est indestructible. » J'avais été active dans les associations de parents d'élèves, où il ne manquait jamais une mère pour me demander si j'allais apporter « des plats de chez vous » ou d'assurer la médiation avec les mamans musulmanes voilées interdites de sorties scolaires. J'avais pesté en tailleur impeccable sous un tissage de cheveux lisses, renvoyant malgré moi l'image qu'on attendait de la femme noire en colère, avant de jeter l'éponge de la méritocratie *color blind*. Ines avait été la plus sage, la plus parfaite des petites filles, de la maternelle jusqu'au lycée. Tous les enseignants nous félicitaient pour ses résultats, son attitude serviable et respectueuse des nombreuses règles de l'éducation nationale. J'avais voulu y croire de nouveau, grâce à ces formidables enseignants qui, comme à mon époque, rêvaient de donner des ailes aux enfants, à tous les enfants. « Elle est trop parfaite, ce n'est pas normal, s'inquiétait Khalil. On dirait une mini-toi, en plus claire. » Car Ines avait été jusqu'à naître avec la peau de son père, d'un brun couleur sable, et seuls ses cheveux presque crépus laissaient deviner son ascendance noire. Quand elle décida, à dix-huit ans, de porter un hidjab qui lui couvrait la tête et le cou, toute trace de moi disparut de son image publique.

J'ai raconté tout cela et bien plus encore à Astrida en lui tenant la main, espérant la cajoler par ma voix, la ramener dans la vie qu'elle semblait vouloir quitter. Son regard se posait sur moi avec douceur, on eût dit qu'elle me reconnaissait d'une existence passée, et à un moment je crus l'entendre murmurer les mêmes mots que lors du premier atelier « mamamata ». Avais-je rêvé ?

Je l'ai accompagnée au réfectoire pour le goûter, lui ai glissé quelques cuillerées de fromage blanc sucré entre les lèvres qu'elle entrouvrait avec réticence, lui ai fait boire lentement un thé au lait, tiède et fade.

Est-ce ainsi que les femmes meurent ?

De retour dans sa chambre, je lui ai raconté les longs mois durant lesquels j'avais porté ma belle-mère, la deuxième femme de mon père, à bout de bras, à bout de vie. Je n'avais jamais su lui faire de place dans mon cœur, alors quand elle avait demandé de l'aide, lorsqu'elle s'était vue condamnée par la maladie, j'avais agi uniquement par devoir, sans affection ni compassion. Elle aussi avait, tout à la fin, perdu le français, le peu qu'elle avait pu apprendre ici, qui lui avait permis de se débrouiller au quotidien lorsqu'elle s'était retrouvée veuve, pour faire ses courses, aller chez le médecin, échanger quelques mots avec d'autres femmes immigrées. C'est notre petite sœur, Maguette, la seule à l'avoir jamais appelée « Mama » qui l'avait inscrite, après mon départ de la maison, à des cours pour adultes allophones, dans le quartier de Saint-Michel. L'association Promofemmes lui avait offert une ouverture inespérée sur le monde. Les premières années elle n'allait qu'aux cours de français et d'alphabétisation puis elle s'était investie dans des ateliers de cuisine, de couture et tout un tas d'autres choses animées par des médiatrices culturelles. Quand, après le décès de papa, je lui avais demandé si elle voulait retourner vivre dans sa famille au Sénégal, je l'avais vu trembler d'incompréhension. Je l'avais blessée. Terriblement. Nous étions sa famille. Elle n'avait plus que nous. Nous étions ses enfants. Elle nous avait adoptés, même si je ne l'avais aucunement acceptée. Alors elle était restée. Mon frère Ibou vivait à Lille, Maguette à Londres et Maty en était à son troisième poste onusien dans un pays différent d'Afrique. J'étais la seule restée à Bordeaux, je n'eus guère le choix. Elle ne m'avait rien demandé de plus, juste de la laisser finir ses jours en France, dans le petit appartement où mon père et elle s'étaient installés après le départ de tous les enfants de la maison. Ils avaient quitté le Grand Parc pour revenir à Saint-Michel, premier port d'attache de Baay. Elle faisait son marché le samedi sur la place, achetait sa viande chez le boucher de la rue des Faures, participait à toutes les sorties organisées par son association de femmes immigrées et nous cousait du linge pour la maison que j'acceptais à contre-cœur quand elle venait prendre le thé à la maison, une fois par mois. Khalil, dont la mère était morte jeune, et qui n'avait contre elle aucune animosité, contrairement à moi, passait souvent la saluer en rentrant du travail. Et quand il eut ouvert son entreprise de pompes funèbres musulmanes à deux pas de chez elle, il alla y déjeuner tous les midis. Elle avait trouvé en lui un fils inespéré pour ensoleiller sa vieillesse, comme elle aimait à le dire. Djibril et Ines l'appelaient grand-mère, non pas en pulaar comme l'eut voulu l'usage (bien que je ne leur aie enseigné aucune de mes langues parentales, ni le wolof ni le pulaar), mais en arabe, la langue maternelle de mon mari. On eut dit que c'était par Khalil et non par moi que se déterminait son lien de parenté avec mes enfants. Pourtant quand son cancer fut diagnostiqué, c'est à moi qu'elle fit appel. Ça devait être une histoire de femmes. Impossible pour elle de parler avec Khalil du col de son utérus, colonisé par des cellules cancéreuses. Il m'avait fallu être plus présente, l'accompagner aux séances de chimiothérapie, m'assurer qu'elle prenait bien ses traitements. J'avais cru qu'elle ne se battrait pas. Elle s'était accrochée à la vie, sa vie si insipide pourtant à mes yeux, avec rage et ténacité. Et elle avait gagné ce combat-là. Haut la main. Bien qu'impressionnée, j'avais, dans la partie la plus sombre de mon cœur, celle qui ne lui avait jamais pardonné d'avoir remplacé ma mère, regretté qu'elle survive, là où Amy était partie trop tôt. Peut-être avais-je souhaité sa mort, comme on espère la fin d'une douleur bénigne mais lancinante. Elle allait vivre encore quelques années. Dans un état diminué, cependant, et donc de dépendance accrue, ce qui me ferait d'autant plus regretter que le cancer ne l'ait pas emportée d'un coup. Très vite après sa rémission, elle avait commencé à manifester des signes de maladie neurodégénérative. Khalil avait repris la main, l'emmenant voir les médecins, gérant ses courses et l'appelant toutes les deux heures pour s'assurer qu'un malheur ne soit pas arrivé. Sa maîtrise insuffisante du français avait rendu difficile les diagnostics, les tests proposés étant uniquement dans cette langue. Très vite aussi elle perdit les mots d'ici, le misérable pécule langagier qu'elle avait durement et tardivement acquis. Et l'incommunicabilité s'installa entre elle et son fils rêvé. Une fois de plus, je fus appelée à la rescousse et dut réviser le pulaar appris à Dakar sur les genoux de ma tante paternelle. Ré-enfiler une langue comme on met un vêtement trop petit, une chaussette usée, une langue d'enfance au vocabulaire chiche, pleine de trous. Je retrouvai cependant de quoi maintenir les fonctions vitales, celles des débuts et des fins de vie, manger, dormir, boire, déféquer, où veux-tu aller, où as-tu mal ? Le service émotionnel minimum. Je n'avais pas envie de lui parler et la laissai partir enveloppée de silence, ainsi que je l'avais accueillie. Je mentis à Khalil quand il voulut organiser ses funérailles, prétendant qu'elle avait expressément formulé le souhait d'être enterrée ici, dans cette ville qu'elle avait appris à aimer. En vérité je ne lui avais rien demandé et sans doute n'aurait-elle jamais osé demander à reposer aux côtés de mon père, et donc de ma mère, dans la concession familiale, au pays. Je lui avais volé sa vie, j'en fis de même avec sa mort.

Cette honteuse confession, je ne pouvais la faire qu'à Astrida qui ne me comprenait plus, et alors que j'achevais mon récit, sa main toujours dans la mienne, je réalisai que je venais de lui parler deux heures durant en wolof. Inconscicmment j'avais choisi la langue de ma mère, une langue africaine dont je savais pourtant qu'elle n'avait rien en commun avec la sienne, pour lui ouvrir mon cœur. Peut-être espérais-je que ces sonorités réveilleraient quelque chose en elle.

En vain.

Le lendemain, Malaïka l'amie de mon amie, est enfin arrivée, et avec elle l'espoir de reprendre langue avec Astrida. Dans le couloir menant à la chambre, Claude et moi lui avons expliqué de nouveau notre démarche auprès de la vieille femme, le peu que nous avions pu découvrir de sa biographie et lui avons énuméré toutes les questions que nous souhaitions poser. Elle a commencé par nous corriger poliment : la langue qu'elle parlait s'appelait le kinyarwanda, pas le « rwandais ». Elle était née et avait grandi là-bas, d'un père rwandais et d'une mère congolaise – à l'époque on disait zaïroise. Elle parlait couramment trois langues africaines : le kinyarwanda, le lingala et le swahili.

Malaïka a regardé tout autour d'elle en marchant lentement. C'était la première fois qu'elle mettait les pieds dans un Ehpad, elle semblait dubitative. Est-ce ici que les femmes meurent, dans ce pays ? Un instant elle s'est arrêtée devant l'étagère transparente dans laquelle étaient présentés les produits en vente pour les résidents : crème fixative pour appareils dentaires Polydent, barquettes à la fraise de Lu, crème de jour Nivea… De quoi peut-on avoir besoin dans un lieu comme celui-ci ? Quand nous l'avons fait entrer dans la chambre d'Astrida, celle-ci était assoupie sur son fauteuil et j'ai retenu ma respiration. Je craignais à chaque instant qu'elle ne meure avant de nous avoir parlé de nouveau. Elle s'est réveillée quelques minutes plus tard et Malaïka, peu diserte avec nous, lui a pris le bras comme je l'avais fait la veille, pour lui adresser des salutations dans leur langue, les yeux dans les yeux. Au début il ne s'est rien passé. Elle a persévéré. Nous nous tenions un peu à distance le regard rivé sur le visage fatigué de notre résidente mystère. Malaïka devait lui expliquer comment nous avions fait appel à elle car à un moment donné, elle nous a désignées de la main. Elle entrecoupait ses phrases d'onomatopées universelles mais dont je savais qu'elles pouvaient avoir un sens différent selon les langues. J'ai cru deviner qu'elle s'adressait à elle en l'appelant « Mama » et j'ai osé intervenir pour préciser qu'elle n'avait jamais eu d'enfants. « Ça n'est pas grave, c'est juste une marque de respect. On ne fait pas ça chez vous ? » Chez moi ? Je me suis sentie honteuse en pensant que j'avais tellement voulu croire qu'ici c'était chez moi que j'en avais été jusqu'à priver ma propre belle-mère de ce respect-là.

Malaïka parlait en caressant doucement le bras d'Astrida, l'aile d'un ange frôlant une mourante avant qu'elle ne soit emportée. Quelque chose s'est mis en mouvement dans les yeux de la vieille femme, lourd et lent, malhabile tel l'envol d'un albatros. Elle écoutait, elle entendait, elle reconnaissait les mots. Notre jeune interprète a dit « Save » et j'ai compris que nous l'avions mal prononcé depuis le début, avec un accent anglais qui n'avait rien à faire ici. « Savé » et non « Sèyve ». Elle l'a redit et Astrida lui a répondu par une onomatopée. Elles étaient connectées. J'ai marqué mon soulagement un peu bruyamment, et Astrida, qui ne semblait pas avoir remarqué notre présence jusqu'alors m'a vue. Elle a dit « Mama » en me souriant puis quelque chose en kinyarwanda que sa jeune compatriote s'est empressée de nous traduire. « Elle vous prend pour sa mère. Et elle croit que je suis sa cousine. » Malaïka n'avait pas l'air perturbée par ces interprétations insensées, j'ai pensé que c'était dû à son métier. Rien ne pouvait perturber une infirmière en psychiatrie. Elle a continué à offrir des bouquets de mots à Astrida dans cette langue qui leur appartenait, qui formait autour d'elles un halo de sons familiers. La vieille voulait être une enfant entourée des siens dans un quelconque enclos rwandais, quelque part à la lisière des années cinquante, ou une fausse orpheline élevée au milieu de ses semblables dans une institution religieuse à la veille de l'indépendance et Malaïka lui offrait le cadre linguistique adéquat. Un retour à la langue. Quand on émigre, les visages changent, les paysages sont remplacés par d'autres, les goûts se transforment mais on oublie souvent de dire combien les sons aussi nous perdent, nous devons fermer le rideau ondulant des voyelles et apprendre à grimper sur un mur de consonnes gutturales et, en passant de l'un à l'autre nous nous trouvons affublées d'un boitement disgracieux qui s'incrustera durablement dans notre prononciation d'exilées.

Comment pouvait-on tant de fois changer d'environnement sonore en une seule vie, passer d'un monde à l'autre s'adapter toujours sans devenir un peu muet ? Nos adaptations d'émigrants. Ces longs mois d'observation quand tu apprends la langue et que tu tentes tant bien que mal de distinguer les tons, les accents, les variations pour ensuite dans le silence de la nuit ranger tout cela de façon cohérente mais que tu réalises qu'ici ce n'est pas la même cohérence, que les règles ont changé en même temps que le sens des onomatopées. Tu t'accroches à ses « mon » ces « ma » qui peuvent avancer seuls, faire sens dans une individualité que tu n'as jamais connue là-bas. Là d'où tu viens. Là-bas les lettres vivaient en communauté, on faisait chalouper les consonnes ensemble sans que cela ne torde la bouche, les « mb » « ng » « nd » et « nk » entraînant des rythmes collés-serrés. Ici la langue les sépare par des apostrophes trébuchantes on dit « haine - diaye » « aime - bapé » comme si parler devait nécessairement relever d'une déclaration sentimentale. Ici on ne chaloupe pas, on danse des rocks cassés en performant des chorégraphies mécaniques, un Robert et un Grevisse sous chaque pied.

Pour Astrida, retrouver sa langue, après tant d'années devait être bouleversant. Elle a tendu la main vers moi, Malaïka m'a fait signe de m'approcher, et la vieille femme m'a enserrée la taille, collant sa tête contre mon ventre comme elle l'avait fait lors de l'atelier photolangage. J'ai demandé à la traductrice ce que signifiait le mot qu'elle avait prononcé alors « chakamatamama ». Malaïka a souri, « Ndashaka amata Mama » ça veut tout simplement dire « je veux du lait, maman ». Bien sûr, je devais ressembler à sa mère noire ! J'ai repensé à la photo des deux Dakaroises par Roger Da Silva prise un peu avant 1960, et qui avait attiré son attention durant l'atelier ; c'était elle qui avait enclenché le processus de remémoration. L'une des femmes me ressemblait, et Astrida nous avait peut-être confondues, un bref instant. Sa maladie ne faisait encore que des incursions dans la normalité, quelques semaines auparavant. Je ne bougeais pas, ses bras autour de mes hanches. Malaïka s'était tue et nous considérait calmement visiblement amusée pas la scène. Dans quelle histoire étais-je allée me mettre ? Pourquoi étais-je si attachée à cette vieille femme-là ? Elle devait me trouver un peu étrange. Claude avait été appelée ailleurs dans l'Ehpad et nous étions là, à trois, immobiles. Astrida a rompu le sortilège brutalement ; elle a desserré son étreinte et a tourné vers moi une visage soudainement implorant puis m'a dit une nouvelle phrase en kinyarwanda. Elle l'a répétée plusieurs fois. Avant que j'aie pu demander à Malaïka de traduire, Mme Moussilac, la directrice est entrée sans frapper dans la chambre dont nous avions laissé la porte entrouverte, un sourire factice punaisé aux lèvres. « Je suis absolument désolée mesdames d'interrompre votre petite réunion au chevet de Mme Papailiaki mais vous avez largement dépassé l'heure des visites et je vais devoir demander à votre invitée de partir. » Quelle plaie celle-là ! Sentant sans doute l'imminence de la séparation, Astrida a indiqué à la jeune femme, de son bras amaigri, le tiroir du bas de sa commode. Elle lui a murmuré quelque chose, que l'autre a aussitôt traduit par « elle veut vous donner sa boîte rangée là-bas, dedans elle dit qu'il y a des choses importantes qu'il vous faudra emmener avec elle. »

Malaïka s'est agenouillée pour ouvrir la porte de la commode, elle a trouvé une boîte à chaussures enveloppée dans un napperon au crochet vert et me l'a tendue.

« Emmener avec elle, mais où veut-elle aller ? » ai-je demandé en serrant le paquet entre mes mains, sans oser l'ouvrir.

« Elle vous a demandé de la ramener à la maison. Elle a dit que Sakabaka était venu enfin la visiter, l'autre soir, qu'elle savait qu'elle pouvait rentrer chez elle, se reposer auprès de son grand-père. »

« Dans votre culture ce sont les animaux totems qui viennent porter les messages des morts ? »

« Pas que je sache mais visiblement pour elle ça fait sens. Dans notre culture on respecte la parole des personnes âgées. »

Mme Moussilac nous a à peine laissé dire au revoir à Astrida. Elle n'appréciait visiblement pas le fait que je consacre tant d'énergie à cette résidente en particulier et Claude m'avait rapporté une de ses remarques acerbes à mon sujet, m'accusant de faire du communautarisme au sein de son établissement. J'ai entraîné Malaïka dehors, sans protester. Ce n'était pas le moment de me faire renvoyer, j'avais encore un dossier à clôturer ici.

Une fois dans la rue devant l'Ehpad, j'ai réalisé que mes mains tremblaient, que j'avais rongé jusqu'au sang l'ongle de mon pouce droit, de façon frénétique, suspendue à chacune des paroles de ma traductrice rwandaise.

« Vous êtes sûre qu'elle m'a demandé de rentrer à la maison ? »

« Oui. » Malaïka ne se départait pas de son calme. « Je crois qu'elle sent la mort approcher. Elle veut retourner au Rwanda. C'est normal non ? »

« J'imagine. Je ne sais pas. Mon mari envoie tous les jours des morts dans leur pays d'origine, vous ne m'apprenez rien. Mais en général c'est la famille qui organise tout ça. Elle… » Ma phrase est restée en suspend, je réalisais.

« Elle vous a désignée comme sa famille. »

« C'est insensé. »

Claude nous a rejointes en courant, le visage rouge et les yeux pleins de questions.

« Alors que vous a-t-elle dit ? Nous en savons plus ? »

Je lui ai résumé la fin de l'entretien. À ce moment-là je me suis souvenue de la boîte à chaussures que j'avais mise précipitamment dans mon sac à dos, quand la Moussilac nous avait mises à la porte.

Je l'ai ouverte. Des enveloppes de lettres au liseré bleu blanc rouge « par avion », un vieux carnet d'adresses, deux petits albums photo en carton et cuir visiblement anciens et un autre album avec des pochettes en plastique souple comme on en faisait beaucoup dans les années quatre-vingt-dix. Un carnet de croquis à la couverture noire usée, un cahier d'écolier à petits carreaux, où seules les premières pages étaient couvertes d'une écriture ronde, méticuleuse.

La pluie s'est mise à tomber, l'orage n'allait pas tarder, j'ai fermé la boîte, nous avons remercié chaleureusement Malaïka et nous sommes séparées. Il semblait évident que la Rwandaise ne souhaitait pas poursuivre l'enquête avec nous. Elle avait été un adjuvant temporaire, avait fait ce pour quoi nous l'avions sollicitée, traduire, mais ne se sentait visiblement pas concernée outre mesure par l'histoire de cette vieille femme. Je me suis demandé pourquoi. Notre amie commune, Claire, la métisse belgo-congolaise m'avait peu parlé d'elle, juste qu'elle vivait ici depuis cinq ans, qu'elle était arrivée pour faire des études et était restée avec son mari, lui aussi rwandais, et qu'ils essayaient depuis un moment d'avoir un enfant, sans succès. Je me suis demandé si son attitude, aimable mais tout en retenue, aurait été différente si elle avait été métisse de peau et pas uniquement de peuple. Claire m'avait dit d'elle : elle est plus rwandaise que congolaise tu verras, trop réservée, trop secrète.

Claude a proposé de me déposer à la gare en voiture. Les gouttes qui commençaient à tomber dru sur l'habitacle nous forçaient à élever la voix pour s'entendre. « Quelle histoire ! Là là c'est dingue ! » Claude, quand elle était en proie à une vive émotion, parlait avec un accent québecois plus prononcé. « Tu t'imagines qu'elle t'a demandé de la ramener au Rwanda ! » Je restais silencieuse. Non, non, je ne m'en rendais pas réellement compte, j'étais quelque peu sidérée. Je ne parvenais pas à décider s'il fallait que je croie ce que j'avais entendu ou si je devais récuser tout ça, trouver un moyen de démontrer qu'elle n'avait pas pu dire ça. Elle n'avait plus sa tête, tout le monde le savait. Et même si… elle ne m'avait pas choisie pour faire ça. Et d'abord faire quoi ? Qu'est-ce que ça voulait dire rentrer à la maison ? Morte ou vivante ? Quelle maison ? Celle de cet endroit sur lequel je m'étais documentée ces derniers jours, grâce à Claire, cet orphelinat colonial pour enfants métis aux parents bien vivants, Save ? Ou sa maison d'enfance, celle du grand-père indigène qui lui avait parlé par le truchement d'un oiseau ? Tout cela n'avait pas de sens, je n'allais pas y croire, je n'allais pas le faire. Allais-je le faire ?

24.

Astrida – 2019

Des choses s'agitent dans les méandres de la conscience d'Astrida. Comme une armée d'araignées qui sauraient que la fin est proche et remonteraient le long de sa mémoire engourdie pour livrer une dernière bataille. La vieille femme, en remettant sa boîte à Ramata s'est délestée des traces attestant de son histoire. Celle qu'elle a été, depuis l'enfance rwandaise jusqu'à cette chambre française où elle sait qu'elle va mourir.

Que peuvent bien dire de nos vies nos photos quand elles se retrouvent entre les mains d'inconnus ? Si peu. Ramata aura beau feuilleter ses albums, elle ne fera qu'effleurer les contours de son destin.

Alors dans un ultime effort, Astrida convoque le souvenir des scènes passées, anime les êtres figés par le papier glacé. C'était hier, un nouveau jour qui se lève, comme autrefois sur la colline, quand le soleil chassait la brume matinale, draps blancs enlaçant les plus hautes branches des arbres.

Première photo : à l'institut des mulâtres de Save, groupe d'une vingtaine d'enfants métis avec une religieuse blanche et une jeune femme noire.

Deuxième photo : à l'École moyenne ménagère de Nyanza, groupe d'une quinzaine d'adolescentes, toutes sont noires à l'exception de deux qui se tiennent par le bras : Astrida et Monique.

Troisième photo : à Bruxelles, la famille Janssens dans son salon : papa, maman, Astrida.

Quatrième photo : à Bruxelles, mariage d'Astrida et Georges : échanges des alliances devant le bourgmestre. En légende, la date : *août 1968*

Cinquième photo : à Bruxelles, mariage d'Astrida et Georges : groupe composé autour des mariés avec, à la droite d'Astrida, M. et Mme Janssens, Monique et son fiancé Francis, trois autres métis : Jeanne, Martine et Léon. À la gauche de Georges, il n'y a que sa mère, Mme Papailiaki et son meilleur ami, Gilles.

Des épousailles. Si la mère avait pu voir ça ! Sa petite bâtarde ni blanche ni noire se mariait à un beau Français, et elle se trouvait en ce grand jour plus entourée que lui. Une famille de cœur, faute de celle de sang. Monique avait invité tous les anciens de Save et même si seuls quelques-uns avaient pu se libérer, un vendredi, les métis avaient, au moment de la cérémonie devant le bourgmestre, reconstitué la grappe d'enfance, celle qui leur avait permis de survivre à l'arrachement et au rempotage dans les différents orphelinats d'Afrique et d'Europe que le monde leur avait imposé. Être ensemble devant la sœur Assumpta, dans l'avion qui les arrachait à l'Afrique, à leur arrivée en Belgique. Être ensemble pour ne plus se laisser isoler, désigner, écarter par les autres : rusatsi, lumumba, mulâtre, négresse. Conjurer tous ces mots qui leur avaient écorché la peau, qui les enfermaient dans un rôle d'éternel intrus. Les sourires qu'ils affichaient sur la photo, menton relevé, dents étincelantes, cachaient aux autres les cicatrices ineffaçables car causées dès l'enfance, celles laissées par cette expérience d'aliénation radicale, leur exil sans cesse recommencé. Ils étaient ensemble et cela, à cet instant précis, suffisait à leur joie, un vendredi après-midi sur la terre. Leur sœur Astrida allait être la première à retourner là-bas.

Désormais elle serait avec Georges. Mais aussi avec sa mère. Mama. Celle-ci lui avait dit, d'emblée, quand son fils lui avait présenté cette toute jeune femme qui allait entrer dans leur famille : « Pas de madame entre nous, tu vas m'appeler « Mama ». Astrida avait acquiescé, résignée devant cette manie qu'avaient les gens de vouloir offrir des mères de substitution aux orphelines. Les femmes prenaient son histoire comme prétexte pour assouvir leurs propres désirs de maternité empêchés, et combler leurs manques. On présupposait que l'orpheline, peu importe son âge, errait désespérément de par le monde à la recherche d'une autre figure maternelle. Astrida n'attendait plus rien de cela. Elle ne s'était jamais véritablement considérée comme orpheline. Et elle pensait avoir fait le deuil de ce genre de relation en traversant vaillamment le purgatoire javellisé de Mme Janssens. Cette dernière pleura comme il se doit le jour du mariage et ne lui épargna pas la scène dégoulinante à la belle-mère à qui elle dit « remettre son enfant » comme s'il se fût agi d'un objet précieux. Le père Janssens, lui, pria fort solennellement son nouveau gendre de « prendre bien soin de la fifille ».

Mme Papailiaki allait venir habiter avec eux au Rwanda. Veuve depuis peu, elle ne s'était jamais remise de la perte de sa fille, de trois ans l'aînée de Georges, morte dix ans plus tôt d'un accident de voiture.

« Elle a besoin d'une fille de rechange » s'était dit Astrida sans malice. « Soit. Je serai cela aussi s'il le faut. » De son côté ne s'était-elle pas mariée à Georges pour retourner en Afrique tout en se libérant de l'atmosphère étouffante de la vie belge de ses parents adoptifs ?

« Tout le monde y trouvera son compte. » Monique n'avait pas compris quand son amie lui avait dit vouloir se marier vite pour partir au loin avec un homme qu'elle n'avait fréquenté que quelques semaines. « C'est un mariage de raison ? » lui avait-elle demandé, inquiète de voir Astrida quitter une prison pour s'en choisir aussitôt une autre. « Non c'est une union de guérison. » Elle lui avait patiemment expliqué ce que Georges et elle avaient eu l'intelligence et l'honnêteté de se dire avant de contracter une relation

qui leur permettrait, à l'un comme à l'autre de se construire une vie vivable, loin des assignations et des rejets de la société. Georges avait toujours rêvé d'ailleurs, il avait fantasmé une certaine Afrique racontée par un oncle parti travailler dans les chemins de fer en Afrique du Sud. Ce dernier n'avait pas rejoint comme d'autres la diaspora marchande hellénique existant depuis l'époque antique, c'était un électron libre, parti à l'aventure dans un pays d'où il écrivait de longues lettres à sa sœur, racontant avec emphase le veld, les animaux sauvages et les couchers de soleil flamboyants. Omettant de parler des hommes, de l'apartheid dont visiblement il s'était accommodé sans trop de questionnement. Dans les romans d'aventures qu'il dévorait, le petit Georges s'imaginait en homme intrépide, conquérant des terres sauvages pour les sauver de leurs ténèbres ataviques. Mais contrairement à ses camarades, les rares figures féminines des Marabout junior *qu'ils se passaient à la récréation ne faisaient naître en lui aucun émoi. Les personnages de meilleur ami du héros lui avaient toujours semblé plus attrayants, ce que Watson pouvait représenter pour Sherlock, Bill Ballantine pour Bob Morane, au-delà de la virile amitié de surface.*

L'oncle d'Afrique du Sud y mourut sans jamais s'y être marié. Georges décida de devenir ingénieur comme son héros préféré et par mimétisme se mit au sport de combat, la boxe étant la seule accessible dans le village du Sud-Ouest où ses parents avaient immigré avant sa naissance. On cessa de le traiter de fillette, il gagna en respect et en beauté. Cette même beauté – un visage aux traits fins, halé, sur un corps tout en muscles – allait attirer le regard de Gilles sur les bancs de l'université à Bordeaux, où ils se rencontrèrent après le bac.

À la fin de ses études, alors qu'il s'apprêtait à prendre un poste au Congo – la coopération recrutait justement deux ingénieurs pour construire un pont sur l'Oubangui – la sœur de Georges mourut. Gilles prit seul l'avion pour Brazzaville et Georges se résolut à rester en France, le temps que sa mère accepte de soigner la dépression sévère dans laquelle l'avait plongée la perte de sa fille unique. Les années passèrent, Gilles le convainquit de ne pas venir en vacances en Afrique. Il avait gardé son appartement de Bordeaux, ils y passaient chaque mois d'août ensemble, et derrière les persiennes protégeant leurs retrouvailles du regard des passants, il lui décrivit une autre Afrique, loin des images des Marabout junior *et des aventuriers sauveurs. Complexe, diverse, urbaine, moderne. « Mais le monde des expatriés est si étriqué. Les femmes des coopérants s'ennuient, celles qui ne trouvent pas à s'occuper dans quelque œuvre humanitaire ou scolaire, cherchent à épuiser leur corps bronzé et oisif dans des aventures avec les jeunes collègues de leurs maris. Au bout de deux refus de ma part, elles ont commencé à colporter toutes sortes d'histoires. Pour les faire taire, et leur faire la nique par la même occasion, j'ai embauché une jeune domestique congolaise à qui j'ai demandé d'occuper à temps plein la chambre d'amis. Ainsi officiellement, j'ai une ménagère comme on appelait autrefois les femmes indigènes vivant avec les colons. »*

Après la mort de son père, Georges se dit que, moyennant une cohabitation avec la Mama, qui n'était jamais parvenue à se sentir chez elle en France depuis son exil grec, il pourrait reprendre son rêve d'expatriation. Le ministère des Affaires étrangères lui proposa le Rwanda. Gilles était en poste depuis un an au Burundi voisin. Bruxelles et son musée royal d'Afrique centrale, en lui offrant la complicité d'Astrida, allait faire le reste.

Ils élaborèrent leur projet en quelques semaines. La Mama était dans le secret. De cette complicité ne naîtrait aucun enfant, mais une profonde tendresse, le genre de tendresse platonique que les autres couples mettent trente ans à tisser.

Sixième photo : dans la forêt de Nyungwe, au Rwanda. Une large route en terre. Devant un véhicule 4x4 posent Astrida, Gilles et Georges, la Mama et un grand jeune homme noir. En légende, la date : *janvier 1973*

La Mama porte un pantalon de toile claire, elle arbore une coupe de cheveux qui la rajeunit ; visiblement le Rwanda ou du moins l'existence qu'elle y mène lui a redonné goût à la vie. Elle se tient bras dessus bras dessous avec Astrida, également en pantalon, mais plus près du corps, visage serein, épaules dénudées. La jeune femme dégage une assurance et un charme explosifs, on ne voit quasiment qu'elle sur la photo. Quelque chose a changé, elle semble à la fois plus légère et lestée d'une connaissance nouvelle. Tous regardent l'objectif. Tous sauf un. Le jeune homme noir fixe Astrida. Il semble magnétisé. Il s'appelle Claver, a le même âge qu'elle. Vient de la même colline qu'elle. C'est là qu'elle l'a rencontré peu après son retour au pays. Elle avait entrepris des recherches pour retrouver la mère, les oncles, la famille de sang qui avait accepté sans protester le fait des Blancs, son placement à l'institut des mulâtres, sa déportation en Belgique. Elle voulait les revoir et leur dire. Quoi exactement ? Elle l'ignorait mais quelque chose l'avait convaincue qu'elle était enfin en âge de demander des explications, de pardonner aussi si le regret des oncles se montrait à la hauteur de son chagrin d'enfant. Son séjour en Europe lui avait fait voir la totalité du fait colonial, comprendre pourquoi la petite Belgique avait eu besoin de s'asseoir sur un immense empire pour s'imposer aux yeux du monde blanc, comprendre pourquoi l'existence même des mulâtres déstabilisait l'idéologie raciste qui fondait ce même empire colonial. Comprendre mais pas excuser. Avec l'aide de Georges et de Gilles, elle avait enquêté auprès des rares Blancs restés au Rwanda et au Burundi après la décolonisation, trouvé des traces d'autres enfants métis que les mères étaient parvenues à cacher du mirador de l'institut de Save. Puis elle s'était sentie disposée à aller voir sa propre mère, à provoquer ces retrouvailles-là.

Elles n'eurent jamais lieu.

Sur la colline, les maison avaient été brûlées en 1959. Elle eut la confirmation que sa famille était tutsi ce jour même où Claver lui apprit que tout le monde avait fui à l'étranger lors des premiers pogroms. Tout le monde ? Astrida regardait les paysans les observant de loin, qui derrière un bananier, qui assis devant une habitation en pisé, une pipe à la main, l'air suspicieux. Un instant elle s'était demandé si les siens n'étaient pas en train de la renier de nouveau, lui faisant croire qu'ils étaient partis, pour qu'elle s'en aille définitivement. Leurs visages s'étaient dilués dans sa mémoire, elle n'était plus capable de les reconnaître parfaitement, cet homme là-bas la houe à l'arrêt dans un champ de sorgho n'était-il pas le plus jeune des oncles qui ne voulait pas qu'elle réapparaisse, qu'elle réclame sa part d'un héritage pourtant chiche sur une terre trop densément peuplée ? Elle avait dit non, ce n'est pas possible. Claver, le seul à avoir accueilli cette femme métisse qui venait déterrer le passé sur une colline volontairement amnésique, dans une culture de l'impunité où chasser, tuer, raser les huttes de voisins tutsi était sans grande conséquence, Claver l'avait prise par la main et emmenée fermement jusque dans l'enclos de la maison de ses parents à lui, l'avait faite asseoir avec les gestes d'un soignant pour une blessée sur un petit siège en bois clair dans la cour, au pied d'un avocatier lourd de fruits verts. Sa main posée sur son épaule avait senti le frémissement parcourant l'échine d'Astrida, au souvenir de ce qu'elle avait été, d'une autre cour, un siège identique, un avocatier mêlant son parfum délicat à celui d'un jeune citronnier et elle sur une natte aux pieds du grand-père.

Ils sont tous partis.

Claver s'était assis en face d'elle, avait envoyé une fille, une petite sœur sans doute, chercher du lait pour l'invitée. Il ne semblait plus y avoir de personnes âgées dans cet enclos non plus, seulement des jeunes gens aux gestes économes et craintifs mais pourtant pleins de la grâce de celles et ceux qui mesurent réellement ce qu'être encore en vie signifie. Claver avait raconté, leurs parents tués, leurs voisins, les oncles et tantes d'Astrida qui avaient fui en pleine nuit, sans rien emporter. Il disait « les troubles » pour désigner ces semaines qui avaient tout emporté. Nous nous sommes réfugiés chez une tante puis, quand la tempête s'est calmée, nous sommes rentrés doucement, sans faire de vagues. Nous les avons enterrés en cachette et avons repris la vie doucement doucement. « Buhoro buhoro », sa voix s'était faite minuscule en disant cela. Dans ses yeux pourtant la tempête n'avait jamais cessé.

« L'indépendance est arrivée. Aujourd'hui c'est la république, nous devons comme tout le monde chercher le progrès. »

Dix ans étaient passés. Les aînés étaient mariés, seuls restaient à la maison les trois derniers. Claver travaillait à Butare, le nouveau nom de la ville d'Astrida, il avait trouvé un emploi de vendeur dans la boutique de la coopérative Trafipro, installée au Rwanda par la coopération suisse.

– Je me souviens de toi. Dans le temps tu t'appelais Consolée, n'est-ce-pas ?

– Tu te souviens de moi ? L'instant juste avant, quand il avait répété « ils sont tous partis » elle avait cru disparaître elle aussi, n'avoir jamais existé, cette histoire, le grand-père, la mère et la cousine et les paniers en sisal tout cela n'aurait été qu'un conte, un rêve de famille inventé par une vraie orpheline.

– Je t'espionnais à travers la haie d'euphorbes quand tu parlais des heures durant avec ton Muzehe. Tu me fascinais, je croyais que tu étais un umuzimu ou quelque chose comme ça. Tu étais si belle.

Claver avait baissé les yeux, étonné de tant de témérité.

– J'aurais voulu te toucher, mais ta mère ne te laissait pas beaucoup sortir de votre enclos, on aurait dit qu'elle te cachait.

Et puis un jour je t'ai vu faire pipi, sur le sol derrière l'étable, accroupie exactement comme ma petite sœur, et j'ai vu l'urine jaune qui mouillait la terre et fumait en sortant de tes cuisses, alors j'ai compris que tu n'étais pas un esprit mais juste une enfant plus claire. Tu as disparu peu après. On a dit que tu étais partie chez les Blancs, que tu avais rejoint les tiens.

Les miens étaient ceux d'ici.

Claver et elle ne se sont plus quittés. Cette intimité première qu'il lui avait avouée, les yeux subjugués d'un petit garçon qui regarde le liquide chaud couler entre les cuisses écartées d'une petite fille. Il avait déjà touché cet endroit-là avec ses yeux, il en avait déduit qu'elle était comme eux, juste un peu plus claire. Son désir n'en fut que plus évident. Peut-être avait-il espéré son retour durant toutes ces années, sans doute avait-il gardé cette scène volée comme un souvenir chaud, un peu honteux, mais d'autant plus évocateur d'une douceur qu'il tentait de retrouver depuis.

Quand il la vit arriver sur la colline presque deux décennies plus tard, il sut immédiatement que c'était elle, il décida que ça serait elle, bien qu'elle arrivât entourée de deux hommes blancs dont l'un devait sans doute être son mari.

Elle le fit entrer dans leur cercle, il fut heurté par ce qu'il crut comprendre des relations réelles entre les membres de cette famille composée. Mais accepta de garder le secret pour pouvoir chaque semaine retrouver la chaleur de ses cuisses tant espérées. L'amant permit à Astrida de se consoler des retrouvailles manquées avec les siens. C'est lui qui l'accompagna sur l'autre colline, là où s'était mariée la mère après son envoi à Save, là où elle avait conçu une poignée d'autres enfants – elle regrettait aujourd'hui de ne pas avoir voulu retenir leurs noms, encore moins leurs visages – mais tous désormais vivaient dans un quelconque camp de réfugiés quelque part dans un des pays limitrophes qui avaient accueillis les dizaines de milliers de Tutsi ayant fui les tueries de 1959, 1960, 1963.

Personne ne sut lui dire où ils étaient allés, personne n'avait eu vent de leur existence depuis et leurs terres avaient été récupérées par des gens qui virent sans joie débarquer cette muzungukazi, cette sorte de Blanche inquisitrice avec ses questions embarrassantes auxquelles nul ne voulait répondre, soit qu'elle les accuse, soit qu'elle les mette en danger. Une fois de plus elle se trouva impuissante au pied du mur du silence réprobateur dressé par ce peuple dont elle était pourtant issue. Claver la convainquit qu'il ne fallait pas insister, qu'ici c'était ainsi et que le nouvel ordre du monde, celui qui menait au progrès, n'avait rien prévu pour les enfants orphelins ni ceux nés d'incidents frontaliers entre les Noirs et les Blancs.

Il lui fit oublier son échec en caressant son corps sans relâche, des nuits durant, jusqu'à ce que leurs peaux semblent se fondre l'une dans l'autre. En réalité ils se consolèrent l'un l'autre dans une longue étreinte qui dura des mois, il s'endormait en elle et elle se réveillait en sentant son sexe se gonfler entre ses cuisses, dans la chambre qu'elle avait occupée seule durant les premiers mois au Rwanda. Ils faisaient longuement l'amour le jour dans une atmosphère douceâtre après avoir mangé les papayes du jardin, celles qu'avaient bien voulu leur laisser les oiseaux, qui y vivaient par dizaines, les week-ends où Georges partait rejoindre Gilles à Bujumbura, pendant que la Mama pique-niquait avec ses nouvelles amies grecques sur le mont Makwaza. Ils épuisaient leurs corps jusqu'alors vierges sans autre pudeur que celle du silence, des râles s'étouffant dans mille baisers, bouches scellées pour ne pas alerter le zamu qui gardait la maison des Papailiaki dans la petite ville de Butare où personne ne se douta jamais de rien. Ils firent croire qu'ils étaient cousins, enfin retrouvés, inséparables désormais. Butare fit semblant d'accepter cette histoire, en apparence, alors que ses habitants élaboraient mille supputations sur la nature véritable des relations qui se jouaient dans cette maison cachée par un jardin luxuriant. Ils investissaient leurs hypothèses de luxure de la passion qu'ils ne pouvaient verser dans le vrai sujet du moment, celui des tensions dites « ethniques », rendu tabou par un gouvernement raciste.

La Mama, qui avait plus d'une ressource dans son sac, fit en sorte que sa belle-fille ne tombe pas enceinte. Seul un bébé noir aurait pu révéler le mensonge au grand jour. Les oiseaux peuplant le vieil acacia planté au milieu du jardin se faisaient leurs complices bruyants quand il le fallait, couvrant de leurs piaillements les rares cris que laissaient échapper, malgré eux, les amants.

Quelques semaines après que cette photo avait été prise dans la forêt de Nyungwe, les Hutu au pouvoir décideraient de faire renvoyer les Tutsi de leurs postes dans les administrations, les entreprises privées et des universités. Claver serait de nouveau menacé sur sa colline, il devrait fuir, aidé par Gilles qui l'accueillerait au Burundi.

Ils auraient pu continuer ainsi, l'amour en catimini, dans la moiteur de Bujumbura, les après-midi haletantes, hébergés par l'amant du mari ; mais l'expérience d'exil fit voler en éclats l'acceptation par Claver de cet étrange arrangement. « Tu m'épouses ou on arrête là. » Il la somma de choisir. La vieille histoire des geckos et des araignées. C'est moi ou tes malades de Blancs. Il partit seul vers une nouvelle vie de réfugié au Canada, laissant en Astrida une empreinte profonde qu'elle tenterait dès lors de combler avec d'autres corps semblables au sien. Longtemps cependant ils s'écriraient de longues lettres en kinyarwanda, comme le faisaient encore les vieux amants au siècle dernier.

Gilles et Georges allaient la taquiner des années durant, surnommant les autres hommes qu'elle se choisirait « Claver 2, Claver 3, … ». Elle s'arrêterait au cinquième, un peul du Cameroun avec lequel elle aurait enfin l'impression d'avoir épuisé le désir né de l'amour incandescent que lui avait fait découvrir le petit garçon de sa colline.

Septième photo : sur la terrasse d'une maison blanchie à la chaux, typique de l'architecture des îles égéennes. Mama assise, amaigrie, les cheveux parfaitement blancs, tirés en chignon, main levée pour protéger ses petits yeux olive de la lumière éclatante, son regard qui se perd au loin traverse l'objectif et le corps de la photographe. Georges est de profil, il tient un journal, semble vouloir le poser sur la table, à moins qu'il ne soit en train de le prendre. Si on pouvait zoomer sur la photo, on y verrait la date du jour.

En légende : *mai 1981, Astrida, île de Thassos*

C'est Astrida qui a pris le cliché avec le petit appareil argentique de son mari. Elle fera beaucoup de photos ce printemps-là, mais il n'y a que celle-ci à avoir réchappé au pillage de leur maison dix ans plus tard à Kinshasa.

Elle seule pourrait se souvenir aujourd'hui de l'atmosphère morose de ces vacances en Grèce, de la fatigue que portaient leurs trois corps, en communion malgré eux car ayant été tous trois frappés en ce début d'année par un drame différent.

Ils sont venus se reposer sur l'île, dans cette maison dont le toit-terrasse est si blanc qu'on dirait que le bâtiment entier a été recouvert d'un drap en attendant le retour de ses propriétaires. Georges l'a achetée quelques années plus tôt, après avoir loué celle que son père avait construite dans le sud-ouest de la France. Cette dernière renfermait trop de souvenirs douloureux, ceux de la sœur partie si subitement, ceux de l'adolescence honteuse de Georges, les remontrances incessantes du père qui le sommait de devenir un homme. Cette maison de l'Entre-deux-Mers avait accueilli plusieurs de leurs vacances d'expatriés. Au bout d'une semaine, Astrida partait en Belgique, saluer les Janssens, par devoir filial plus que par tendresse, mais surtout rendre visite aux frères et sœurs de Save, à Monique en particulier qui avait eu une petite fille. Georges, lui, passait tout son temps dans l'appartement bordelais de Gilles. Au bout de plusieurs étés ainsi, Mama décida de se défaire de cet endroit et de reprendre pied au pays. Mais au lieu de chercher à retourner dans son petit village au nord de Thessalonique qu'elle avait quitté à vingt ans avec son mari, où elle n'était jamais revenue, elle demanda à Georges de leur trouver un nouvel asile quelque part dans une des îles de la mer Égée. Elle voulait connaître enfin la Grèce de carte postale que lui avaient vantée les étrangers ayant visité le pays après la période sombre de la dictature des colonels.

Elle souhaitait un endroit neutre pour transmettre le meilleur de son pays à ce fils français, délesté des drames familiaux et des héritages de misères. Le soleil, la mer et son sel pour reprendre goût à cette langue qu'elle lui avait apprise, qu'ils parlaient encore parfois dans l'intimité de leur nouvelle vie africaine. Astrida s'était lancée dans son apprentissage avec facilité, elle qui connaissait déjà le grec classique des humanités, puis avec une ferveur quasi filiale, une fois qu'elle eut terminé l'enquête sur son passé, aidée de Claver, une fois qu'elle eut obtenu la confirmation que son géniteur avait bel et bien été un de ces rares commerçants grecs présents au Rwanda dans les années quarante et cinquante.

Georges leur trouva une maison de carte postale, sur l'île de Thasos. Au sud-est de la ville principale, dans un bourg peuplé d'agriculteurs et de pêcheurs, nommé Astris, il découvrit un lieu-dit, « Astrida », et cet endroit lui sembla une évidence, un signe tombé du ciel dont les habitants disaient qu'il était ici toujours clair, avec une vue limpide sur le firmament, d'où le nom, dérivé du mot grec « astra » qui signifie « étoile ».

Ils y installèrent leurs errances, leurs deuils et leurs secrets, y firent famille comme on recolle un vase ébréché avec plus de soin que le potier, sous les pins et les oliviers, chaque été. Ils faisaient à trois de longues promenades qui se terminaient invariablement au bout de l'escalier immaculé qui menait soit à la plage de sable clair soit à la petite église dont le clocher donnait sur la mer turquoise, immobile.

Après le Rwanda, Georges avait pris des postes de coopérant au Burundi puis au Cameroun, construisant des ponts et des routes, peu lui importait où, dès lors qu'ils étaient non loin des chantiers de Gilles.

À leur arrivée au Cameroun, à Douala, Mama fit, comme dans les autres pays, connaissance avec la petite diaspora grecque locale. C'est ainsi qu'elle y retrouva, par un hasard dont seul le diable connaît le secret, le géniteur de sa belle-fille. Celui qui était désormais un vieil homme s'y était installé juste après l'indépendance, rejoignant là-bas un oncle arrivé durant la première vague d'immigration hellénique en Afrique centrale, dans l'Entre-deux-guerres.

Les retrouvailles furent un fiasco.

Le père comme la fille y avaient consenti à regret, cédant à l'insistance lourde de la Mama, comme on le fait au caprice d'un enfant. Astrida avait épuisé, à force d'attente et de déception, tout désir de retrouver sa « vraie famille », elle pensait avoir enfin trouvé celle qui lui offrait le confort et la liberté dont elle avait besoin, l'assurance tranquille de ne plus être abandonnée. Quant au vieil homme, père et grand-père d'une ribambelle de garçons blancs scolarisés à l'école française ou faisant des études universitaires en France, l'apparition imprévue de cette fille métisse dont il avait presque oublié l'existence ne sembla pas le perturber outre mesure.

« Si tu ne le rencontres pas, tu vas le regretter un jour » avait répété la belle-mère à une Astrida dubitative.

L'homme les reçut dans sa maison cossue construite à côté de l'église orthodoxe Saints-Constantin-et-Hélène, dans le quartier d'Akwa. Veuf depuis quelques années, il semblait vivre seul, à moins que la jeune bonne noire qui leur servit à boire ne soit sa concubine.

Astrida ne prononça pas un seul mot durant l'entrevue. Cela ne parut pas le gêner. Il lui serra la main comme à une inconnue, alors qu'il embrassa avec effusion sa belle-mère. Quand celle-ci lui dit que sa fille parlait leur langue, au lieu de s'enquérir du chemin de vie qui, depuis Save, l'avait menée jusqu'à cette maîtrise de sa langue paternelle, il félicita Mme *Papailiaki de le lui avoir appris, avant de se lancer dans un monologue de deux heures durant lequel il leur retraça son aventure camerounaise, et à travers elle l'histoire de la présence grecque dans cette partie du monde.*

Mon oncle, Nikolas, est arrivé ici à la suite d'un cousin plus âgé qui avait longtemps travaillé pour la compagnie Paterson, Zochonis & Co. Limited. Première longue digression pour raconter par le menu comment l'Écossais Georges Paterson et le Grec Georges Zochonis s'étaient rencontrés en Sierra Leone dans une maison commerciale britannique, où ils s'étaient liés d'amitié, avant de fonder leur propre société, vers 1880, compagnie qui serait plus tard connue dans la région comme « The two Georges ». Comment la Paterson-Zochonis allait s'installer en 1922 à Douala, y attirant des immigrés grecs tous originaires de la même région que Zochonis.

J'ai quitté Sparte en 1940, j'ai d'abord passé dix ans au Ruanda-Urundi mais quand les Noirs ont commencé à foutre le bordel, j'ai rejoint mon oncle au Cameroun. Ici aussi il y a eu du bordel, mais il y avait plus de matière première, ça en valait la peine. L'oncle était dans le commerce, il possédait une boulangerie à Mbalmayo et faisait aussi dans le cacao. Il avait travaillé avec lui les premières années, le temps d'apprendre le métier. Nous étions intermédiaires entre les coopératives, où les paysans amenaient leur production et les exportateurs. Deuxième digression pour raconter les magouilles des contrôleurs dans les coopératives pour faire baisser le prix du cacao.

Je me suis ensuite installé à Douala, j'ai monté mon propre commerce, un magasin de matériaux de construction. Puis j'ai fait de l'exportation de bois vers la France, j'ai possédé jusqu'à quatre camions. Mon fils aîné a épousé la fille de Papadopoulos, le directeur général de la Compagnie commerciale chypriote dans laquelle j'avais pas mal d'actions.

À la troisième digression, alors qu'il s'apprêtait à raconter comment le président Ahmadou Ahidjo avait placé un de ses hommes à la tête de l'ancienne C.C.C., la belle-mère d'Astrida réussit enfin à l'interrompre, dans une tentative courageuse de ramener la conversation à la raison de leur visite.

Loin de l'entendre, le vieil homme accéléra son débit pour dire dans une interminable phrase qu'il avait finalement beaucoup perdu, les camions, le bois, les parts de la C.C.C. et qu'il ne restait de sa gloire passée que le magasin dans lequel Astrida aurait tort d'escompter une quelconque part d'héritage car les fils ne la laisseraient jamais faire.

« Nous ne sommes pas venues pour cela. »

Les deux femmes prirent prestement congé, sans regret et, sur le chemin du retour, Astrida dit à sa belle-mère : « Merci d'avoir insisté, je n'aurai désormais plus aucune illusion. » Un chagrin insidieux allait cependant l'habiter toute cette année-là, le deuil enfin définitif d'une filiation manquée qu'elle ne pouvait déguiser avec des circonstances atténuantes.

Son père était juste un salaud égoïste parmi tant d'autres.

Sur la photo de mai 1981, le chagrin d'Astrida est invisible, mais celui de Georges est manifeste, il se lit dans la crispation de ses lèvres, dans l'affaissement de ses yeux. Le journal qu'il tient à la main, qui pourtant annonce une grande nouvelle pour la gauche française à laquelle il s'est longtemps identifié, semble peser très lourd, tel une hache ou un gourdin. Gilles ne l'aime plus. Il a quitté son poste de Yaoundé pour devenir conseiller technique de l'ambassade de France de Lima. Rien ne le ramènera.

L'épouse et la mère ont décidé de ces vacances sur leur île comme on se replie après une défaite, pour soigner leurs cœurs meurtris. Le fils et la belle-fille, trop occupés par leur propre peine, n'ont pas remarqué les signes de la maladie chez la Mama. Elle se sait condamnée. Le médecin français consulté à l'hôpital Laquintinie avant leur départ lui a ordonné d'aller tenter un traitement à Bordeaux. Elle n'en fera rien. Elle a pris soin de rédiger un testament dans lequel elle demande à être enterrée dans le petit cimetière jouxtant l'église d'Astris, avec vue sur la mer et les étoiles qui ici ne s'éteignent jamais.

25.

Ramata – 2019

Astrida s'en va déjà. Déjà elle ne parle plus, ne mange plus. Déjà elle voudrait être rentrée. À la maison.

Le temps presse, je suis tétanisée.

Khalil – que ferais-je sans son pragmatisme, son calme, son empathie ? – m'a aidée à accepter la décision de la vieille femme.

– Elle t'a expressément demandé de la ramener auprès de son grand-père. C'est sa dernière volonté. Tu ne peux pas la lui refuser.

– Oui mais comment faire ? Tu te rends compte que je n'ai pas mis les pieds en Afrique depuis près de cinquante ans ?

Il pense qu'il est temps pour moi d'y retourner, que la rencontre avec Astrida est un signe et que je ne peux l'ignorer, même s'il me faut passer par Kigali et Butare pour revenir au Sénégal.

Tous les chemins mènent à Dakar.

Quant au rapatriement du corps, c'est son métier, il fait cela depuis des années, ramener sur le continent des vies qui se sont éteintes ici. Cela lui semble d'une grande simplicité.

– Revenir là où on est né, c'est un réflexe très humain, même les animaux font ça, tu le sais bien. Les croyances résistent encore au rouleau compresseur du progrès, Dieu merci. Parfois c'est compliqué, mais on y arrive.

Il me raconte sa dernière cliente, une Camerounaise qui voulait ramener son père au village, là où était enterré le cordon ombilical de celui-ci, comme ça s'est toujours fait là-bas. Le lieu a été dévasté par le développement brutal de l'exploitation forestière, désormais sur le lopin de terre autrefois sacré, il y a une route goudronnée où passent chaque jour des dizaines de grumiers transportant des arbres morts, essences rares qui serviront à construire des temples au Vietnam.

– Nos âmes comptent aussi ! La fille a racheté une concession, plus loin dans les terres, et inhumé son père à quelques kilomètres de son lieu de naissance, faute de mieux. On bricole avec la mort, mais je suis sûr qu'elle comprend. Au moins nous essayons encore. Ici, ça fait longtemps qu'on l'a reléguée au rang d'antiquité juste bonne à alimenter le business d'Halloween.

Khalil me dit qu'il m'aidera, même s'il n'a jusqu'alors jamais rapatrié de corps au Rwanda, il trouvera le chemin et les moyens de la ramener là-bas. Bricoler un peu avec les vivants d'ici qui ne comprennent pas nos traditions, qui nous prennent pour des barbares arriérés.

Mon stage s'est terminé sans que je puisse animer d'autre atelier avec les résidents. J'ai passé les derniers jours au chevet d'Astrida, au grand dam de Mme Moussilac qui jusqu'au bout n'accepte pas mon affinité élective avec la femme à la peau cuivrée.

Le soir avec Khalil nous étudions les différents éléments contenus dans la boîte que m'a remise Astrida, pour y trouver une piste, un fil à tirer jusqu'à dérouler l'écheveau de sa vie, jusqu'à retrouver le lieu exact où repose son grand-père.

Les photos racontent une existence en apparence paisible et cossue dans différents pays d'Afrique, même si l'écriture des légendes est souvent indéchiffrable. Nous avons identifié Georges, son mari, et une vieille femme qui devait être sa belle-mère. Y figure aussi, du moins jusqu'au début des années quatre-vingts un autre homme, peut-être le frère du mari. Ils semblent très proches. Parfois d'autres hommes viennent occuper une place aux côtés du trio central, des Noirs et des Blancs sans que l'on puisse deviner les liens qu'ils entretenaient avec Georges et Astrida. Butare, Bujumbura, Douala, Kinshasa, Antananarivo, Dakar. Je me dis qu'elle a peut-être croisé ma sœur dans une de ces villes d'Afrique. Quelques clichés pris aussi en Grèce, sur une île que nous situons dans la mer Égée. Elle n'a pas cessé de bouger. Sur les dernières photos on voit surtout Astrida dans son jardin du sud-ouest de la France, sereine, et on devine une tendresse infinie dans le regard du photographe, son mari.

« Elle n'a pas eu d'enfant ? »

Ines, notre fille, qui pose cette question, a rejoint notre quête, comme si soudain un cessez-le-feu avait été conclu entre nous, grâce à cette vieille femme qu'elle n'a pourtant jamais rencontrée. Je réalise qu'elle a été plus présente à la maison ces dernières semaines, constamment au rez-de-chaussée alors que ses partiels arrivent et qu'elle est généralement, à cette époque, soit à la bibliothèque universitaire, soit enfermée dans sa chambre.

À la fin de mon stage, je continue à aller voir Astrida quotidiennement, aux heures des visites extérieures. Pendant ce temps-là, Ines fait des recherches sur Internet, reconstitue pour moi le destin des mulâtres du Ruanda-Urundi et du Congo à l'époque coloniale. Élevés loin de leurs mères noires, dans des orphelinats pour enfants dont les parents étaient pourtant bien vivants, ils ont été déportés en Belgique à la veille de l'indépendance, du moins ceux de l'institut de Save.

Chaque soir, elle me lit ses notes prises pendant la journée, entre ses cours, enthousiaste et volubile.

Combien avaient-ils été ces « métis de Belgique » ? 15 000, 20 000 ? Leur histoire est restée méconnue du grand public pendant plus de cinquante ans. Outre-Quiévrain, on a beaucoup tardé à regarder en face son passé colonial – « Parce que tu crois qu'on l'a fait en France ? » – et le musée royal d'Afrique centrale, ex-musée du Congo belge, a longtemps été le symbole d'une mystification consistant à faire de l'entreprise coloniale une démarche civilisatrice. Tant de Belges sont passés par la coloniale qu'on sent encore dans la population générale de plus de soixante-dix ans une certaine nostalgie de ce temps béni, nostalgie qu'une émission sarcastique de la télévision publique a parfaitement su résumer dans son nom : « Tout ça (ne nous rendra pas le Congo). »

Ils sont quand même bons en autodérision ces Belges, tu imagines si on avait une émission intitulée « Tout ça ne nous rendra pas l'Algérie » ? Remarque je ne sais pas comment je prendrais ça si j'étais une Congolaise de Bruxelles.

Le Congo n'a jamais été une colonie de peuplement, c'est pourquoi la Belgique envoyait des hommes seuls, du moins au début – pour un ou plusieurs termes. En fermant les yeux sur les relations de concubinage avec des femmes noires sur place. Dans la brousse, les jeunes hommes « s'ennuyaient », et étaient menacés par ce qu'ils appelaient – *sans rire !* – la « congolite », sorte de folie tropicale et par la « tentation de la femme noire ». *Forcément, tiens c'est toujours de notre faute. Du concubinage mais aussi certainement des viols.*

J'imagine que ce fut pareil quand les petits appendices des royaumes rwandais et burundais furent mis sous la tutelle de la Belgique.

Mais quand les hommes retournaient en Belgique ou changeaient d'affectation, les enfants nés de ces relations « interraciales » restaient là, trop visibles au sein de leurs familles maternelles noires.

L'autorité coloniale se méfiait de ces métis et les considérait comme une dégénérescence pour la race blanche. Les « mulâtres » comme on disait alors, constituaient un problème que la Belgique n'avait pas prévu dans ses colonies. Leur nombre croissant inquiétait, car il mettait en danger la hiérarchie raciale, qui était le socle de l'organisation coloniale. Ces enfants du péché, abandonnés par leur géniteur blanc, ont alors été enlevés à leurs mamans africaines pour être placés dans des instituts comme celui de Save. Ils appelaient ça des « colonies scolaires pour enfants mulâtres ». Des cocons-prisons gérés par des missionnaires qui les cachaient de l'extérieur tout en leur offrant une formation qui pourrait faire d'eux une main-d'œuvre plus qualifiée que les Noirs, des supplétifs des colons.

Ines, étudiante en sociologie et féministe antiraciste, ne peut que s'émouvoir et se passionner pour cette histoire. Tant et si bien qu'elle a décidé d'en faire son sujet de mémoire de master l'année suivante. Mais pour le moment, il nous faut nous concentrer sur la vie d'Astrida.

Son père était-il un de ces coloniaux belges partis administrer une province rwandaise dans les années quarante ? À Save étaient réunis des enfants du Rwanda, du Burundi mais aussi de la province du Kivu, à l'est de l'immense Congo, nés de parents belges, mais aussi italiens, français, grecs et d'autres nationalités encore. Le livret de famille ne précisait rien à ce sujet. Mais la mention de Sakabaka, oiseau totem du clan rwandais des Abasinga nous laisse penser qu'elle serait née d'une mère rwandaise.

À la veille de l'indépendance, les religieuses en charge de l'institut s'inquiétèrent tout à coup pour « leurs mulâtres » dont elles avaient coupé tout lien avec leurs racines africaines. Elles persuadèrent alors les autorités coloniales qu'il fallait sauver ces enfants du péril noir en leur offrant un destin en Belgique. Entre 1959 et 1962 près de trois cents enfants métis furent hâtivement rassemblés et évacués par avion vers la Belgique pour être adoptés, placés dans des familles d'accueil ou des pensions religieuses.

C'est ainsi qu'Astrida s'est retrouvée adoptée par M. et Mme Janssens. Plusieurs photos dans les albums la montrent en compagnie de ce couple, morose mais pas malheureuse en apparence. Que dit une photo du réel état d'esprit d'une personne ? Le photographe te dit de sourire, tu t'exécutes, qu'importe la nostalgie.

Ines nous fait un résumé efficace du récent combat des métis de Belgique : en 2016 l'association Métis de Belgique/Metis van Belgie a été créée par une cinquantaine de ces enfants. Elle soutient ceux qui veulent avoir accès à leurs archives personnelles. Mais surtout, elle se bat pour une reconnaissance de la violence institutionnelle qui leur a été infligée.

Un colloque a été organisé au Sénat belge en 2016. L'année suivante l'Église catholique a fait un premier pas en présentant ses excuses pour la manière dont ses ordres et institutions avaient traité les enfants métis durant la colonisation. Elle a enfin accepté d'ouvrir ses archives afin de permettre aux métis de retrouver les traces de leurs parents en Afrique.

En avril 2019 c'est l'État belge qui a reconnu officiellement cette histoire et a présenté, par la voix de son Premier ministre, ses excuses pour les « injustices » subies par les milliers d'enfants métis nés au Rwanda, Burundi et Congo pendant la période coloniale.

Il nous faut contacter l'association des Métis de Belgique, certainement qu'ils auront des informations sur Astrida.

Déjà la vieille femme est alimentée par une sonde dont la fixation lui mange la moitié du visage, désormais très pâle, presque jaune. Une course contre la mort est engagée, il nous faut trouver le plus d'informations possibles avant que ne sonne l'heure de son enterrement.

Dans un des carnets d'Astrida, nous avons relevé le contact de Monique, une femme qui a dû être une de ses amies de Save d'après les photos de l'album. Je laisse un message sur son répondeur, pleine d'espoir.

Le numéro affiché sur le site Internet de l'association Métis de Belgique nous amène aussi à laisser un message sur un répondeur.

Monique nous rappelle quelques jours plus tard. Une voix douce teintée d'un fort accent belge. Et inquiète. Que se passe-t-il avec Astrida ? Elle était à l'hôpital pour une petite intervention chirurgicale des yeux, voilà pourquoi elle ne nous a pas rappelés plus tôt. Son mari est mort l'année d'avant. Depuis, elle a un peu coupé contact avec tout le monde, et ignorait tout de la situation de son amie d'enfance. Je lui raconte, la maladie d'Astrida, son admission à l'Ehpad Les Oiseaux, notre rencontre, sa demande de rentrer à la maison.

– Je vais venir la voir. C'est ma sœur de cœur. Pouvez-vous m'aider ? Ma fille est actuellement au Canada, sinon je lui aurais demandé de me conduire jusqu'à Bordeaux.

Monique ne peut prendre l'avion, son médecin le lui a formellement interdit en raison de sa récente opération. Elle ne veut pas prendre le train qui devrait changer de gare à Paris. Alors nous partons la chercher en voiture avec Ines, qui s'est proposée spontanément. Bordeaux-Bruxelles, deux allers-retours, 3 600 km.

Claude, mon amie psychologue a dû déclarer forfait le lendemain de notre dernière conversation avec Astrida. Elle a perdu le fœtus qu'elle portait depuis peu. J'étais la seule aux Oiseaux à être dans la confidence. Elle a besoin de temps et de repos pour se remettre de ce chagrin-là. Je l'ai consolée au mieux et ai accepté sa bénédiction pour poursuivre seule l'enquête. Mais je ne suis plus seule, ma fille est désormais à mes côtés. Je repense sans cesse à cette remarque que tout le monde a fait à propos d'Astrida Papailiaki.

Elle n'a pas eu d'enfant ?

Aurait-on demandé la même chose aussi systématiquement s'il s'était agi d'un homme ? Moi la première, pourquoi est-ce que j'ai refusé que sa compatriote l'appelle « Mama », la privant par là même d'un respect lié à son âge, sous prétexte qu'elle n'avait pas enfanté ? Et d'ailleurs qu'est-ce que j'en sais ? Peut-être qu'elle a mis au monde un bébé et qu'il n'a pas survécu ? Toutes les langues savent désigner l'enfant dont les deux parents sont morts : l'orphelin. Mais peu ont forgé un mot pour nommer les parents qui ont perdu tous leurs enfants. J'ai lu quelque part que le kinyarwanda en avait un : *incike*. Un mot qui existait avant le génocide des Tutsi, comme une prescience d'un malheur niché dans le langage d'un peuple. Peut-être qu'Astrida a fait des fausses couches ? Quelles traces laissent ces fantômes dans les archives d'une famille ? On ne les prend jamais en photo. Combien de femmes gardent les échographies, preuves en négatif de leurs vies éphémères, combien conservent les bonnets ou chaussettes achetés en prévision de leur naissance, ces layettes en taille 0 jamais portées ? Mais peut-être qu'Astrida était stérile, à moins que ça n'ait été son mari. Peut-être encore qu'il ne voulait pas procréer, qu'il lui a imposé son choix comme savent si bien le faire les hommes aux femmes plus jeunes, moins puissantes qu'eux. Je réalise que dans cette liste de supputations sur la non maternité d'Astrida, j'ai repoussé tout en bout celle de son choix simple et individuel. Qu'elle n'en ait pas voulu. Comme si cela m'était le plus insupportable. Pourtant c'est bien ce que ma fille, mon unique fille, m'a dit il y a quelques mois. Qu'elle ne veut pas devenir mère. Ça aussi il va me falloir le comprendre, apprivoiser l'idée de cette autre façon d'être femme. Et contre toute attente, c'est une vieille femme, une énigme venue du passé, qui me force à affronter cette question.

Le trajet de neuf heures jusqu'à Ixelles a quelque chose d'une expédition décoloniale. C'est ce que nous nous disons en riant. Cela fait des années que je ne me suis pas retrouvée si longtemps seule avec ma fille. Pour éviter nos disputes habituelles, nous parlons beaucoup d'Astrida, des différents documents collectés dans la boîte à chaussures qu'elle m'a léguée.

Ainsi du paquet de lettres en kinyarwanda signées *Claver*, un homme avec lequel Astrida a correspondu pendant plusieurs décennies. Une lettre par an, sur un fin papier blanc, rédigée d'une écriture nerveuse, toujours au bic noir. Nous avons retrouvé ce Claver sur une des photos prises au Rwanda, peu après le retour de la métisse au pays avec son mari. Peut-être était-ce un demi-frère retrouvé ? J'ai téléphoné à Malaïka, en lui demandant de m'aider de nouveau à comprendre cette correspondance avant de contacter Claver, dont l'adresse à Montréal est au verso de chacune des enveloppes « by air mail » tricolores. Mais la réponse de la jeune femme a tardé à venir. J'ai demandé à notre amie commune congolaise d'insister auprès d'elle. Claire m'a dit de laisser tomber.

Je ne comprends pas, c'est d'une de ses compatriotes qu'il s'agit, elle pourrait faire un effort, traduire quelques lettres je ne lui demande pas la lune non plus ! Tu ne vas quand même pas me dire que, parce qu'Astrida était à moitié blanche, l'autre ne se sent pas concernée !

Claire a soupiré.

Rama, est-ce que tu te mobilises pour tous les Sénégalais qui crèvent en tentant de traverser la Méditerranée sur des radeaux de fortune ? Est-ce que tu vas déposer une gerbe de fleurs au camp du Courneau, le « camp des nègres » comme on l'appelait, en hommage à tous les tirailleurs sénégalais qui y moururent durant la Première Guerre mondiale ? Tu sais, si Malaïka ne te répond pas c'est qu'elle n'en a pas l'énergie. Elle a peut-être d'autres problèmes et elle-même d'autres morts à enterrer dignement, des morts dont le monde entier se fout. Toi y compris.

Une des dernières lettres envoyées par Claver est accompagnée d'un article de journal québecois. Il fait état d'un autre scandale, semblable à celui des métis de Belgique. À la fin du XXe siècle, des associations d'Amérindiens ont entrepris des poursuites contre l'Église catholique et le gouvernement canadien pour le sort qu'ils ont réservé à des enfants autochtones. Les autorités d'Ottawa avaient enlevé plus de 150 000 enfants amérindiens à leurs parents, pour les placer dans des orphelinats où tout était mis en œuvre pour qu'ils oublient leurs racines et leur culture. Ces enfants ont été victimes de maltraitances et de viols. Le dernier de ces pensionnats n'a été fermé qu'en 1996. Sur l'article soigneusement plié, il y a un post-it écrit de la main de Claver qui dit : *Ntaho rutari, dore irindi shyano ryabereye ino !*

Ines a tenté de le traduire en ligne, la seconde partie de la phrase signifiait « voici une autre catastrophe qui est arrivée ici » mais le début est demeuré énigmatique.

Comment se fait-il que ces histoires ne sortent que maintenant ?

La colère de ma fille est vive, comme elle peut l'être à cet âge-là. Depuis qu'elle m'a rejoint dans cette histoire, elle ne me juge plus comme une bounty aliénée mais tente de me faire basculer dans ses combats.

Je ne comprends pas que ça ne te mette par hors de toi. Ce n'est pas que l'histoire d'Astrida, un destin individuel auquel tu as décidé de t'intéresser maman, c'est toute notre humanité qui a été entachée par ces politiques ! Le racisme blanc a justifié des millions de crimes contre l'humanité jusqu'à hier, jusqu'à aujourd'hui.

Je voudrais calmer sa fougue, lui dire qu'il n'est pas venu encore le temps où l'histoire de la chasse sera racontée par les gazelles.

Quand tu penses à toutes ces statues de colons qui ornent encore les ronds-points de nos villes, et surtout à tous ceux qui disent que les déboulonner reviendrait à réécrire l'Histoire… Comment, comment, comment ?

Je prends enfin le temps d'écouter ses arguments, qu'elle a bien élaborés, je réalise que derrière sa révolte brute ma fille a développé une connaissance pointue de l'Histoire et des mécanismes sociaux qui sous-tendent le racisme d'aujourd'hui. Elle me fait tellement penser à son père autrefois. Trente ans plus tard, nous en sommes encore là.

J'aimerais croire en cette génération, je ne parviens qu'à m'inquiéter pour elle. Avoir peur, voilà bien tout ce que je sais faire ! J'aimerais lui dire qu'il y a quelque chose de la nature humaine qui échappera toujours au projet de fraternité universelle. Je l'entends déjà me démonter même le mot de fraternité par ce qu'il a d'excluant, de machiste.

Je ne lui ai jamais raconté le rejet de nos deux familles quand son père et moi avions annoncé notre projet de nous marier. Ce racisme-là, entre Arabes et Noirs, dont on ne parle jamais. Nous étions tous musulmans, tous immigrés et pauvres de surcroît, nous menions la même vie dans une banlieue populeuse de Bordeaux, nos pères fréquentaient la même salle de prière le vendredi, nos frères et sœurs mangeaient à la même cantine des repas non halal sans moufter. Et pourtant. Elle a dû s'en douter en ne voyant jamais son grand-père paternel à la maison, ni les trois frères cadets de son père. Seul l'oncle Djibril (un ancien lui aussi de la marche pour l'égalité et contre le racisme, désormais directeur adjoint de centre social, le seul a être resté dans notre quartier d'origine avec son père) avait béni notre union. Lui et leur tante Aaliyah, mon amie de collège, qui avait également fait un mariage décrié par sa famille. Khalil et moi avions décidé de ne pas en faire une histoire pour nos enfants, pour ne pas stigmatiser les nôtres plus qu'ils ne l'étaient déjà, parce que ce genre d'expérience ferait les choux gras de ceux qui voulaient se dédouaner de leur propre intolérance, de leurs responsabilités historiques.

Ne pas être l'arbre qui cache la forêt.

Pendant que je conduis sur l'autoroute je jette régulièrement un œil vers Ines qui vérifie l'itinéraire sur mon portable, son téléphone à elle coincé dans son hidjab. Elle met sa meilleure amie au courant de nos avancées. Elle me dit « je vais updater Cloé ». Elle lui dit « ma mère » avec fierté, « ma mère a grave assuré » et je souris sans savoir si je mérite cette soudaine considération.

Porter un foulard a l'air très naturel chez ma fille désormais. Je ne m'y fais pourtant pas, pétrie que je suis par toutes les représentations que véhicule notre société sur les femmes voilées. Je ne lui ai plus demandé, depuis notre dispute initiale quand elle l'a adopté, de justifier son choix. Je voudrais lui redire mes craintes qu'elle condamne son avenir professionnel. Peu importe que tu aies des arguments béton, deux doctorats et une voix de contralto. Pour beaucoup tu n'es plus qu'un hidjab sur pattes, quand les gens te voient ils pensent Syrie, attentat, talibans, grand remplacement, excision. Tu n'existes plus en tant que femme intelligente, belle, sportive, cultivée, non. Choisir de mettre ce bout de tissus sur ta tête a été une erreur. Ne va pas tout gâcher en laissant le monde t'associer à des types avec lesquels tu n'as rien à voir, ma biche. On n'a pas serré les dents pendant tout ce temps, deux générations à trimer sans faire de vagues pour que tu finisses humiliée, mon bébé.

Je pourrais lui redire tout ça et bien plus encore mais je sais qu'elle ne veut toujours pas l'entendre, je sais qu'au fond d'elle demeure une incompréhension pour ce que j'ai été ces trente dernières années, alors je la laisser scroller sur mon téléphone et je lui souris.

Elle a quitté l'application de navigation et lit des articles sur les métis de Save :

– Ils appelaient ça des « colonies scolaires pour enfants mulâtres » ! Colonies, camps : tu ne trouves pas ça louche qu'on ait gardé ces mots si connotés pour désigner cet endroit où on envoie les enfants ? Comment est-ce possible de parler aveuglément une langue sans la questionner, sans la libérer des démons du passé ?

Comment est-ce possible que le mot « colonial » soit toujours autant prisé dans notre pays, qu'une entreprise vende des meubles sous le sigle de *Maison Coloniale*, qu'il existe une marque de thés qui s'appelle *Compagnie Coloniale* ?

Je lui raconte la fois où sa tante Maguette m'en avait acheté à l'aéroport et me l'avait offerte en riant : « Vous vivez encore dans une certaine nostalgie ici on dirait ! » Avant de préciser : « J'ai hésité entre un thé noir et un thé blanc... » ménageant son suspense pendant que je déballais la boîte... Elle avait choisit un thé vert. Tu sais ce qu'elle m'avait expliqué : « C'est le thé de l'avenir chérie, Mars et les Martiens vont bientôt venir vous couvrir des bienfaits de leur civilisation dèh ! »

La blague est à son goût.

Nous arrivons à Bruxelles sous une pluie froide de fin de printemps. Monique nous attend, bouleversée. Elle a prévenu les autres de Save, quelques-uns sont venus nous saluer. Je reconnais Jeanne, Martine et Léon qui étaient sur la photo du mariage d'Astrida. Ils ont beaucoup de choses à dire, le chagrin se mêle au souvenir doux-amer des primes années. Ils sont en bonne forme, de rares sourires illuminent leurs peaux cuivrées quand ils parlent de leur combat pour faire connaître leurs destins d'enfants volés, les rides qui parcheminent leurs visages sont sans haine. Ils racontent. Le passeport belge qui leur fut refusé une fois installés ici.

Nous avons du payer pour faire une demande de naturalisation, et quand nous nous sommes présentés aux ambassades du Rwanda ou du Burundi, on nous a dit que nous n'étions pas des nationaux. Apatrides.

Rejetés de toute part, ils ont pourtant réussi leurs vies. Ils nous préviennent. Quelques-uns sont restés sur la route, ceux qui sont mal tombés, qui ont été exploités, humiliés. *C'est pour eux aussi que nous brisons le silence aujourd'hui.*

Il y a encore trop de plaies non cicatrisées.

Ils nous parlent aussi de la géopolitique coloniale qui a broyé leurs vies, nous apprennent que la question du métissage était régulièrement débattue au sein des congrès coloniaux internationaux, auxquels participait la Belgique. *Parce que ça n'était pas une pratique uniquement belge, la France des droits de l'Homme aussi a eu les mêmes politiques,* nous apprennent-ils, un brin moqueurs. Ils nous montrent un article récent sur le foyer des métis de Bingerville en Afrique Occidentale française, près d'Abidjan, dans l'actuelle Côte d'Ivoire.

Ils nous invitent à découvrir les témoignages de nombreux métis, regroupés dans un livre somme, la première enquête sur le sujet publiée par un Belgo-Congolais en 2014[1].

Nous nous quittons après de longues accolades, je ne cherche pas à leur cacher mon émotion. J'aurais tant voulu leur ramener Astrida, en bonne santé, pour lui offrir une dernière réunion des anciens de Save. Nous nous couchons tôt, la route demain sera encore fatigante.

Dans la voiture, en revenant en France, Monique nous dit ce qu'a été la vie d'Astrida. Elle nous raconte ce qu'elle veut bien, le reste demeurera entre elle et son amie. Quelques photos sont déchiffrées, une ou deux lettres traduites, elle a un œil sous un bandeau, l'autre fatigue vite, nous n'insistons pas.

Et elle ?

L'ouverture des archives lui a permis de retrouver ses deux sœurs. L'une était devenue flamande, elles

1. *Noirs-Blancs, Métis – La Belgique et la ségrégation des Métis du Congo belge et du Ruanda-Urundi (1908-1960)*, Assumani Budagwa, 2014.

ont eu besoin d'un interprète pour se parler. *Vous avez entendu parler des tensions interethniques de la Belgique, n'est-ce pas ?* Elle a un humour à toute épreuve. L'autre sœur avait été brisée par une vie de privations. Monique a tenté de refaire famille mais trop d'années les séparaient. Et leur mère ?

Je suis allée au Rwanda, quand Astrida et Georges y vivaient encore. Elle m'a aidée à faire les recherches. Quand je suis arrivée, ma mère était morte. Sa famille m'a accueillie mais là aussi, trop de différences, pour eux j'étais juste une riche Blanche, vous voyez. J'ai fait ce qu'il fallait. Je ne regrette pas. Beaucoup ont eu peur d'y retourner, d'autres ne se sentaient plus du tout Africains ou en voulaient à leurs mères.

Pourtant, nous savons aujourd'hui que nos mères n'y étaient pour rien, qu'elles étaient prises dans un système qui les dépassait. Le système qui a amené des hommes blancs en Afrique, qui a fait que nous existions, qui nous a déportés en Europe, est le même qui a maintenu toute cette histoire cachée pendant des décennies. Je vais y retourner bientôt, avec ma fille et ma petite-fille, elles me l'ont demandé, je le leur ai promis. Au moins moi je saurai sur quelle colline les amener, je pourrai leur dire voilà où tout a commencé.

Et vous ? Racontez-moi un peu votre destin français.

Quand elle pose cette question, l'œil plissé derrière ses immenses lunettes de soleil, c'est Ines qui conduit, nous sommes à la hauteur de Poitiers.

Je lui dit Amy, Baay, la belle-mère, ma fratrie aujourd'hui dispersée, le mariage avec Khalil, le Sénégal et l'Algérie, anciennes colonies françaises. Je dis ma carrière exemplaire et pourtant l'amertume qui s'est lentement immiscée en moi, ma décision récente de devenir thérapeute pour tenter de soigner celles et ceux qui n'ont plus la force de lutter. Je dis qu'il y a celles qui partent au combat comme ma fille et celles qui doivent accueillir les rêves brisés. Une armée muette de parents qui ont tout sacrifié pour la génération suivante, et qui la voit sombrer sous ses yeux.

Ce que l'exil a fait d'eux. Le médecin devenu aide-soignant, le mathématicien conduisant un taxi, le mécanicien faisant la plonge, et le silence devenait la loi. Sauf au bar-pays où on buvait sa chiche paie le samedi en refaisant la révolution pour une capitale où on ne retournerait sans doute jamais même si on se l'était promis, à la retraite on irait. En attendant ici profil bas les enfants iront à l'école de *Lafrance*, on les voyait peu, le travail pour les gens comme eux c'était trop tôt ou trop tard, et à force de labeur, envoyer aussi de l'argent au pays, le temps passait les enfants avaient grandi, le corps était fourbu, les rêves enterrés. Pour la nouvelle génération, ça n'était plus le contremaître mais le flic qui faisait trembler et trop souvent au bout se trouvait la prison. Une honte qui n'avait pas de nom.

Je dis à Monique qu'ici aussi parler de l'histoire coloniale est encore compliqué, les gens hurlent à la repentance, l'agitent comme un danger de dissolution, de renoncement à une certaine idée de la France. Je dis : « Nous avons élevé nos enfants comme les petits Français que nous espérions qu'ils deviendraient, aux yeux de tous, avons complètement coupé les liens avec le Sénégal et l'Algérie. Nous avons voulu tellement y croire. »

Après cette phrase que j'ai dû prononcer avec un ton trop dramatique, le silence s'installe dans l'habitacle.

Monique le rompt avec un petit son, tchiiip, qui pourrait tout aussi bien être un soupir puis, avec la même emphase dit : « Ahhh la France des Lumières ! »

Nous partons dans un grand éclat de rire.

Khalil nous attend devant la maison. Il dit à notre visiteuse, en ouvrant la portière : « Bienvenue chez nous, maman. »

26.

Consolées

– Tu as récupéré son passeport rwandais ?

– Elle n'en a jamais eu.

– Tu ne me l'avais pas dit. J'en ai absolument besoin pour remplir la demande d'autorisation de transfert du corps auprès des service consulaires du Rwanda, c'est la loi !

– Mais tu sais bien, elle était belge, avec un mari français. Je n'ai aucune preuve qu'elle venait de là-bas, à part le livret de famille, mais je doute que ça suffise… Je suis désolée, j'aurais dû y penser.

Khalil avait tout prévu, sauf cela.

– Alors il va nous falloir ruser.

Une crémation.

Même si ça n'est pas ce qui avait été écrit dans son projet de vie personnalisé, à son arrivée aux Oiseaux. Astrida est sensée être inhumée aux côtés de Georges dans un cimetière de l'Entre-deux-Mers.

Seulement, la vieille dame a changé d'avis avant sa mort. Le vol de Sakabaka au-dessus du patio de l'Ehpad était le signe qu'elle pouvait rejoindre son grand-père.

La directrice essaye de résister, de faire appliquer le règlement strict, menace d'illégalité. Toute son équipe rallie la cause de l'ancienne stagiaire et de la psychologue. Claude joue de ses arguments de professionnelle mais aussi de bonne immigrée québécoise pour la faire plier. Elle sait y faire. Son peuple bénéficie d'un tel capital sympathie en France.

Laissez-la reposer en paix.

Une crémation, faute de pouvoir rapatrier le corps dans un cercueil scellé.

Officiellement les cendres vont être dispersées quelque part dans l'Atlantique, au large de Mimizan.

Ramata et Ines retrouvent Monique, sa fille et sa petite-fille à l'aéroport de Zaventem, un matin d'été. L'urne contenant les cendres est cachée dans une valise partie dans la soute de l'avion qui va les conduire jusqu'à Kigali. Une vie volée il y a soixante ans à l'Afrique y revient en catimini, et cette fois c'est à l'administration européenne qu'elle est dérobée. Toutes mesurent l'ironie de l'histoire et l'importance de la mission qu'elles se sont donnée.

Ramata n'a pas mis les pieds au sud du Sahara depuis son départ du Sénégal à l'âge de six ans. Khalil les a amenés, elle et les enfants, à Oran, à deux reprises. Même s'il est toujours un peu en froid avec sa propre famille, qui a rejeté son mariage, il y a des amis d'enfance et désormais des partenaires professionnels, il y va régulièrement et s'y sent presque autant chez lui qu'en France. En descendant de l'avion, Ramata ne réalise pas encore ce qu'elle est en train de faire, non pas pour Astrida, ni pour Ines, mais ce qu'elle se fait à elle-même, cette barrière qu'elle franchit. Retourner là-bas.

À la douane les choses se passent de façon étonnamment fluide. L'aéroport est quasi désert à cette heure de la nuit, une voiture les attend pour les conduire à l'hôtel, les gens leur parlent doucement, la route est illuminée, bordée de briques peintes en noir et blanc et de jeunes palmiers. L'arrivée à l'hôtel se passe dans le même calme, une distance polie, les regards s'attardent peu sur elles, personne ne l'interpelle. La chambre qu'elle partage avec Ines est grande, propre, silencieuse.

Le lendemain, après le petit déjeuner pris sur la terrasse en écoutant les trilles des nombreux oiseaux qui peuplent le jardin de l'hôtel, Monique les emmène visiter le centre-ville à pied. La journée se déroule comme un long travelling que Ramata se repasse le soir en regardant les dizaines de photos qu'elle a prises.

D'où lui vient ce sentiment étrange ? Pourquoi ne s'est-elle pas émerveillée, à l'unisson de sa fille et de celle de Monique, devant la beauté des paysages, la finesse de l'artisanat, la courtoisie des gens ou de la douceur du climat ? Elle s'est tenue en retrait, prétextant la fatigue du voyage, sondant son cœur pour tenter d'en deviner le trouble.

En y pensant, c'est une remarque de Nina, la petite-fille de Monique, adolescente aux fines locks décolorées, ce matin, qui lui donne un début d'explication : « Ça ne ressemble pas à ce que je m'étais imaginé de l'Afrique. » Est-ce ça, cette familière étrangeté qui l'habite depuis qu'elle a posé le pied sur le tarmac de l'aéroport de Kigali ? « Évidement que c'est différent ! a rétorqué Ines, le regard occidental a diffusé un tel cliché sur le continent : la saleté, la pauvreté, la sécheresse et la surpopulation. Le monde croit que l'Afrique est un unique pays au cœur des ténèbres qui grouille de demandeurs d'asile en attente d'une barque. » Elles en ont ri, avant de se lancer dans le défi de lister à l'infini les tares supposées frapper « le pays » : « la première qui sèche a perdu ! »

Elles ont raison sur ce point, de même que Ramata est tout à fait consciente que le Rwanda ne peut ressembler au Sénégal, ni celui d'aujourd'hui, ni celui qu'elle a quitté enfant et dont les souvenirs passés se sont transformés en capsules de sensations diffuses qu'un goût sur sa langue ou la texture particulière de la lumière certains soirs d'été parviennent à libérer dans sa tête.

Ce qui la perturbe est de cet ordre-là sans relever cependant du décalage entre la réalité et le fantasme. La déception vient de quelque chose de plus diffus. Elle ne s'était pas attendue à ce que les gens ici lui ressemblent à ce point. Dans la rue, tant de visages, de corps comme le sien. Être entourée presque exclusivement de Noirs, elle n'avait jamais connu cela ni même n'en avait rêvé et donc n'a pu s'y préparer. Elle a senti aujourd'hui que les regards glissaient sur elle, non par indifférence mais avec un naturel déroutant. Comme si elle avait fait partie du paysage, avec ses cheveux crépus et sa robe en coton fleuri, sans manches, cintrée à la taille. Elle songe à la femme de Dakar sur la photo de Da Silva qui avait amené Astrida à l'appeler « Mama ». Elle a vu tant de jeunes filles dans les rues de Kigali aujourd'hui qui auraient pu être le modèle du photographe.

Elle pourrait être d'ici. Mais elle ne se sent pas d'ici. Voilà, c'est ça. Tantôt au restaurant, la conversation avec les voisins de table. Ils se sont dit surpris que ça soit la Blanche (Monique) et non la Noire (Ramata) qui parle le kinyarwanda. Ils étaient convaincus qu'elle était d'ici.

Elle pourrait être d'ici, ils le lui ont tous dit, « vous nous ressemblez », mais elle ne se sent pas à l'aise dans leur fluidité de peaux sombres qui se reconnaissent sans juger, dont la spontanéité l'inclut sans condition de renoncement à une autre part d'elle-même.

Elle se reprend : « Bien sûr que ce n'est pas ainsi, ne sois pas angélique ! » Elle a lu suffisamment sur le Rwanda ces dernières semaines pour savoir qu'ici des Noirs ont tué un million d'autres Noirs, vingt-cinq ans plus tôt, prétextant des nez ou des cous trop fins. Si elle a eu cette impression qu'on ne se jaugeait pas dans ce pays, c'est qu'elle en ignore les codes, voilà tout.

Et pourtant, cet accueil, ce « tu es comme nous », même après qu'elle ait révélé ses origines sénégalaises, aurait dû la remplir de joie, non ? « Ici enfin je peux être Ramata. » Mais rien. Elle s'est sentie comme une touriste. Elle portait l'exotisme en elle : les réflexions qu'elle taisait, sa démarche, sa façon de s'adresser aux gens. Tellement française. S'ils avaient pris le temps de l'observer, les voisins au restaurant s'en seraient vite rendu compte, avant de lui ouvrir les bras. Et s'ils l'avaient fait, mais avaient choisi de lui raconter le contraire, comme signe de bienvenue ? N'est-ce pas ce que devrait être l'accueil inconditionnel ? Bienvenue chez toi ? *Mi casa es tu casa*. Qui a jamais fait ça ? Vraiment ?

C'est étrange mais ça n'est pas désagréable. Elle aimerait que ça soit vrai. Elle se dit que ça pourrait être une belle formule pour un tour opérateur, ça : « Tu es ici chez toi. »

Elle pense « ça sera pareil quand j'irai à Dakar » et au même moment elle sait qu'elle ira à Dakar. Il y aura certainement quelqu'un là-bas aussi, prêt à lui dire « bienvenue chez toi », et peu importe que ça soit vrai ou non. Il est fort probable que ça ne le sera pas, que l'autre se demandera, tout en lui tendant la main, si elle vient réclamer une parcelle d'héritage, pour les appauvrir un peu plus, eux qui sont restés. À moins qu'il n'espère la lui revendre à bon prix. Tu as pris le parti des Blancs, alors tu mérites leur traitement. Son départ à l'âge de six ans la condamne à habiter sans fin ce moment-là, ce départ auquel tous n'auront de cesse de la renvoyer. Tous, qu'ils lui disent « rentre chez toi » ou « bienvenue à la maison », qu'ils le pensent ou non. On ne revient jamais de ce long voyage. Ulysse n'était pas un migrant. Il n'y a que dans sa tombe que cela cessera. Maintenant qu'elle l'a compris, elle espère que les choses vont se simplifier.

Elle s'endort rassérénée en songeant que ça doit être ça, apprivoiser la peur. Qu'il faudra qu'elle trouve un moyen de l'expliquer à ses enfants, un jour.

Le lendemain, les cinq femmes raccompagnent Astrida à la maison.

Claver leur a dit le nom de la colline où elle est née.

Il leur a envoyé les indications pour retrouver l'ancien emplacement de la cour. La haie d'euphorbe, l'avocatier et le citronnier, l'umuvumu, ficus désormais immense dont l'ombre déborde sur le sentier menant à la grande route et à sa gauche, l'arbre corail aux fleurs de sang, l'umuko flamboyant.

L'Histoire et ses haines importées ont effacé la maison, les traces de vie de la famille, la cour qui autrefois résonnait des bruits des travaux de la mère, de la cuisine de la cousine, des histoires du grand-père, mais les arbres eux ont résisté, témoins muets du temps qui érode la mémoire des enfants déportés.

Claver leur a aussi révélé son vrai prénom : Consolée. Il leur a écrit : *Vous allez, en la ramenant à la maison, lui redonner tout son sens.*

Au pied de l'umuko, le tapis de fleurs rouges se teinte de gris, Monique chante une comptine apprise à Save, que toutes continuent de fredonner en quittant les lieux, le cœur apaisé.

Une par-là, une par-ci
Un petit tour
Et c'est ainsi

Au moment où leurs silhouettes atteignent le sommet de la colline, une araignée entreprend de tisser une toile qui scintillera bientôt sous la lune, entre les branches les plus basses du ficus centenaire.

Mais pour l'heure, le soleil emplit l'air de paillettes de poussière qui restent longtemps suspendues, immobiles, jusqu'à ce que, avec une régularité déroutante, une bergeronnette fende le silence de ses ailes fines. Alors les paillettes tressautent et tombent au sol en pagaille, aussitôt remplacées par d'autres.

Ici enfin Consolée repose, dans la palpitation du monde.

Je remercie toutes les personnes qui ont eu la générosité de partager avec moi leurs expériences et leurs connaissances pour ce livre :

À Germaine, qui m'a raconté son enfance à l'institut des enfants mulâtres de Save. *Consolée* n'est pas son histoire, mais lui doit de sa véracité. À Léopold, son mari, lui aussi ancien de Save. *Turi abavandimwe.*

À Olivier et Perry qui m'ont expliqué le travail auprès des personnes âgées dépendantes, ainsi qu'à Émilie qui m'a accueillie dans sa pratique généreuse de psychologue en Ehpad.

À Isabelle, pour l'ouverture à l'art-thérapie.

Merci aussi à Mélissa Barkat-Defradas pour ses travaux de recherche sur le bilinguisme et la maladie d'Alzheimer.

Merci enfin :

À Margo et Sevi, pour leur lecture attentive.

À Yann, pour le soutien de chaque jour.

NORD COMPO
multimédia

Composition et mise en pages
Nord Compo à Villeneuve-d'Ascq

CET OUVRAGE
A ÉTÉ ACHEVÉ D'IMPRIMER
SUR ROTO-PAGE
PAR L'IMPRIMERIE FLOCH
À MAYENNE EN MAI 2022

N° d'édition : L.01ELFN000110.N001. N° d'impression : 100413
Dépôt légal : août 2022
Imprimé en France